○闲雅小品丛书○

主编 曹亚瑟

花间一壶酒
——酌酒小品赏读

张昊 注评

中州古籍出版社
·郑州·

图书在版编目（CIP）数据

花间一壶酒：酌酒小品赏读 / 张昊著．—郑州：中州古籍出版社，2015.1（2023.6重印）
（闲雅小品丛书）
ISBN 978-7-5348-5065-3

Ⅰ.①花… Ⅱ.①张… Ⅲ.①小品文–作品集–中国–当代 Ⅳ.①I267.3

中国版本图书馆CIP数据核字（2014）第266940号

HUA JIAN YI HU JIU：ZHUOJIU XIAOPIN SHANGDU

花间一壶酒：酌酒小品赏读

丛书策划	梁瑞霞
责任编辑	张 雯
责任校对	周 靖
装帧设计	知耕书房

出 版 社	中州古籍出版社（地址：郑州市郑东新区祥盛街27号6层 邮编：450016 电话：0371-65723280）
发行单位	河南省新华书店发行集团有限公司
承印单位	郑州市毛庄印刷有限公司
开　　本	890 mm×1240 mm　A5
印　　张	9.625
字　　数	204千字
版　　次	2015年1月第1版
印　　次	2023年6月第4次印刷
定　　价	25.00元

本书如有印装质量问题，请联系出版社调换。

前言

酒,真是个奇妙的东西。从原始人偶然闻到了它的芳香,在几千年的历史进程中,跟随着人类一步步进入文明之境,至今已涵盖了社会生活的许多方面。

关于酒的起源,其历史可以追溯到蛮荒的三皇五帝时代,甚至还可以说更早。江统就曾在《酒诰》中说:"酒之所兴,肇自上皇。或云仪狄,一曰杜康。"他还说:"有饭不尽,委馀空桑;郁积成味,久蓄气芳;本出于此,不由奇方。"指出了酒是由粮食自然发酵形成的。关于这一点,《说文》中也曾释义为:"酒白谓之醙,醙者,坏饭也。"坏饭酸到一定程度,也就自然而然产生出了酒味。

《尚书·胤征》就曾记载最早的一些酒人酒事,比如:"羲和废厥职,酒荒于厥邑。"更为甚者是纣:"以酒为池,悬肉为林,使男女裸相逐其间,为长夜之饮。"这样的场面一磅礴起来,周公旦也为此感到害怕,特地作了一篇《酒诰》告诫国人,说什么"民之丧德,君之丧邦,皆由于酒"。对此国人并不买账,此时饮酒已渐成风气,你看看,在《诗经》305篇里,其中言酒者多达五十多篇,如"朋酒斯飨,曰杀羔羊""既醉以酒,尔肴既将",有时还会出现"酌以大斗,以祈黄耇"的场面。对此,孔子曾一言概之:"思无邪。"其实他自己也是一个"好饮不及乱"的人,《孔丛子·儒服》就曾记载他和一些古人的酒量:"尧舜千钟,孔子百觚。子路嗑嗑,尚饮百榼。古之贤圣,无不能饮也。"

自从孔夫子自道"不为酒困"被后人尊为"饮圣",后辈文人于是纷纷效仿,在酒国与人世之间来来回回。屈原以"众人皆醉我独醒"的姿态,"怀瑾握瑜兮"而死,很有可能是他酒量不行,不曾真正品味到酒的那些好处。孔融曾在《与曹操论酒禁书》中说:"屈原不餔醨啜醅,取困于楚。"他是一位那么富有想象力的人物,却没和酒发生一点什么,反而把自己搞得绝望了,同时将文人和酒互相发生效应的时代,也往后延迟了好几百年。在这之后的,如自称为"高阳酒徒"的郦食其,做店小二跑堂的司马相如,都不曾真正留下什么酒迹,倒是"腹大如壶,尽日盛酒"的扬雄,虽然整天蹭别人的酒喝,却写出了第一篇《酒赋》。

也只有横槊赋诗的曹孟德，固一时之雄，才能真正在酒国里开一代文气之先啊！之后中国的文化艺术史上处处都散发出浓郁的酒香与醉意。"座上客常满，樽中酒不空"的孔融，"归来宴平乐，美酒斗十千"的曹植，甚至还有那个千古酒鬼最为痴的郑泉，他生"愿得美酒满五百斛船"，死"必葬我陶家之侧，庶百岁之后化而成土，幸见取为酒壶"，为之而生，却又能为之而死了！

再往后就是"竹林七贤"，真正地把酒作为一个可以尽情酣畅的世界，如阮籍用"兀然而醉，豁然而醒"的生活态度来避祸；刘伶鹿车荷锸，"死便埋我"玩世时的性情；嵇康在《与山巨源绝交书》所说"浊酒一杯，弹琴一曲，志愿毕矣"全志时的孤傲……而广泛记录魏晋时人言语《世说新语》的出现，更是呈现出了那个时代最为任情散漫的风景！如毕卓曰"得拍浮酒船中，便足一生"的适意；张翰所说"使我有身后名，不如即时一杯酒"的不羁；王光禄云"酒，正使人人自远"；王卫军云"酒正自引人箸胜地"……魏晋使人沉迷，一如酒使人沉迷一般，很多人用酒去浇自家块垒，实是以《庄子·达生》中称"醉者神全"，在乱世中保全自己，维护自己独立的人格。

与之相随的还有王羲之书写《兰亭集序》时的酣畅；陶渊明吟咏《饮酒》诗时的闲适；李元忠只管喝酒，不以物务干怀；而在此时，"千日酒"可以忘却现实，"白堕酒"可以捕获盗贼，酒之效用大矣！这些都先后成为了隋唐逸士王绩的酒料，从他笔下的《醉乡记》及《五斗先生传》可以看出，一个虚无缥缈的酒国开始变得逐渐现实而又丰满起来。

有人说，好饮两杯的人，自然不是俗客，故善饮者多为诗人与豪侠之士，此风在盛唐犹然。历代开边又数唐时武功最盛，唐朝的诗人都是能够喝一点酒的，诗人相逢必有酒，诗都是从酒宴中流出来的，因此唐诗无不沾上一些豪放的酒气。杜甫的《饮中八仙歌》更是通过几位诗人饮酒时的群像，把诗兴与酒意一起抒发到极致，并且他自己也有诗云："醉里从为客，诗成觉有神。"如果非得要选一张面孔去代表整个唐王朝的话，我想李白以大唐第一酒人的姿态更是众望所归，正如李白的慷慨激昂是大唐日升时的慷慨激昂，李白的颓然自放也应是大唐日落时的颓然自放，他的《将进酒》字字品来都蕴含着浓浓的酒香，就连其死，后人非得编上一个酒后捞月的结局才肯放他仙去！

唐宋时的制酒业也是相当发达的。从后人笔记所载的唐时"酒色"，已有白、黄、绿、红等多种颜色，这些都通过唐诗生动地表现了出来。敦煌遗文有《茶酒论》一篇，颇见趣味，以茶酒之口广征博引，取譬设喻，各述己长，攻击彼短，文虽俚俗，生动有趣。大量关于酒的专著出现，也是这个时代的特色。如隋代王绩就曾根据焦革酿法撰成《酒经》，又采仪狄、杜康以来善酿者编为《酒谱》；皇甫松集中整理了当时饮酒者之格及酒令、酒事风俗等，编为《醉乡日月》；宋人窦苹杂取有关酒的故事、掌故、传闻计十四题编为《酒谱》；北宋人朱肱根据自己的酿酒经验写成《酒经》。就连一代文豪苏轼也忍不住作牛刀小试，他还酿造过蜜酒和桂酒，写有《蜜酒诗》和《桂酒颂》。他一边酿酒，一边总结经验得失，《东坡酒经》仅数百余言，却包含了制曲、用料、用曲、投料、原料出酒率、酿造时间等内容。

　　东坡虽然酒量不行，"终日饮酒，不过五合"，但深谙酒味。如著名的中秋词《水调歌头·明月几时有》，它的诞生正如其序中所说："丙辰中秋，饮酒达旦，大醉。"他也善于酒后笔走龙蛇，自谓："吾醉后作大草，醒后自以为不及。"最难得的是他生平作饮酒诗词，多是为了满足其他酒人的口腹，从他人的酣然中感受到陶然的乐趣。而其他如石曼卿、欧阳修、李清照、辛弃疾等人，也都先后在诗词文字中留下了自己肆意淋漓的酒迹。

　　宋元以降，随着蒸馏式的白酒出现，酿酒的工艺有了革命性的提升，据元人著作《酒小史》不完全的统计，南北各地酒坊和私人酿造的名牌酒就有百十来种。至此以后，武松若是再喝十八碗酒，怕是也挨不过景阳冈，打不了蒋门神的。对于明清大大小小拜倒在高阳家风的酒徒来说，虽然酒的度数高了、种类多了，追求"快活"的意义却还是一致的。李卓吾讲童心，公安派讲性灵，竟陵派讲幽深，王士祯讲神韵，金圣叹批点天下才子书，若没有酒作催化剂，使人的思维和情绪进入高度活跃的状态，这哪能成！而在同时代盛产的若干或灵动或隽永的小品中，酒更是无处不在、无所不在！

从司马迁的《史记》算起，历代都修有史书，除了这些史书中的纪传，还有大量的笔记野乘，其中和酒相关的人物事迹，更是数不胜数。纵观中国古代作家诗人，其作品中不涉及酒的，只是绝少的例外。而在中国历代酒人中，文人墨客更是占有极大比例。要在如此浩瀚的酒文酒人酒事中，寻觅并爬梳出一些痕迹，看看酒在一部中国文化史上占有何等地位，都可以说成是挂一漏万之举！

本书在选编过程中，先是以胡山源《历代酒事》为主，后亦广搜著名酒人之文集，同时兼顾史书杂览，佐以历朝笔记百余种，才形成现在的这个样子。在这之中也是一个不断扩大知识面的过程，总是会有新的材料出现，为了给自己少留下一些遗憾，书中有些篇目，直到快要交稿时才最后定下来，其中之斟酌取舍，甘苦自知。但即使是这样，作为一个编写者来说，最大的遗憾就是深恨自己以前不曾尽力于此，在有限的时间里，只好抱着和大家一起交流学习的想法，如果能够为大家带来一些关于酒的兴趣和谈助，也算是心力没有白费了。

卷一　酒文

刘　伶	酒德颂	3
陈　暄	与兄子秀书	5
王　绩	醉乡记	8
	五斗先生传	11
李　白	春夜宴从弟桃李园序	13
白居易	醉吟先生传	15
韩　愈	送王含秀才序	19
柳宗元	序饮	21
皇甫松	《醉乡日月》序	23
欧阳修	醉翁亭记	26
苏　轼	书《东皋子传》后	29
秦　观	书《晋贤图》后	32
袁中道	饮酒说	34
张大复	读《酒经》	37
吴廷翰	醉轩记	39

李维桢	《绿天小品》题词	42
陈继儒	《酒颠》小序	45
董其昌	《酒颠》题词	47
黄汝亨	南太史《饮酒集杜》小序	49
王思任	游慧锡两山记	51
尤侗	说酒	53
金圣叹	"武松醉打蒋门神"回前总批	55
张潮	《嫩园觞政》小引	58
廖燕	醉榻解跛	60
戴名世	醉乡记	62
袁枚	醉啸轩记	64

卷二 酒味

苏轼	书渊明《饮酒诗》后	69
洪迈	岁旦饮酒	71
罗大经	酒有和劲	74
周密	梨酒	77
陶宗仪	解语杯	79
袁宏道	觞政	81
张大复	酒政	90
	腊酿	93
	易醉	94
	醉语	96
钟惺	题《酒则》后四条	98
李日华	内子大讲酿法	101

田艺蘅	薄薄酒	103
廖 燕	与龚蓉石	105
李 渔	饮酒之乐	107
周亮工	酒话	110
阮葵生	饮酒戒恶习	115
张 苬	酒中八味	118
褚人获	酒色	120
梁章钜	酒品	122
	酒名	124
	绍兴酒	126
	沧酒	129
	烧酒	131
	惠泉酒	133
	饮量	135
顾 禄	年节酒	138
	冬酿酒	141
梁绍壬	行酒之法	144
	品酒	146

卷三 酒人

陈 寿	郑泉嗜酒	153
	中圣人	155
刘义庆	阮公醉眠	158
	与猪共饮	160
	江东步兵	162
	孔群好饮酒	164

何法盛	毕卓盗饮	166
沈 约	陶潜性嗜酒	168
	孔觊醉日居多	171
李百药	李元忠声酒自娱	173
房玄龄	刘伶醉酒	176
	胡毋谦之醉呼父字	178
赵 莹	李白嗜酒	180
冯 贽	毛发识酒味	182
文 莹	石曼卿思酒	184
何 薳	东坡酒后戏书	187
胡 仔	陶白	189
	石曼卿喜豪饮	192
张 岱	张东谷好酒	194
褚人获	汉书下酒	196
	唐子畏	199
王 晫	银瓢	202
徐 珂	王渐升席较酒量	204
	周思南呼月而酾	206
	吴趼人纵酒自放	208

卷四　酒事

司马迁	一斗亦醉，一石亦醉	213
陈 寿	刘备禁酒	216
葛 洪	卓文君卖酒	218
干 宝	千日酒	220

刘义庆	酒穿肠流	222
	庾冰避祸	224
	王戎后至	226
	阮籍胸中垒块	228
	王孝伯谈名士	230
	美人行酒	232
段成式	今日明日	235
郑　綮	鞠秀才	237
王仁裕	醒酒花	240
薛用弱	旗亭画壁	242
孙光宪	蜀使洪饮	246
王　炜	李公择遇仙人	248
	诗文换酒	251
陆元光	回道人	253
叶梦得	酒隐	257
孟元老	酒楼	259
陶宗仪	奚奴温酒	262
田艺蘅	借花看、借客醉	264
张大复	夜饮	266
冯梦龙	此酒不堪相劝	268
高士奇	天子避醉人	270
蒲松龄	酒友	272
	秦生	275
乐　钧	髑髅	277
袁　枚	陪人饮酒	280
	五柳居	282

褚人获	酒活命 ………………………… 284
	少陵诗意 ……………………… 286
王　晫	翁逢春尽金邀醉 ……………… 288
徐　珂	弟劝兄节饮 …………………… 290

卷一

酒文

酒德颂 刘 伶①

　　有大人先生，以天地为一朝，万期为须臾，日月为扃牖②，八荒为庭衢③。行无辙迹，居无室庐，幕天席地，纵意所如。止则操卮执觚④，动则挈榼⑤提壶，唯酒是务，焉知其余？

　　有贵介公子，缙绅处士，闻吾风声，议其所以。乃奋袂攘襟⑥，怒目切齿，陈说礼法，是非锋起。先生于是方捧罂承槽⑦、衔杯漱醪⑧；奋髯箕踞，枕曲藉糟⑨；无思无虑，其乐陶陶。兀然而醉，豁尔⑩而醒；静听不闻雷霆之声，熟视不睹泰山之形，不觉寒暑之切肌、利欲之感情。俯观万物，扰扰焉，如江海之载浮萍；二豪⑪侍侧焉，如蜾蠃之与螟蛉⑫。

《晋书》

【注释】

①刘伶（约221~300）：字伯伦，今安徽淮北市濉溪县人，"竹林七贤"之一。曾为建威将军王戎幕府下的参军，晋武帝泰始初，对朝廷策问，强调无为而治，以无能罢免。平生嗜酒，曾作《酒德颂》，宣扬老庄思想和纵酒放诞之情趣，对传统"礼法"表示蔑视，被后人尊称为"酒帝"。

②扃牖（jiōng yǒu）：门窗。

③八荒：古人将东南西北四方，加东南、西南、东北、西北四

隅统称八方,八荒即八方的荒远之地。衢(qú):街道。

④巵(zhī):酒杯,圆形。觚(gū):酒杯,长身细腰,阔底大口。

⑤挈(qiè):提。榼(kē):酒壶。

⑥奋袂攘襟:挥动衣袖,捋起衣襟,形容激动的神态。奋,猛然用力。袂,衣袖。攘,捋。襟,衣的衣领,后指衣的前襟。

⑦甖(yīng):古同"罂",酒坛。槽:酒槽。

⑧醪(láo):浊酒。

⑨枕曲藉糟:枕着酒曲,垫着酒糟,此处指酒醒后空虚的样子。曲(qū),酒曲。藉(jiè),枕、靠。

⑩豁尔(huò ěr):通达开朗的样子。

⑪二豪:指公子和处士。

⑫蜾蠃(guǒ luó):蜂的一种。螟蛉:蛾的幼虫。蜾蠃是一种寄生蜂,将幼虫产在螟蛉等蛾的幼虫体内,古人误以为蜾蠃不产子,将螟蛉当作自己的义子来养。故而螟蛉引申为养子的代称。

【赏读】

刘伶独醉,众人皆醒;或曰众人皆醉,刘伶独醒亦可。醒耶醉耶,只因所昵所好不同,也因所持立场所站角度之不同。此处大人先生独自"以天地为一朝,以万期为须臾",如此放逐并张扬自我,又怎能说其沉醉得一塌糊涂呢?

看罢沧海桑田,云起云灭,才知酒里乾坤独大,可以忘却一切烦恼,这就是此处所说的"酒德",也就是酒中那些无法言说的好处。他人拘泥于礼法,牵缠于俗务,冷眼观之,又安知不是一种醉耶?在魏晋之际那个不谈是非的时代里,寄情于酒,借酒带来的幻觉保持自己的风骨和操守,可以说是一种无形的反抗。

大人先生"幕天席地,纵意所如",实乃刘伶的一种自况。

与兄子秀书 陈 暄①

旦见汝书与孝典②,陈吾饮酒过差。吾有此好,五十馀年,昔吴国张长公亦称耽嗜,吾见张时,伊已六十,自言引满大胜少年时。吾今所进亦多于往日。老而弥笃,唯吾与张季舒耳。吾方与此子交欢于地下,汝欲笑吾所志邪?昔阮咸、阮籍③同游竹林,宣子④不闻斯言。王湛⑤能玄言巧骑,武子⑥呼为痴叔。何陈留之风不嗣,太原之气岿然⑦,翻成可怪!

吾既寂漠⑧当世,朽病残年,产不异于颜原⑨,名未动于卿相,若不日饮醇酒,复欲安归?汝以饮酒为非,吾以不饮酒为过。昔周伯仁⑩度江唯三日醒,吾不以为少;郑康成⑪一饮三百杯,吾不以为多。然洪醉之后,有得有失。成厮养之志,是其得也;使次公⑫之狂,是其失也。

吾常譬酒之犹水,亦可以济舟,亦可以覆舟。故江谘议⑬有言:"酒犹兵也。兵可千日而不用,不可一日而不备。酒可千日而不饮,不可一饮而不醉。"美哉江公,可与共论酒矣。汝惊吾堕马侍中⑭之门,陷池武陵之第,遍布朝野,自言焦悚。"丘也幸,苟有过,人必知之。"吾生平所愿,身没之后,题吾墓云"陈故酒徒陈君之神道"。若斯志意,岂避南征之不复,贾谊⑮之恸哭者哉。何水曹⑯眼不识杯铛,吾口不离瓢杓,汝宁与何同日而醒,与吾同日而醉乎?政言其醒可及,其醉不可及也。速营糟丘⑰，吾将老焉。尔无多言，非尔所及。

《南史》

【注释】

①陈暄（？~607）：今江苏宜兴人，为南朝萧梁名将陈庆之幼子，曾被陈后主引为学士。暄素通脱，以俳优自居，学不师受，文才俊逸，尤嗜酒。

②孝典：南朝陈诗人何胥，字孝典。后主时为太常令。采官中艳诗被之管弦，以为新曲。

③阮咸、阮籍：同为魏晋时人，阮咸字仲容，阮籍字嗣宗。与嵇康、山涛、向秀、刘伶、王戎并称"竹林七贤"。阮咸是阮籍之侄，与籍并称为"大小阮"。

④宣子：阮修字宣子，阮咸从子。性简任，善清言，不修人事，著述甚寡。

⑤王湛：西晋人。少有识度，服完父丧后，闭门不交宾客，冲素简淡，沉静和顺，被同族认为痴。

⑥武子：王济字武子，王湛侄，西晋人。

⑦陈留之风：陈留即今河南开封陈留镇，此处代指阮籍、阮咸一族。太原之气：亦指王湛、王济一族。屳（kuī）然：高大独立的样子。

⑧寂漠：同"寂寞"。

⑨颜原：孔子弟子颜回和原宪的并称。颜回是孔子最得意的弟子，极富学问。原宪是孔子七十二贤之一，出身贫寒，一生安贫乐道，不肯与世俗合流。

⑩周伯仁：周颛字伯仁，晋安城人。渡江后，任荆州刺史，官至尚书左仆射，后为王敦所杀。

⑪郑康成：郑玄字康成，东汉学者，遍注儒家经典，以毕生精力整理古代文化遗产，使经学进入了一个"小统一时代"。

⑫次公：汉盖宽饶，字次公。谢酒时曾说："无多酌我，我乃酒狂。"

⑬江谘议：南朝宋考城人，曾任骠骑谘议参军。

⑭侍中：古代职官名，魏晋以后往往成为事实上的宰相，元以后废止。此处马侍中与下文池武陵皆指人名。

⑮贾谊：西汉初年的政论家、文学家。

⑯何水曹：指南朝梁诗人何逊，曾任建安王水曹、行参军兼记室，后世因此称为何水曹。

⑰糟丘：积糟成丘。极言酿酒之多，沉湎之甚。

【赏读】

后人有诗咏南朝名将陈庆之："名师大将莫自牢，千军万马避白袍。"陈暄除了有这么一位出众的老爹之外，所剩下的就是写写文章喝喝酒了。

喝酒喝到极致，酒也就成了生命中的一部分。当他的侄子致书托好友劝他时，他就有些不高兴了，认为喝酒乃其平生所志，并为此洋洋洒洒写了这篇绝妙的文字，不但罗列了若干酒中前贤为其张目，而且还历数饮酒的好处：酒之犹水，可载舟可覆舟；酒之犹兵，不可一饮而不醉。他告诉侄子"速营糟丘"，表示自己要老死那里，并留遗嘱待他百年之后，务必在墓碑上铭刻"陈故酒徒陈君之神道"，如此钟情于酒，真是千古少有！

陈暄除了喝酒之外，还能写得一手好文章，其才学虽为陈后主赏识，也为陈后主嫉恨。有一次，陈后主将陈暄倒吊在房梁上，把刀架在他的脖子上，命他限时写成一篇文章。陈暄还真有才，很快就写成了，这让陈后主很不爽。因为这件事情对他的伤害太大，过后没几天就惊悸而死。这或许是他纵情于酒的来由。

醉乡记　王　绩[①]

醉之乡，去中国不知其几千里也。其土旷然无涯，无邱陵阪险；其气和平一揆[②]，无晦明寒暑。其俗大同，无邑居聚落；其人甚精，无爱憎喜怒。吸风饮露，不食五谷，其寝于于，其行徐徐。与鸟兽鱼鳖杂处，不知有舟车器械之用。

昔者黄帝氏尝获游其都，归而杳然丧其天下，以为结绳之政已薄矣。降及尧舜，作为千钟百壶之献，因姑射神人[③]以假道，盖至其边鄙，终身太平。禹汤立法，礼繁乐杂，数十代与醉乡隔。其臣羲和[④]，弃甲子而逃，冀臻其乡，失路而道夭，故天下遂不宁。至乎末孙桀纣，怒而升其糟邱[⑤]，阶级千仞，南向而望，卒不见醉乡。武王[⑥]得志于世，乃命公旦[⑦]立酒人氏之职，典司五齐[⑧]，拓土七千里，仅与醉乡达焉，故四十年刑措不用。下逮[⑨]幽厉，迄乎秦汉，中国丧乱，遂与醉乡绝，而臣下之爱道者，亦往往窃至焉。阮嗣宗、陶渊明等十数人，并游于醉乡，没身不返，死葬其壤，中国以为酒仙云。

嗟乎，醉乡氏之俗，岂古华胥氏[⑩]之国乎？其何以淳寂[⑪]也如是？今予将游焉，故为之记。

《王无功文集》

【注释】

①王绩（约590~644）：字无功，号东皋子，绛州龙门（今山

西河津）人。隋末举孝廉，除秘书正字。不乐在朝，辞疾，复授扬州六合丞。时天下大乱，弃官还故乡。唐武德中，诏以前朝官待诏门下省。贞观初，以疾罢归河渚间，躬耕东皋，自号"东皋子"。性简傲，嗜酒，能饮五斗，自作《五斗先生传》，撰《酒经》《酒谱》。其诗近而不浅，质而不俗，真率疏放，有旷怀高致，直追魏晋高风。

②一揆（kuí）：同心协力、团结一致。

③姑射神人：原指姑射山的掌雪之神。后泛指美貌女子。

④羲和：传说中掌管天文历法的官员，沉湎于酒，昏迷天象，未能预报日食，被治罪。

⑤糟邱：积糟成丘。极言酿酒之多，沉湎之甚。

⑥武王：指周武王，西周王朝开国君主，周文王次子。

⑦公旦：指周公旦，周武王弟，曾辅佐周成王治理天下。

⑧典司：主管。五齐（jì）：古代按酒的清浊，分为五等，叫"五齐"。

⑨逮（dài）：动词，到、及。

⑩华胥氏：指伏羲、女娲的母亲，后称为华夏之根、人类共祖。

⑪淳寂：质朴宁静。

【赏读】

这醉乡，总让我想起陶渊明笔下的"桃花源"，细细读来，其意闪闪烁烁，其笔曲曲折折，其文闲闲散散，仿佛使人觉得真有一别样世界。

对现实不满有时无力反抗的人，他们至少还保留了一些喝酒或做梦的权利，正如我此时掩上门来，屏去外面的嘈杂，坐拥百十册书，再读一遍如此锦心的文字。"醉之乡，去中国不知其几千里也"，但掩门即可得之，如有三杯黄汤在手，一杯便可以叩开醉乡之门，复一杯遥寄这天上的星和月，照亮这通往醉乡的路，三杯邀古今酒人共我一醉，可乎？

我们必须把这醉乡视为一个有着无穷源头的想象，也是历久不衰的想象，但却向来是若即若离的。如果它一旦与整个梦境联系起来，那么它就成为那些在历史长河中失路者、失意者乃至于在现实的梦魇中突然醒来的人共同聚集最终交汇的场所。

五斗先生①传 王 绩

有五斗先生者，以酒德游于人间。有以酒请者，无贵贱皆往，往必醉，醉则不择地斯寝矣，醒则复起饮也。常一饮五斗，因以为号焉。先生绝思虑，寡言语，不知天下之有仁义厚薄也。忽焉而去，倏然而来，其动也天，其静也地，故万物不能萦心焉。尝言曰："天下大抵可见矣。生何足养，而嵇康著论②；途何为穷，而阮籍恸哭③。故昏昏默默，圣人之所居也。"遂行其志，不知所如。

《王无功文集》

【注释】

①五斗先生：王绩的别号，后指酒量大的、性情旷达的人。

②"生何足养"二句：《养生论》，嵇康著，是我国古代养生论著中较早的名篇。

③"途何为穷"二句：见于《晋书·阮籍列传》，"时（阮籍）率意独驾，不由径路，车迹所穷，辄恸哭而反"。

【赏读】

说东皋子王绩是五柳先生陶渊明的隔代知音，或是铁粉，想来毫无异议。

无论是他们隐于市，还是隐于野，他们都毫无例外地隐于酒。通常，一个"往必醉，醉则不择地斯寝矣，醒则复起饮"的时代也是一个让自我无限膨胀、近趋于消失的时代。或许，我们本不应该感到惊讶，这个时代最具有个人特色的行为艺术，就是饮酒。

在这里，五斗可以说是一个标志，就可以走向弃圣绝智的大门。在这道大门的后面，没有言语，也没有仁义厚薄，万物也不常常萦绕于心。在这里，酒给我们带来了一种超凡的永恒的感觉，嵇康再也不会为养生犯愁，阮籍也不会为穷途哭鼻子，我们只消用一个词就可以概述一切：无为，也必有所不为。

很多时候，饮酒带给人最初的也是最后的感觉都是如此。人们真的会说，这是酒所引起的正常反应呢！其实，说是这个昏昏默默的世界带给我们的那些反应，又何尝不可呢？

春夜宴从弟桃李园序[①] 李 白[②]

夫天地者，万物之逆旅；光阴者，百代之过客。而浮生若梦，为欢几何？古人秉烛夜游，良有以也。况阳春召我以烟景，大块[③]假我以文章。会桃李之芳园，序天伦之乐事。群季俊秀，皆为惠连[④]；吾人咏歌，独惭康乐[⑤]。幽赏未已，高谈转清。开琼筵以坐花，飞羽觞[⑥]而醉月。不有佳咏，何伸雅怀？如诗不成，罚依金谷酒数[⑦]。

《李太白全集》

【注释】

① 此序约于开元二十一年（733）前后作于安陆。从，（旧读 zònɡ），堂房亲属。从弟，堂弟。桃李园，疑在安陆兆山桃花岩。

② 李白（701~762）：字太白，号青莲居士，唐朝伟大的浪漫主义诗人，被后人尊称为"诗仙"。存世诗文千余篇，代表作有《蜀道难》《将进酒》等诗篇，有《李太白集》传世。

③ 大块：大地。

④ 群季：诸弟。兄弟长幼之序，曰伯、仲、叔、季，故以季代称弟。惠连：谢惠连，南朝诗人，早慧。这里以惠连来称赞诸弟的文才。

⑤ 康乐：南朝刘宋时山水诗人谢灵运，袭封康乐公，世称谢

康乐。

⑥羽觞：古代一种酒器，作鸟雀状，有头尾羽翼。

⑦金谷酒数：金谷，园名，晋石崇在今河南洛阳西北所筑，他常在这里宴请宾客。其《金谷诗序》："遂各赋诗，以叙中怀，或不能者，罚酒三斗。"后泛指宴会上罚酒三杯的常例。

【赏读】

浮生若梦，为欢几何？梦和酒在这里再一次玩起了捉迷藏的游戏。人生得意，纵酒尽欢，纵然失意，也不要让一刹那的金樽独自空空地映照着天上的明月。

有一种快乐是最不需要分出彼此的，若竹林酣饮，若曲水流觞，若阳春三月，若这满园的桃李。当我们读到作者和堂兄弟们聚集在桃花园里，一起饮酒作诗，其棠棣之情怡怡，我们仿佛也栖息在这轻柔剪不断的春风里，一篇绝妙的文字同时也决定了作者和读者在此处和彼处之间自由地游走，更何况文字本身没有住所，它总是来了又去。而那些文字本身里的人物，在这里也并没有被文字束缚住，他们依然在千百年前唐朝的天空下，随意地喝着酒写着诗。

所以，当我们再次阅读时，我们可能听到的是文字的声音，也可能是酒的声音。李白的文字也从来离不开酒，酒以其喷薄自然的状态大于一切相聚和离别。

醉吟先生传 白居易①

醉吟先生者,忘其姓字、乡里、官爵,忽忽不知吾为谁也。宦游三十载,将老,退居洛下②,所居有池五六亩,竹数千竿,乔木数十株,台榭舟桥,具体而微,先生安焉。家虽贫,不至寒馁;年虽老,未及耄③。

性嗜酒,耽琴淫诗。凡酒徒、琴侣、诗客,多与之游。游之外,栖心释氏④,通学小中大乘法。与嵩山僧如满为空门友,平泉客韦楚为山水友,彭城刘梦得为诗友,安定皇甫朗之为酒友。每一相见,欣然忘归。洛城内外六七十里间,凡观寺、丘野有泉石花竹者,靡不游;人家有美酒、鸣琴者,靡不过;有图书、歌舞者,靡不观。自居守洛川及泊⑤布衣家,以宴游召者,亦时时往。每良辰美景,或雪朝月夕,好事者相过,必为之先拂酒罍⑥,次开诗箧⑦。酒既酣,乃自援琴⑧,操宫声,弄《秋思》一遍。若兴发,命家僮调法部丝竹,合奏《霓裳羽衣》⑨一曲。若欢甚,又命小妓歌《杨柳枝》新词十数章。放情自娱,酩酊而后已。往往乘兴,屦⑩及邻,杖于乡,骑游都邑,肩舁⑪适野。舁中置一琴一枕,陶、谢⑫诗数卷。舁杆左右悬双壶酒,寻水望山,率情便去。抱琴引酌,兴尽而返。如此者凡十年。其间日赋诗约千余首,岁酿酒约数百斛。而十年前后赋酿者不与焉。

妻孥[13]弟侄虑其过也，或讥之，不应，至于再三，乃曰：凡人之性，鲜得中，必有所偏好。吾非中者也，设不幸，吾好利而货殖焉，以至于多藏润屋，贾祸危身，奈吾何？设不幸吾好博弈，一掷数万，倾财破产，以至于妻子冻饿，奈吾何？设不幸吾好药，损衣削食，炼铅烧汞，以至于无所成，有所误，奈吾何？今吾幸不好彼，而自适于杯觞讽咏之间。放则放矣，庸何伤乎？不犹愈于好彼三者乎？此刘伯伦[14]所以闻妇言而不听，王无功[15]所以游醉乡而不还也。遂率子弟，入酒房，环酿瓮，箕踞仰面，长吁太息曰：吾生天地间，才与行不逮于古人远矣；而富于黔娄，寿于颜回，饱于伯夷，乐于荣启期，健于卫叔宝[16]，幸甚幸甚！余何求哉？若舍吾所好，何以送老？因自吟《咏怀》诗云：

抱琴荣启乐，纵酒刘伶达。

放眼看青山，任头生白发。

不知天地内，更得几年活？

从此到终身，尽为闲日月。

吟罢自哂，揭瓮拨醅[17]，又饮数杯，兀然而醉。既而醉复醒，醒复吟，吟复饮，饮复醉。醉吟相仍，若循环然。由是得以梦身世，云富贵，幕席天地，瞬息百年，陶陶然，昏昏然，不知老之将至，古所谓得全于酒者，故自号为醉吟先生。

于时开成[18]三年，先生之齿六十有七，须尽白，发半秃，齿双缺；而觞咏之兴犹未衰。顾谓妻子云：今之前，吾适矣；今之后，吾不自知其兴何如？

《白居易集》

【注释】

①白居易（772~846）：字乐天，晚年号香山居士，唐代伟大的现实主义诗人，中国文学史上负有盛名且影响深远的诗人和文学家。他的诗歌题材广泛，形式多样，语言平易通俗，有"诗魔"和"诗王"之称。有《白氏长庆集》传世，代表诗作有《长恨歌》《卖炭翁》《琵琶行》等。

②洛下：即洛阳。白居易晚年退居洛阳履道里。

③耄（mào）：古称八九十岁的年纪，见于《礼记·曲礼上》。

④释氏：指佛教。佛名释迦牟尼，故称。

⑤洎（jì）：及，到达。

⑥罍（léi）：古代一种盛酒的容器，多用青铜或陶制成。

⑦箧（qiè）：小箱子，藏物之具。大曰箱，小曰箧。

⑧援琴：持琴；弹琴。

⑨《霓裳羽衣》：唐玄宗所作，唐朝大曲中的法曲精品，唐歌舞的集大成之作。

⑩屦（jù）：用麻、葛等制成的一种鞋。

⑪舁（yú）：通"舆"，轿子。

⑫陶、谢：陶潜与谢灵运，晋宋间诗人。

⑬妻孥（nú）：妻子和儿子。

⑭刘伯伦：刘伶字伯伦，晋人，嗜酒，作《酒德颂》。

⑮王无功：王绩，字无功，唐诗人，耽酒，作《醉乡记》。

⑯黔娄：战国隐士，贫甚。颜回：孔子弟子，英年早逝。伯夷：与其弟叔齐皆为商末隐士，不食周粟，遂饿死于首阳山下。荣启期：春秋时人，自谓"为乐甚多"，向孔子述其"三乐"，即为人、为男、长寿。卫叔宝：晋卫玠，字叔宝，为中国古代著名美男子。

⑰醅（pēi）：泛指酒，亦专指没有过滤的酒。

⑱开成（836～840）：唐文宗的年号，共计5年。

【赏读】

苏轼诗云："茅屋归元亮，霓裳醉乐天。"若白居易效仿陶潜《五柳先生传》作《醉吟先生传》，二人各以其文自况，其嗜酒，其吟诗，其抚琴，其旷达风流，似乎都出于一致，其实则不尽然矣。

正如醉则相同，但所喝的酒则断不相同；其隐相同，有钱没钱也还是一个极大的区别，陶渊明常常会饥至断食，但白居易在此文起首就提到了"家虽贫，不至寒馁"；至于二人交游，陶渊明所交，虽有士绅官吏，但多为田夫野老，白居易所交则为琴侣诗客、高僧士大夫之流，至于白居易所昵"樱桃樊素口，杨柳小蛮腰"，更是为陶渊明辈所不敢想象了。

正因为其所隐居的境界及姿态不同，沉醉后所发出的声音也断不相同。晚年的白居易虽然在政治上失意，但颇自适。正如其在《追欢偶作》中所作"何处花开曾后看，谁家酒熟不先知？"还怡然自得地炫耀道："十听春啼变莺舌，三嫌老丑换蛾眉"，而其中的芦管柳枝，正是该文中述及晚年隐居在洛中的事了。

关于"醉吟先生"之真正生活，钟叔河先生曾在《忆妓与忆民》一文中就白居易晚年隐居时所作《不能忘情吟》论之曰："七老八十的人，尽可以搞他的黄昏恋，但若凭致仕尚书的权势，或凭二千石的财势，或凭大诗人的声势，像畜犬马一样畜着此'年二十余'的靓女，让她们提供性服务，'既老，又病风'，则可以转让给别人，'幸未及项籍之将死'，又可以继续给自己，这种诗的本事虽真，总难说是美，也难说是善吧。"

送王含秀才序 韩 愈①

吾少时读《醉乡记》②,私怪隐居者无所累于世而犹有是言,岂诚旨于味邪?及读阮籍、陶潜诗,乃知彼虽偃蹇③不欲与世接,然犹未能平其心,或为事物是非相感发,于是有托而逃焉者也。若颜子操瓢与箪④,曾参⑤歌声若出金石。彼得圣人而师之,汲汲每若不可及,其于外也固不暇,尚何曲糵⑥之托而昏冥之逃邪?吾又以为悲醉乡之徒不遇也。

建中初,天子嗣位,有意贞观、开元之丕绩⑦,在廷之臣争言事。当此时,醉乡之后世又以直废。吾既悲醉乡之文辞,而又嘉良臣之烈,思识其子孙。今子之来见我也,无所挟,吾犹将张之;况文与行不失其世守,浑然端且厚。惜乎吾力不能振之,而其言不见信于世也!于其行,姑与之饮酒。

《韩愈文集汇校笺注》

【注释】

①韩愈(768~824):字退之,今河南孟州人,自谓郡望昌黎,世称韩昌黎。唐朝文学家、思想家、政治家。唐代古文运动的倡导者,宋代苏轼评价他"文起八代之衰",明人推他为"唐宋八大家"之首,与柳宗元并称"韩柳",有"文章巨公"和"百代文宗"之名,著有《昌黎先生集》、《外集》十卷等。

②《醉乡记》：为隋唐隐逸诗人王绩所作，详见前注。王绩是王秀才王舍的先祖。

③偃蹇：困顿、失志。

④箪（dān）：古代盛饭用的圆形竹器。

⑤曾参：孔子弟子，以孝行闻于世。《孔子家语》载参有次犯错，被父亲用大杖击之。过后为了不让父亲担心，拿出琴高声弹唱起来。孔子听闻此事后，认为曾参不爱惜自己的身体而陷父亲于不义。

⑥曲糵（niè）：酒的代称。本意指酒母。

⑦丕绩：大功业。

【赏读】

韩愈一代儒宗，承天地浩然之正气，文起八代之衰。每次读韩文，其风雷激荡，其气势磅礴，都会觉得自己还不够真正积极向上。

韩愈光焰万丈，生命力极其旺盛。也只有仕途困顿，如"雪拥蓝关"之时，偶然才会想到休息。故其再次读到王绩《醉乡记》，再也不像以前那样用仕途经济去衡定一切了，才会领会到醉乡之徒之所以不用于世，甘愿自我放逐，其真正原因在于"未能平其心"。随即，其诲人不倦、好为人师的兴致就上来了，他认为醉乡之徒不遇，在于时无圣人而师之，这就冬烘得近于可笑了。

其实还是"圣人"二字在心中兀自作怪也，若今天遇到如此之大人物，除了让人缩手缩脚之外，那么也就只能喝喝酒、谈谈天气什么了。不知王秀才王舍，在韩愈如此一篇有板有眼的雄文下面，身为东皋子后人，他又该有何感想呢？

序　饮　柳宗元①

　　买小丘，一日锄理，二日洗涤，遂置酒溪石上。向之为记所谓牛马之饮者，离坐其背，实觞而流之，接取以饮。乃置监史②而令曰："当饮者举筹之十寸者三，逆而投之，能不泅于洑③，不止于坻④，不沉于底者，过不饮；而洄而止而沉者，饮如筹之数。"既或投之，则旋眩滑汩⑤，若舞若跃。速者、迟者，去者、住者，众皆据石注视，欢忭⑥以助其势。突然而逝，乃得无事。于是或一饮，或再饮。客有娄生图南者，其投之也，一洄、一止、一沉，独三饮，众乃大笑欢甚。余病痞⑦，不能食酒，至是醉焉，遂损益其令，以穷日夜而不知归。

　　吾闻昔之饮酒者，有揖让酬酢百拜以为礼者，有叫号屡舞如沸如羹以为极者，有裸裎袒裼⑧以为达者，有资丝竹金石之乐以为和者，有以促数纠逖⑨而为密者。今则举异是焉，故舍百拜而礼，无叫号而极，不袒裼而达，非金石而和，去纠逖而密。简而同，肆而恭，衍衍⑩而从容，于以合山水之乐，成君子之心，宜也。作《序饮》，以贻后之人。

《柳河东集》

【注释】

　　①柳宗元（773～819）：字子厚，今山西永济人，唐代诗人、哲学家、儒学家乃至成就卓著的政治家，"唐宋八大家"之一。著名作品有《永州

八记》等,其六百多篇文章经后人辑为三十卷,名为《柳河东集》。

②监史:原指汉廷尉的属官监与掾史,此处指酒筵间众所推举监督饮酒的人。

③洑(fú):水流回旋的样子,亦指漩涡。

④坻(chí):水中的小洲或高地。

⑤汩(gǔ):水流动的声音或样子。

⑥欢忻:喜悦。

⑦痞:肚子里生的硬块。

⑧裸裎袒裼:指脱衣露体,没有礼貌。裸裎,露体;袒裼,露臂。

⑨纠逖:督责纠正。

⑩衎(kàn)衎:平和快乐。

【赏读】

韩愈、柳宗元两大家,盖唐古文中一时瑜亮,亦难分轩轾。但我于韩文,始感其正气凛然而最终令人远之,因其文长于说教论理,使人胆战心惊。柳文就有些不同了,奇诡处引人入胜而别有洞天,清丽处使人欢乐而流连忘返,最关键的还是使人亲切。

如此文中起首就是:"买小丘,一日锄理,二日洗涤,遂置酒溪石上。"临溪而居,临溪而饮,不由令人神往。然后再具体去写饮酒之趣和乐,最后才回到"余病痞,不能食酒",但是看见别人喝酒也会油然而醉,文字细细述来,仿佛我们也身临其境,三三两两,可以栖身在文字中的任何一处。

如果说韩愈在前文曾对喝酒有一些不理解,那么柳文在此历述前人种种饮酒之态,并归纳为"合山水之乐,成君子之心",把怎么喝酒当成生活中一门真正的艺术了,饮酒之趣也一时盎然。如他还在文中细细考证,最早出现将酒杯浮于水面以洄溯快慢的状态,成为罚酒之差的做法,也就是酒令的演变。

《醉乡日月》①序 皇甫松②

叙曰：夫以酒德自怡者，莫若负壶云岩，长歌林莽，希夷陶兀③，混浊百年，斯上士之为醉也。其或友月朋风，吟烟笑露，资欢于杼轴④之境，取胜于征引之场，追傲逸于古人，求舒适于当代，斯中士之为醉也。其或节以丝簧，程以袂舞，焰红烛于春夕，飘翠袖于香筵，以律度为高谈，以风标为上德，含妍吐艳，拂雾萦烟，此下士之为醉也。然而九土英华，五陵豪杰，纵横攘臂，络绎服膺⑤，竟蒙倏忽之心，争牵浑沌之窍，眠瓮者嗤为朴陋，搦管者目曰迂儒。于是以上士中人之风，拂尽于樽爵矣。既而六音靡靡，九酝泠泠⑥，傲云山为外人，愿罍杓⑦为剩物。含犀露玉之党，悬缨拖紫之群⑧，联襟而媚新声，接舞而趋艳曲。虽有清真雅士，肮葬⑨高人，亦舍方而就圆，盖彼众而我寡。呜呼！十二年之内，天下翕然同风，酒德之衰，有一于此。

余坐当樽罍大会之日，丝簧竞溃之时，蓬在麻中，何暇偃蹇⑩？顷居清洛，欢多徇人，岁月既滋，颇有瑕颣⑪。嫉其为下士之醉，又不能绝利一源，上下相蒙，巧拙相混。昔窦常⑫为酒律，与今饮酒不同，盖止迟筹，寻弃于世。余会昌五年春，尝因醉罢，戏纂当今饮酒者之格，寻而亡之。是冬闲暇，追以再就，名曰《醉乡日月》，勒成一家，施于好事，凡上中下三卷。

《全唐文纪事》

【注释】

①《醉乡日月》：三卷，唐皇甫松撰。本书序作于会昌五年（845），自称为酒后戏作，录当时饮酒者之格及酒令、酒事风俗等，并借以寄寓与世乖违之情。原书不存，《说郛》《类说》等书有所节录。

②皇甫松：唐代词人，生卒年不详，字子奇，自号檀栾子，今浙江建德人。《新唐书·艺文志》著录皇甫松《醉乡日月》三卷。其词今存20余首，见于《花间集》《唐五代词》，事迹见《历代诗余》。

③希夷：清静自然。陶兀：酣然尽醉。

④杼轴：比喻诗文的组织、构思。

⑤服膺（yīng）：铭记在心；衷心信服。

⑥泠泠：此处指酒味清新爽口。

⑦罍杓（léi sháo）：罍，大型盛酒器；杓，同"勺"。

⑧"含犀"二句：代指豪门纨绔子弟。

⑨肮葬：同"抗脏"，耿直高亢。

⑩偃蹇：高耸。

⑪瑕颣（lèi）：比喻事物的缺点、毛病。瑕，玉上的斑点；颣，丝上的疙瘩。

⑫窦常：唐代诗人。字中行，今陕西咸阳人。

【赏读】

酒有酒德，喝酒的人多了，就有了酒品的划分。有时单单想到这里，不由暗自发笑。不就是尽兴图个醉么？醉后都是一样的浑浑噩噩，不知天南海北，亦不识红绿青黑，如果用三六九等一一概之，确实荒唐。

正如人生仅有三副眼泪（汤卿谋《闲余笔话》）十分珍贵之外，我们今天喝酒，有时会觉得古人喝得过于雅致、过于礼貌，于是顿生今昔之感，深感酒德之衰。而在千百年前的唐朝，皇甫松的感慨也是如此，所作《醉乡日月》三卷，其实不过是为"酒"正名。他将酒人分为上中下三等，固执地将酒人的特性从更多的普遍性中隔离开来，对于上士及中士之醉，他们最重要的特质就是保持一个酒人的灵魂。这可以说是对酒的尊重，也是对自我的一种尊重。

若是懂得这个，饮酒不饮酒，喝醉不喝醉，都只是一项具体到忽略不计的表征而已。这或许就是《醉乡日月》这部书的由来，而前辈酒人的任情散漫之处，能够让千百年后的目光有所欣羡，其中况味，其实也一样源于此。

醉翁亭记 欧阳修①

环滁②皆山也。其西南诸峰,林壑尤美。望之蔚然而深秀者,琅琊③也,山行六七里,渐闻水声潺潺,而泻出于两峰之间者,酿泉也。峰回路转,有亭翼然临于泉上者,醉翁亭也。作亭者谁?山之僧智仙也。名之者谁?太守自谓也。太守与客来饮于此,饮少辄醉,而年又最高,故自号曰醉翁也。醉翁之意不在酒,在乎山水之间也。山水之乐,得之心而寓之酒也。

若夫日出而林霏开,云归而岩穴暝,晦明变化者,山间之朝暮也。野芳发而幽香,佳木秀而繁阴,风霜高洁,水落而石出者,山间之四时也。朝而往,暮而归,四时之景不同,而乐亦无穷也。

至于负者歌于途,行者休于树,前者呼,后者应,伛偻④提携,往来而不绝者,滁人游也。临溪而渔,溪深而鱼肥;酿泉为酒,泉香而酒洌;山肴野蔌⑤,杂然而前陈者,太守宴也。宴酣之乐,非丝非竹,射者中,弈者胜,觥筹⑥交错,起坐而喧哗者,众宾欢也。苍颜白发,颓然乎其间者,太守醉也。

已而夕阳在山,人影散乱,太守归而宾客从也。树林阴翳,鸣声上下,游人去而禽鸟乐也。然而禽鸟知山林之乐,而不知人之乐;人知从太守游而乐,而不知太守之乐其乐也。醉能同其乐，醒能述以文者，太守也。太守谓谁？庐陵⑦欧阳修也。

《欧阳文忠公文集》

【注释】

①欧阳修（1007～1072）：字永叔，号醉翁，别号"六一居士"，今江西永丰人。"唐宋八大家"之一，一生的主要著作，有南宋周必大等编定的《欧阳文忠公文集》153卷，约百万言。另外，史学著作有奉诏与宋祁等合作编著的《新唐书》，以及他自己独家编纂的《新五代史》74卷。

②滁：滁州，今安徽滁州琅琊区。

③琅琊：即琅琊山，位于滁州琅琊区与南谯区交界处，与滁州城山城一体。

④伛偻：即腰背弯曲，多指老人。

⑤野蔌（sù）：野蔬。

⑥觥：酒杯。筹：酒筹，用来计算饮酒数量的筹子。

⑦庐陵：今江西吉安，因吉州原属庐陵郡，欧阳修遂以"庐陵欧阳修"自居。

【赏读】

"醉翁之意不在酒，在乎山水之间"，此乃作者欧阳修之自道也。古往今来那么多酒徒，又有多少真正在于酒呢？更多的是借酒大杯大杯浇心中的块垒，所以大碗饮罢东西南北中，独自看罢朝露夕阳，以百十年来为下酒物，细细品来浮生仍是一梦，梦就是酒后淋漓的山水。

读罢此文，其实欧阳修虽纵情于酒，寄兴于山水，自称醉翁则是因为他"饮少辄醉"，于今日观之不少人或者还以为其荒怠腐败，但整篇文字里洋溢的却是"与民同乐"的思想。在中国古代,何谓真正的与民同乐?那就是与民休息,恢复元气,这才是作为一个治世或是一项治绩最为有力的保证。故此文中虽然处处写醉,处处写山水,实则处处写乐。如鸟儿知道山林里的快乐,却不知道人们的快乐;人们知道跟随太守游玩的快乐,却不知道太守之所以快乐是因为他能做到政治清明与民同乐。这种乐趣是不但喝醉了酒能同滁人一起快乐,醒了酒后还能将滁人的快乐记述到文章里的那种快乐。

此种乐虽历千年,仍不免令人心折之。可见那个时候的宋朝,太守游玩不用警车肃静开道,临好山水无需将民众清场,更不用强拆民房哄抬房价使百姓不能安居乐业……正所谓举国与民同乐,乃乐之真正大者。

书《东皋子①传》后 苏　轼②

余饮酒终日，不过五合，天下之不能饮，无在余下者。然喜人饮酒，见客举杯徐引，则余胸中为之浩浩焉，落落焉，酣适之味，乃过于客。闲居未尝一日无客，客至未尝不置酒，天下之好饮，亦无在吾上者。常以谓人之至乐，莫若身无病而心无忧，我则无是二者矣。然人之有是者接于余前，则余安得全其乐乎？故所至常蓄善药，有求者则与之，而尤喜酿酒以饮客。或曰："子无病而多蓄药，不饮而多酿酒，劳己以为人，何也？"余笑曰："病者得药，吾为之体轻；饮者困于酒，吾为之酣适，盖专以自为也。"

东皋子待诏③门下省④，日给酒三升，其弟静问曰："待诏乐乎？"曰："待诏何所乐，但美酝三升，殊可恋耳！"今岭南法不禁酒，余既得自酿，月用米一斛⑤，得酒六斗。而南雄、广、惠、循、梅五太守间复以酒遗余，略计其所获，殆过于东皋子矣。然东皋子自谓"五斗先生"，则日给三升，救口不暇，安能及客乎？若余者，乃日有二升五合入野人道士腹中矣。

东皋子与仲长子光⑥游，好养性服食，预刻死日自为墓志，余盖友其人于千载，则庶几焉。

《苏轼文集》

【注释】

①东皋子：即隋唐隐逸诗人王绩，字无功，号东皋子。仕隋为秘书省正字，唐初以原官待诏门下省。反对礼教，放诞纵酒。

②苏轼（1037～1101）：北宋文学家、书画家。字子瞻，号东坡居士。四川眉山人。一生仕途坎坷，学识渊博，天资极高，诗文书画皆精。其文汪洋恣肆，明白畅达，与欧阳修并称欧苏，为"唐宋八大家"之一。著有《苏东坡全集》和《东坡乐府》等。

③待诏：官名。汉代以才技征召士人，使随时听候皇帝的诏令，谓之待诏。唐初，置翰林院，凡文辞经学之士及有医卜等专长者，均待诏值日于翰林院，给以粮米，使待诏命，有画待诏、医待诏等。

④门下省：官署名称，魏晋至宋的中央最高政府机构之一。

⑤斛（hú）：中国旧量器名，亦是容量单位，一斛本为十斗，宋代开始改为五斗。

⑥仲长子光：字不耀，隋末隐士，王绩友，常和王绩一起饮酒赋诗。仲长为复姓。

【赏读】

饮酒之乐，若天生海量能够应付自如，未尝不是一种豪气。但是若东坡一样不胜酒力，见客饮胸中亦佳，却又自酿美酒，招待客人，遍及野人道士，其胸襟之旷达洒脱，亦可在酒国中称豪矣。由此可见，能不能饮，是由酒力决定的；好饮不好饮，则是由人的气魄和胸襟所主宰的。

东坡不但请客饮酒，还施药与人，以人之至乐为己之乐，以人之病痛为己之劳，这就是一种难得的大爱精神。文中不由拿东皋子开了一个小小的玩笑，谓其待诏门下，三升尚不暇救口，而自己却拿大部分的美酒招待客人，其中高下立分，一个好玩的却又自喜的东坡生动地跃入了我们的眼帘。

　　该文轻松活泼,却又寓大爱于其中,令人深思,自叹。若有良酒三升,亦可用来自问自答之。

书《晋贤图》后 秦 观[①]

此画旧名《晋贤图》，有古衣冠十人，惟一人举杯欲饮，其余隐几、杖策[②]、倾听、假寐、读书、属文，了无霑醉之态。龙眠李叔时[③]见之曰："此《醉客图》也。"盖以唐窦蒙《画评》有毛惠远[④]《醉客图》，故以名之焉。叔时善画，人所取信，未几转相摹写，遍于都下，皆曰："此真《醉客图》也，非叔时畴能辨之！"独谯郡张文潜[⑤]与余以为不然。此画晋贤宴居之状，非醉客也。叔时易其名，出奇以眩俗耳。

余旧传闻江南有一僧，以赀得度，未尝诵经。闻有书生欲苦之，诣僧问曰："上人亦尝诵经否？"僧曰："然。"生曰："《金刚经》几卷？"僧实不知，卒为所困，即诬生曰："君今日已醉，不复可语，请俟他日。"书生笑而去。至夜，僧从邻房间知卷数。诘旦[⑥]生来，僧大声曰："君今日乃可语耳，岂不知《金刚经》一卷也。"生曰："然则卷有几分？"僧茫然，瞪目熟视曰："君又醉耶？"闻者莫不绝倒。

今图中诸公了无醉态，而横被沉湎之名，然后知昔所传闻为不谬矣。虽然，余惧叔时以余与文潜异论，亦将以醉见名。则余二人者将何以自解也？叔时好古博雅君子，其言宜不妄。岂评此画时方在酩酊耶？图中诸客泊予二人，孰醉孰不醉，当有能辨之者。

《淮海集》

【注释】

①秦观（1049~1100）：字太虚，又字少游，别号邗沟居士，世称淮海先生。今江苏高邮人。北宋中后期词人，"苏门四学士"之一。官至太学博士，国史馆编修。秦观一生坎坷，所写诗词，高古沉重，寄托身世，感人至深，有《淮海集》传世。

②杖策：亦作"杖筞"，拄杖。

③李叔时：即李公麟，北宋画家，号龙眠居士，今安徽桐城人。长于诗，精鉴别古器物。尤以画著名，凡人物、释道、鞍马、山水、花鸟，无所不精，时推为宋画中第一人。

④毛惠远：南朝齐画家，今河南原阳人。善画马及人物、故事。

⑤谯郡：今安徽亳州。张文潜：张耒，宋代诗人，字文潜，号柯山。今江苏人，祖籍安徽亳州，"苏门四学士"之一。

⑥诘旦：平明，清晨。

【赏读】

李公麟被世人推为宋画中第一人，纵使其品画偶有错讹处，也被时人竞相追捧，奉为圭臬，这也难免为秦少游所讥笑了。

古亦有楚王好细腰，今亦有百姓抢食盐，更不用说网上处处卖萌的专家和教授了，国人相信权力，相信名气，相信金钱，相信他人，就是不相信自己。故一人传虚，百人传实，经过名画家的一锤定音，即使画里面只有一个人举杯欲饮，《晋贤图》被都下众人皆称为《醉客图》，也就不奇怪了。

通过和尚与《金刚经》的这个小故事，秦少游更是辛辣地讽刺了这种现象。可见许多事究竟是醒耶醉耶，还是真耶假耶，有时并不一定因为谁是名人，谁就可以说了算。

饮酒说 袁中道①

自思到舟中以来,已近一月矣,耳目清寂,毁誉是非不到,应酬减少。生平饮酒,不喜昼饮,一饮终日昏倦;夜饮亦不喜多,饮多则梦,寝寐不安,次早神思不爽,甚则助发淫嗔。明知其为苦趣,然居人世,亲友以此为礼,见予素有酒名,一席不饮,则主人讶之。不得已强为之饮,饮至渐多,则已先欲饮,又不待主人劝矣。俗所云"下坡酒"也。予不幸有此病。性既择酒,而酒不堪饮者最多,然不容不饮,勉强吞噬,有如服药。未能逃世,既不容戒;易流之性,又复难节;面柔趣深,又复难辞。其实败我之德,伤我之生,害我之学道者,万万必出于酒无疑也。

往事无论,丁居渔阳②府署中,每夜取酒两小瓶,付之小奚③,读书至二更则饮。饮至一小瓶后,便有醉意,醉中观粉壁上见自影,须髯郁然。举箸后,则髯亦连动不止,顾而大笑,其寂寞如此。然半醉后,拍拍满怀,酣适不可言喻。大都渔阳密迩④蓟镇⑤,蓟酒与易酒皆佳,可饮也。惟与蹇大司马⑥饮,则常不支。蹇全不择酒,酒或遇暑而败者都不择,一吸而尽。每饮止一吸,即以杯向下曰:"干!"颇为其速所困。一日对饮,予已大醉熟眠,而大司马复出立松影下,呼予侍儿云:"传语汝主人,我正醒，何醉卧耶？汝记我半夜犹来此，无半点酒意，明日切莫向我论量也。"次日，寒公苦头眩不能起，延医视之，然予知是病酒，私谓其令公子曰："尊大人病，至午后即愈矣。"已而果愈。追思此老人之兴致，与其怜才，何可得也，今亦化去矣。嗣后，予以老人有宜过饮，密令所亲止之，不复出。予每夜但小饮以为常。故予居署中，读书多，著述富，而学道时有透彻者，以应酬绝而饮酒少也。后入都门⑦，为酒席所困，出春明门⑧，如释重负。及归家亦然，凡入城至石首及澧州⑨、常德间，皆无可奈何，不别诸友逃去。惟近来入舟，不知舟中可以养生，饮食由已，应酬绝少，无冰炭攻心之事。予赋命奇穷，然晚岁清福，延年益算之道，或出于此。不然，常居城市，终日醺醺，既醉之后，溜须拍马念随作，水竭火炎，岂能久于世哉！故人知我之逍遥游，不知其为养生主也。近日精神爽健，百病不生，甚以自幸，留此幻躯，尚有别事可作。因喜而缕缕书之。

《珂雪斋近集》

【注释】

①袁中道（1575～1630）：明代文学家，字小修，一作少修。"公安派"领袖之一，今湖北公安人。万历四十四年（1616）中进士，授徽州府教授，止于吏部郎中。与其兄宗道、宏道并称"三袁"，其文学主张与宏道基本相同，强调性灵。

②渔阳：今天津蓟县、北京平谷等地。蓟县西北有一山，名曰渔山，县城在山南，故名渔阳。

③小奚：小男仆。

④密迩：很接近，多指地理上的距离。

⑤蓟镇：又名蓟州镇，今名蓟县，为明九边重镇之一。
⑥大司马：古代官名，明清用作兵部尚书的别称。
⑦都门：京城。
⑧春明门：古长安城门名，为城东三门之中门。在此处借指京城。
⑨澧州：即今澧县，位于湖南北部，澧水下游。

【赏读】

　　饮酒的乐趣，以自饮为佳。如此篇中作者每夜读书饮酒为乐，在粉壁上见得自影，酒亦寂寞，影亦寂寞，笑容寂寞，夜阑后的寂寞，更是一杯寂寞的酒。

　　但此种心境，也只有逃得了世间的酒，方才会得如此。但世间的酒又岂是说逃得就逃得？君不闻"感情深，一口闷；感情浅，舔一舔"，何况早已纳下酒的投名状与人，不管好喝不好喝，能喝不能喝，皆一一强颜笑纳之。但过后未免后悔，就会想到节之戒之，方才知酒为欢伯，却成了欢场上的毒药。

　　说来这也是作者的烦恼，人依赖酒，人与人之间的关系还得依赖酒，与酒相敌易，与人相敌却难，有人喜欢疾饮，有人喜欢徐饮，每个人喝酒都难免有个自己的账簿，这样一来，亦难免为酒所困。

　　你看看，一个喜欢喝酒的人，最后却为了酒选择了逃酒，这难道是因为酒的过错么？

读《酒经》[①] 张大复[②]

数朵蔷薇,袅袅欲笑,遇雨便止。几上移蕙一本,香气浓远,举酒五酌,颓然竟醉。命儿子快读《酒经》一过,并书中郎[③]所作《醉乡调笑引》于末。吾观画工写生,大都于梅花下着水仙,盖其臭味则有然矣。

《梅花草堂笔谈》

【注释】

①《酒经》:又名《北山酒经》,著者为北宋人朱肱,字翼中,曾在杭州开办酒坊,有丰富的酿酒经验。《酒经》载有酒曲13种,特别强调酸浆的重要,还记载了当时加热酒液杀菌保存的新技术。

②张大复(约1554~1630):今江苏苏州人。名彝宣,字心期,一作星其,自号寒山子,又号病居士。明代戏曲作家、声律家。除《梅花草堂笔谈》外,他还完成了《嘘云轩文字》《昆山人物传》《昆山名宦传》《张氏先世纪略》等著作。

③中郎:即明代文学家袁宏道,字中郎,号石公。

【赏读】

很少有人不爱花,花总会让人想起生命中的一些美好事物来。张大复爱蔷薇,在另一篇短文里他说,看见蔷薇嫣然欲笑就会心生怜惜,看见花谢萎红就会顿生寂寞,恋花恋得久了,就会觉得花的袅娜,一颦一笑,都有自我之情。是花痴,还是人痴?

正如酒不醉人人自醉,花不迷人人自迷,花酒相映,不觉酩酊,以醉眼再去看花,人应比花更痴耳。醉中却又不觉自醉,读《酒经》,书醉词。如此醉亦有十分矣。此情此景,不由回想起年少时随手乱抹的一句词来:"且高筑坟台伴花侧,酒浇残骸。"在安闲中求得快意二字,正如梅花水仙相互映衬,此情此景也醉人矣。

醉轩记　吴廷翰①

吾以"醉"名吾园之东轩。

客坐而语曰:"天下有不饮而醉者乎?子性不喜酒,每对酌,终日不盈觞,客时酩酊归,主人豁如也。然则子乏醺酣②之实德,而窃糟粕之虚名矣乎?"

曰:"客独不知醉也!天下之物,其好之真,有如酒者,则醉岂特酒哉?吾以适吾好,则快乎志,娱乎耳目,浸灌滋润乎肺肠,发纾乎肌肤毛发,应感乎物,注乎吾心,则中焉耳矣,而又安所事酒也?故吾每坐轩中,穷天地之化,感古今之运,冥思大道,洞贤玄极,巨细终始,含濡包罗,乃不知有宇宙,何况吾身!故始而茫然若有所失,既而怡然若有所契。起而立,巡檐而行,油油然若有所得,欣欣然若将遇之,凭栏而眺望,恢恢然、浩浩然不知其所穷。返而息于几席之间,晏然而安,陶然而乐,煦煦然而和,盎然其充然,澹然泊然③入乎无为。志极意畅,则浩歌颓然,旋舞翩然,恍然、惚然④、怳然⑤,不知其所以也!童子谓吾曰:'翁醉矣乎?'是时也四大浃洽⑥,三极混融,万物酣畅,六合浮游,若登太和之堂,坐玉烛之台,而翱翔乎极乐之国也;若吸呼偃仰乎醍醐⑦之岭,而泛醽醁⑧之海也;若餐沆瀣⑨而饱溟涬⑩也。彼人间之捧罂承槽、衔杯漱醪者,迷乱生死,又恶知有是哉!然则吾醉矣乎!"

于是客怃然⑪曰:"闻子言,吾亦醉矣。"遂记于轩中。

《苏原先生全集》

【注释】

①吴廷翰(1491~1559):字嵩柏,号苏原。今安徽无为县人。历官兵部主事、户部主事,至吏部文选司郎中。四十余岁辞官归里,专事著述。著有《吉斋漫录》《椟记》《瓮记》《丛言》《志略考》《湖山小稿》《洞云清响》等。

②酦(nóng):指味道浓烈的酒。

③泊然:恬淡无欲。

④惚然:精神不集中,神志不清。

⑤怳(huǎng)然:失意、惆怅。

⑥浃(jiā)洽:和谐;融洽。

⑦醍醐:比喻美酒。

⑧醽醁(líng lù):古美酒,亦作"醽渌",是一种当今很罕见的绿酒。

⑨沆瀣(hàng xiè):夜间的水气、露水,旧谓仙人所饮。引申指珍贵的饮料。

⑩溟涬(xìng):天体未形成前的浑然元气。泛指自然之气。

⑪怃然:惊愕。

【赏读】

醉是一种状态。能够让人赏心悦目、流连忘返、回肠荡气、陶醉其间、其乐融融的,又岂止是一杯酒乎?

欧阳修在《醉翁亭记》中就曾慨叹醉翁之意不在酒,而在于山水。除此之外,醉于美人裙下,醉于金石古玩,醉于风露月华,故人世间一草一木，一饮一啄皆可以令人沉醉。郑日奎就曾在《醉书斋记》中自云："清晨起来，即注水砚中，研墨饮笔，随意抽一卷书，边读边批，看到会心的地方，朱墨淋漓，而且或歌或哭，或笑或骂，或闷欲绝，或大叫称快，或咄咄诧异，或卧而思，或起而狂走。"这种醉书之态，与醉酒何异？

而该文作者更是一代奇人，日本人曾说他"辟程、朱之道，豪杰也"。在生活中，他却是一个"一勺不濡而多酒意"的饮者。但就此文中所说的那样，六合之内，八荒之表，只要心中有个醉意，不管有酒无酒、有菜没菜，天地间万物都可以拈来下酒，天地间无一物不使人酒意盎然。甚至于这篇洋洋洒洒的酒谈，听者亦不觉自醉，你能说他不知酒不懂醉吗？

人生的美味美景、美言美行，只有细细品味，才是天底下真正快活的人。

《绿天小品》题词 李维桢[①]

王氏故多酒人。"酒正使人自远",光禄[②]之言也;"酒正自引人着胜地",卫军[③]之言也;"三日不饮,使人形神不亲",佛大[④]之言;"名士不须奇才,得无事痛饮酒熟读《离骚》[⑤],便可称名士",孝伯[⑥]之言也;唐无功[⑦]所著《醉乡记》《五斗先生传》,及他诗歌,率可传。

娄东[⑧]王时驭,自号"酒懒",好酒不减五君,其诗文所谓《绿天馆小品》者,清言秀句,多人外之赏。起五君九原,挥麈酬酢[⑨],定入《世说》[⑩]"言语""文学""任诞"三则中。

其妹婿潘藻生为梓行之,以示余。余惟五君皆有官职,而时驭相国从弟,布衣蚤[⑪]死,即无功传《唐书隐逸》,当逊一筹,是又乌衣、马粪[⑫]佳子弟之所罕有也。

《大泌山房集》

【注释】

①李维桢(1547~1626):字本宁,今湖北京山人。累官礼部尚书,告老归。卒于家。维桢性乐易阔达,文章弘肆,卓负重名垂四十年,然多率意应酬之作。有《大泌山房集》134卷及《史通评释》等传于世。

②光禄:王蕴,字叔仁,东晋太原晋阳人。嗜酒,晚年尤为严

重。太元九年（384）去世，时年五十五岁，追赠左光禄大夫、开府仪同三司。

③卫军：王荟，字敬文，小字小奴，今山东临沂人。东晋大臣、书法家，丞相王导第六子。喜酒。后被朝廷追赠卫将军。

④佛大：王忱，东晋人，字元达，小字佛大，今山西太原人，与王恭、王珣俱流誉一时。自恃才气，晚年尤嗜酒，一饮连月不醒，或裸体而游。

⑤《离骚》：战国时期诗人屈原的代表作，是中国古代诗歌史上最长的一首浪漫主义的政治抒情诗。

⑥孝伯：王恭，字孝伯，小字阿宁，今山西太原人。东晋大臣，后起兵讨伐朝臣而死，死后家无余资，为时人所惜。

⑦无功：王绩，字无功，隋唐隐逸诗人。

⑧娄东：今江苏太仓。

⑨挥麈（huī zhǔ）：晋人清谈时，常挥动麈尾以为谈助。后因称谈论为挥麈。酬酢（chóu zuò）：酒席上主宾相互敬酒。

⑩《世说》：即刘义庆及门下文人所撰的《世说新语》，分类编排，多记魏晋时名士风尚行止。

⑪蚤：同"早"。

⑫乌衣、马粪：即六朝时建康的两条街巷。定居于乌衣巷的王导一支被称为乌衣诸王；定居于马粪巷的王僧虔、王志一支被称为马粪诸王。在此泛指王氏一族。

【赏读】

　　为人作序题词，欲罢却又不能，欲写无从下笔，观此文即可偷学得一招。

　　恰巧他又姓王，恰巧他又喝酒，恰巧他又不遇早死。诸般恰巧凑成开门见山的一句"王氏故多酒人"。这就是源头，这文字就自然可以往下作了。记得以前读《水浒传》看到武松斜着怪眼抓着店小二来上一句:"你家店主为何不姓李?"总以为有些咄咄,最后读程穆衡的注才明白了。但在善写文章的老作家面前,姓李的自有太白之风,姓张的多是莼鲈风味,信手拈来都不是难事。

背完书,挽个结,如此再写个评语,和王氏的先贤们打个哈哈,远溯一下祖风,也是一件乐事。

《酒颠》小序　陈继儒①

夏茂卿撰《酒颠》,侈引东方②、郦生③、毕卓④、刘伶诸人,以策酒勋,辩哉无以应。予不饮酒,即饮未能胜一蕉叶,然颇谙酒中风味。大约太醉近昏,太醒近散,非醉非醒,如憨婴儿。胸中浩浩,如太空无纤云,万里无寸草,华胥无国,混沌无谱,梦觉半颠,不颠亦半,此真酒徒也。毕忘盗,未忘瓮;刘忘埋,未忘锸⑤。俗人治生,道人学死,圣人之教,生荣而死哀,是皆犹有生死耳。然则将如何,乐天⑥不云乎:"吾尝终日不食,终夜不寝,以思无益,不如且饮。"

《陈眉公全集》

【注释】

①陈继儒(1558~1639):明代文学家、书画家。字仲醇,号眉公、麋公。今上海松江人。诸生,年二十九,隐居小昆山,后居东佘山,杜门著述,工诗善文,擅墨梅、山水。有《梅花册》《云山卷》等传世。著有《妮古录》《陈眉公全集》《小窗幽记》。

②东方:指东方朔,西汉辞赋家。一生著述甚丰,后人汇为《东方太中集》。

③郦生:指郦食其,汉初策士。少时嗜好饮酒,常混迹于酒肆中,自称为高阳酒徒。

④毕卓：东晋官员。字茂世，今安徽临泉鲖城人。晋元帝太兴末年为吏部郎，因饮酒而废职。

⑤锸（chā）：铁锹，掘土的工具。

⑥乐天：白居易，字乐天，号香山居士。唐代诗人，有《白氏长庆集》传世。

【赏读】

常说至道是难，至醉却是个容易达到却又不容易明白的境。像刘伶这样的酒圣酒帝、毕卓那样的酒国大盗，在眉公的眼里，还算不上是真正的酒徒。

眉公自谦"未能胜一蕉叶"，却又顾盼自雄地说道："颇谙酒中风味。"而他所说的那个"太空无纤云，万里无寸草"之境，我想我还有一些曾经醉酒的人都误打误撞到过那个地方，只是把握不好分寸，也开不了其中的门。当然也算不得是真正的酒徒。

眉公飞来飞去，自然是个高人，却又爱玩这"无"却又"无所不"的游戏，轻轻地兜一个圈子，就用"生"与"死"的题目把刘伶等一干人给圈住了，认为他们不垢不净，不能做到"胸中浩浩"，还有一个"世"的观念。但是人间"世"又岂是说忘得就忘得，我爱喝酒，下酒也多爱用这多是非的境。其实，白乐天之进思无益，也还有"于世有碍"的成分在里面呢！

眉公写完这篇序，觉得还有所不足，于是又另撰了三卷《酒颠补》，这书我倒是不曾寻着，但我知道，饮酒这个东西，一有差别比较，就再也不是个单纯的乐趣了。

《酒颠》题词　董其昌①

渊明恕醉,与渔父同醒,正言若反,即复餔糟啜醨②,所谓寄大梦于栖桊③,而德义之矩自在也。颠何容易?知此则知文成之辟谷④、图南之爱睡⑤,皆真能颠者。

茂卿其酒人之雄乎?若夫醉乡之天地,腾腾兀兀,近于天全。微细披剥,乃是无记所摄,故凡夫醉于无明⑥,二乘醉于涅槃⑦,惟大圣人能饮酒不及乱。茂卿深于法喜,故为下此转语。中下之根欲读《酒颠》,请从《酒诰》⑧入。

《容台文集》

【注释】

①董其昌(1555~1636):明代书画家。字玄宰,号思白、香光居士。今上海松江人。万历十七年进士,授翰林院编修,官至南京礼部尚书,卒后谥文敏。擅长画山水,以佛家禅宗喻画,倡"南北宗"论,为"华亭画派"杰出代表。其画及画论对明末清初画坛影响甚大。书法出入晋唐,自成一格,能诗文。著有《画禅室随笔》《容台文集》等,刻有《戏鸿堂帖》。

②餔糟啜醨:吃酒糟,喝薄酒。指追求一醉。语出《楚辞·渔父》:众人皆醉,何不餔其糟而歠其醨。此处应指屈志从俗,随波逐流。

③栖桊(bēi quān):古代一种木质的饮器,尤指酒杯。

④文成之辟谷：汉初谋士张良去世后，谥文成侯。张良晚年急流勇退，辟谷修身。

⑤图南之爱睡：陈抟字图南，号扶摇子，赐号希夷先生。今河南鹿邑县太清宫镇陈竹园村人，五代宋初道教学者、隐士。嗜睡，被后人尊称为"睡仙"。

⑥无明：佛教用词。一说为愚痴，不能见到世间实相的根本力量。亦为烦恼之别称。

⑦二乘：声闻乘和缘觉乘。凡属修四谛法门而悟道的人，总称为声闻乘；凡属修十二因缘而悟道的人，总称为缘觉乘。涅槃：一般指从痛苦中解脱出来的一种状态，也即成佛。

⑧《酒诰》：《尚书》中的篇章，中国最早的禁酒令，是周公命令康叔在卫国宣布戒酒的告诫之辞。

【赏读】

以前贪看古书，常常看到古人在前序后跋里打架，真是好玩得很。面对同样的一本书，为了一个"半颠"还是"能颠"，说不定陈眉公在这里就要和董思白狠狠地打上一架。

说到"能颠"，董思白举了两个很好的例子：张良以前能进，现在能退；陈抟以前能醒，现在能睡。只要心中有个计较在，就无可无不可了。意思是屈原于众人皆醉独自求醒，还是不能颠也，难！难！是否能颠君自看。

但世间有可颠之事，也有不能颠之事，正如有人遗形骸者，也有人不能遗形骸者，并且还不能用酒统统完全盖住。有人生来重重忧患，有人生在无忧患处，圣人饮酒不及乱，众人独许之高，其实还是有一种不容忘形的自我珍惜在里面。

当然中下之人不曾省得这个，只顾于无明处求混沌黑甜。这也难怪董思白要打他们手板，让他们先得从《酒诰》好好学起。

南太史《饮酒集杜》小序 黄汝亨[①]

朱进父用杜子"浅把涓涓酒"二句,作饮酒诗十六首,而南太史子兴竟集杜句为之,得三十六首。两公俱称绝调,而为太史更难。何者?我与我周旋易,而我与人相代而竟作我,非谐情合体,仿性纾才[②]不能也。昔庄惠[③]游濠梁[④]之上,惠曰:"子非鱼,安知鱼之乐?"庄曰:"子非我,安知我不知鱼之乐?"请以此下一转语曰:"子兴非少陵[⑤]者,安能集众少陵之为一少陵,而又有我在耶?"然则,古今才子非诗非酒,而有所以为诗酒人之雄者,览斯集可三叹焉。

《寓林集》

【注释】

①黄汝亨(1558~1626):字贞父,今杭州人,明万历二十六年进士,官至江西布政司参议,有《天目记游》《廉吏传》《古秦议》《寓林集》《寓庸子游记》等。晚明小品文作家。善书,行草合苏米之长,媚不掩骨,韵能成法。

②纾才:纾同"抒",抒发才气。

③庄惠:庄子、惠施。

④濠(háo)梁:濠水的桥上。濠水,古水名,一名石梁河,在今安徽凤阳县境内,东北流至临淮关入淮河。

⑤少陵：指唐诗人杜甫。杜甫常以"杜陵"表示其祖籍郡望，自号少陵野老，世称杜少陵。

【赏读】

  集句诗起初还只是个小小的游戏，作者只有博闻强记，随口成趣，才能集句成诗。最先大家聚在一起还有个比较的意思，只是讲求"贵拙速"，后来发觉自己一个人也能玩，于是便在"意贯而对偶"深下功夫。

  或许是杜甫讲究诗律的缘故，"集杜诗"后来就成了一个突出的种类，文天祥就曾在狱中作集杜诗二百首，清晰地写出了宋亡前后的历史过程，真是世所罕见。此文就先从朱进父的饮酒诗入手，随即引出并烘托出南太史的《饮酒集杜》，认为此乃难上加难！

  把他人的锦心文字，尽心驱使，反过来去寄托自己的情怀，就连作序的人也不由好奇地发问："子兴非少陵者，安能集众少陵之为一少陵，而又有我在耶？"

游慧锡两山记 王思任①

越人自北归,望见锡山②,如见眷属,其飞青天半,久喝③而得浆也。然地下之浆,又慧泉④首妙。

居人皆蒋姓,市泉酒独佳。有妇折阅⑤,意闲态远,予乐过之。买泥人,买纸鸡,买木虎,买兰陵面具⑥,买小刀戟,以贻儿辈。至其酒,出净磁,许先尝论值。予丐洌者清者,渠言燥点择奉,吃甜酒尚可做人乎?

冤家,直得⑦一死。

《王季重九种集》

【注释】

①王思任(1574~1646):明末文学家。字季重,号谑庵,又号遂东、稽山外史,今浙江绍兴人。万历年进士,曾知兴平、当涂、青浦三县,又任袁州推官、九江佥事。清兵破南京后,鲁王监国,以思任为礼部右侍郎,进尚书。1646年,绍兴为清兵所破,绝食而死。为文笔意放纵诙谐,时有讽刺时政之作。以《游唤》《历游记》两种游记成就最高,《小洋》《天姥》诸篇尤为著名。诗重自然,才情烂漫,惜放纵太甚,有《王季重十种》传世。

②锡山:在今江苏无锡西郊,是惠山东峰脉断处凸起的小峰。相传古代盛产锡,所以叫锡山。

③暍（yē）：暑热。
④慧泉：在慧山第一峰白石坞下，唐代陆羽以此为天下第二泉。
⑤折阅：折价出售。
⑥兰陵面具：北齐高长恭封兰陵王，才武而貌美，常戴面具对敌。此指各种面具。
⑦直得：值得。

【赏读】

　　出门还乡，总觉故乡风物自来亲人，起始无非说山如何佳，泉如何妙。接着就是有妇当垆，折价卖酒。刚有点意思了，忽又把笔从闲处顿远，絮絮去谈小儿辈的玩具。谈完再把镜头拉近，又回到酒的上面了，并且还可以先尝再买，酒的意思更进一层。忽又再把笔顿一下，想先弄点淡的尝尝，却被那妇人开胸破喉似的一句："我们这只有烧酒，再说，喝甜酒还能做人吗？"

　　看他先前闲闲散散，欲有所言，尚未有所言，至此无缘无故，被那妇人直接就是一句。这一句又像是脱口脱手，总有许多的收煞不住。这一句，不由让人心神顿消，回到了天地之始。这一句是缘分、是命定，那还等什么呢？

　　"冤家，直得一死。"至此，说再多的话都是多余的。每每想起我偶然淘到一本好书，或是不期间遇到一次好醉，抑或在茫茫人海中多看她一眼，方才有如此惊天动地的感觉。

南太史《饮酒集杜》小序 　黄汝亨①

朱进父用杜子"浅把涓涓酒"二句,作饮酒诗十六首,而南太史子兴竟集杜句为之,得三十六首。两公俱称绝调,而为太史更难。何者?我与我周旋易,而我与人相代而竟作我,非谐情合体,仿性纾才②不能也。昔庄惠③游濠梁④之上,惠曰:"子非鱼,安知鱼之乐?"庄曰:"子非我,安知我不知鱼之乐?"请以此下一转语曰:"子兴非少陵⑤者,安能集众少陵之为一少陵,而又有我在耶?"然则,古今才子非诗非酒,而有所以为诗酒人之雄者,览斯集可三叹焉。

《寓林集》

【注释】

①黄汝亨(1558~1626):字贞父,今杭州人,明万历二十六年进士,官至江西布政司参议,有《天目记游》《廉吏传》《古秦议》《寓林集》《寓庸子游记》等。晚明小品文作家。善书,行草合苏米之长,媚不掩骨,韵能成法。

②纾才:纾同"抒",抒发才气。

③庄惠:庄子、惠施。

④濠(háo)梁:濠水的桥上。濠水,古水名,一名石梁河,在今安徽凤阳县境内,东北流至临淮关入淮河。

⑤少陵：指唐诗人杜甫。杜甫常以"杜陵"表示其祖籍郡望，自号少陵野老，世称杜少陵。

【赏读】

  集句诗起初还只是个小小的游戏，作者只有博闻强记，随口成趣，才能集句成诗。最先大家聚在一起还有个比较的意思，只是讲求"贵拙速"，后来发觉自己一个人也能玩，于是便在"意贯而对偶"深下功夫。

  或许是杜甫讲究诗律的缘故，"集杜诗"后来就成了一个突出的种类，文天祥就曾在狱中作集杜诗二百首，清晰地写出了宋亡前后的历史过程，真是世所罕见。此文就先从朱进父的饮酒诗入手，随即引出并烘托出南太史的《饮酒集杜》，认为此乃难上加难！

  把他人的锦心文字，尽心驱使，反过来去寄托自己的情怀，就连作序的人也不由好奇地发问："子兴非少陵者，安能集众少陵之为一少陵，而又有我在耶？"

说 酒 尤 侗①

　　刘子西翰尝云文章草可酿酒，予击节赏其言。因思酿亦有方，砚田以耕之，墨池以溉之，笔花以落之，书仓以贮之，此真曲秀才②风味矣。然犹有酸气，则投以名花，杂以异香，和以胭脂粉黛，液为琼玉，滴为珍珠，乃使文君当垆，太真③捧盏，呼刘伶、李白诸子拍浮其中，取天地山河，日月云雨，草木禽虫诸类作下酒物。吾时最乐，可饮一石。

　　嗟乎！半生背古锦囊，呕出心血，不免为卖菜佣覆酱瓿④，诸神有灵，能无叫屈？一旦封酒泉郡⑤，拜醉乡侯⑥，岂不掀髯称快乎？世有杜康⑦持我箧，赠之言已，遂举一大白⑧。

《西堂全集》

【注释】

①尤侗（1618～1704）：明末清初诗人、戏曲家。字展成，一字同人，早年自号三中子，又号悔庵，晚号良斋、西堂老人、鹤栖老人、梅花道人等，今江苏苏州人。曾参与修《明史》，分撰列传300余篇、《艺文志》5卷。侗天才富赡，诗多新警之思，杂以谐谑，每一篇出，传诵遍人口，著述颇丰，有《西堂全集》。

②曲秀才：此处指酒曲。

③太真：仙女名，太真夫人者，王母之小女；亦指唐杨贵妃，

曾衣道士服，号曰"太真"。此处应从前说。

④覆酱瓿（bù）：盖酱坛。后用以比喻著作毫无价值，或无人理解，只能用来盖酱瓿而已。

⑤酒泉郡：郡名。汉武帝元狩二年（前121）开。辖黄河以西的匈奴休屠王、浑邪王故地。因"城下有金泉，其水若酒"而得名。

⑥醉乡侯：刘伶嗜酒如命，后遂以"醉侯"相称。后引申为对好酒善饮者的美称。

⑦杜康：中国古代传说中的夏代国君，今河南偃师人。杜康是中国粮食酿酒的鼻祖，被人称为"酒圣"或"酒祖"。后常作为美酒代称。

⑧大白：指酒杯名。《说苑·善说》："饮不釂者，浮以大白。"刘良注："大白，杯名。"

【赏读】

美文犹如佳酒。但作者似嫌不够，觉得还有酸气，非得把世间好物全都用来润饰之，有名花美人在旁随侍，有酒客名士一起酣畅，以天地山河日月种种为下酒物，方才是大喜极乐。酒喝高了，大抵如此。

但是天下事岂是乐得就乐得！前人就曾流传过三副动天地之大哀的眼泪：一是天下大事不可为；再是文章不遇识者；三是从来沦落不偶佳人。而这里所说的就是第二副眼泪，有前面所说的大喜极乐，才有这里的伤心痛哭：半世文章，心血所凝，最后却用来盖咸菜坛子了。为之心喜，继而却又为之心折。

人人都有一座仅仅只有自己能够看见的孤岛，文字就是构建这座孤岛的最好材料，在这个孤岛上，人人都是绝无仅有的王。我甘之若饴，尔弃之如履，都是生命中惯见的常事。

常说美文若酒。也只有酒，才能给那些真正埋没于世的文字，带来永久的庇护和栖息地。

"武松醉打蒋门神"回前总批① 金圣叹②

如此篇武松为施恩打蒋门神,其事也;武松饮酒,其文也。打蒋门神,其料也;饮酒,其珠玉锦绣之心也。故酒有酒人,景阳冈上打虎好汉,其千载第一酒人也。酒有酒场,出孟州③东门,到快活林十四五里田地,其千载第一酒场也。酒有酒时,炎暑乍消,金风飒起,解开衣襟,微风相吹,其千载第一酒时也。酒有酒令,无三不过望,其千载第一酒令也。酒有酒监,连饮三碗,便起身走,其千载第一酒监也。酒有酒筹,十二三家卖酒望竿,其千载第一酒筹也。酒有行酒人,未到望边,先已筛满,三碗既毕,急急奔去,其千载第一行酒人也。酒有下酒物,忽然想到亡兄而放声一哭,忽然恨到奸夫淫妇而拍案一叫,其千载第一下酒物也。酒有酒怀,记得宋公明在柴王孙庄上,其千载第一酒怀也。酒有酒风,少间蒋门神无复在孟州道上,其千载第一酒风也。酒有酒赞,"河阳、风月"四字,"醉里乾坤大,壶中日月长"十字其千载第一赞也。酒有酒题,"快活林"其千载第一酒题也。凡若此者,是皆此篇之文也,并非此篇之事也。如以事而已矣,则施恩领却武松去打蒋门神,一路吃了三十五六碗酒,只依宋子京④例,大书一行足矣,何为乎又烦耐庵撰此一篇也哉?甚矣,世无读书之人,吾末如之何也!

《贯华堂第五才子书》

【注释】

①标题乃作者所加,此文节选于《贯华堂第五才子书》第二十八回回前总批。

②金圣叹(1608~1661):名人瑞,字若采,今江苏苏州人。明诸生。入清后绝意仕进,志在批评中国文学经典名著,他被誉为白话文的先驱。曾修订《推背图》。后因"哭庙案"被处死。金圣叹将《庄子》《离骚》《史记》《杜甫诗》《水浒传》《西厢记》逐一点评,称之"六才子书"。

③孟州:位于今河南省西北部,在宋改属济源郡,属京西北路。

④宋子京:北宋文学家宋祁,今湖北安陆人。与欧阳修等合修《新唐书》,书成,进工部尚书,拜翰林学士承旨。诗词语言工丽,因《玉楼春》词中有"红杏枝头春意闹"句,世称"红杏尚书"。

【赏读】

先前读金圣叹批评《水浒传》,看至锦心妙笔处,有时会突然冒出"浮一大白"几个字来,当时颇疑心他是不是一边批书一边喝酒,后来看了一些资料,果不其然。以后再看的时候,总觉得喉头生痒,也想找点酒喝喝了。

顺治癸卯周雪客覆刻本《才子必读书》上有徐而庵的序,其中提到:"圣叹性疏宕,好闲暇,水边林下是其得意之处,又好饮酒,日辄为酒人邀去,稍暇又不耐烦,或兴至评书,奋笔如风,一日可得一二卷,多逾三日则兴渐阑,酒人又拉之去矣。"正如所摘本文,如果不是喝酒喝高了,能批出如此绝妙酣畅的文字吗?

《水浒传》中有多处写到酒,也以"大块吃肉,大碗喝酒"为许多好汉心中一种理想的生活模式。不同人喝酒,却又显示出不同人的性情来,如鲁达喝酒为了称快,李逵喝酒只是使蛮,林冲喝酒确是浇心中块垒，但只有武松喝酒，书中描绘最多。从景阳冈上打虎到醉打孔亮后被一只大黄犬欺侮，真是处处都少不了酒。其中快活林醉打蒋门神，虽然是给人做打手，但经过施耐庵的妙笔、金圣叹的妙笔一渲染，更是让人觉得酒意盎然，快意无比。

张潮在《幽梦影》里也曾说："阅《水浒传》，至鲁达打镇关西，武松打虎，因思人生必有一桩极快意事，方不枉在生一场；即不能有其事，亦须著得一种得意之书，庶几无憾耳。"这也是我选摘这则文字时的感觉。

《嫩园觞政》小引 张 潮①

脱略形骸,高谈雄辩,箕踞袒跣②,嬉笑怒骂者,酒人也。峨冠博带,口说手写,违心屈志,救过不暇者,官人也。斯二者其道相反,故居官者必不可以嗜酒,嗜酒者必不可以为官。毕吏部③,阮步兵④,岂后世所能再见耶?

嫩园主人忽以升官之法,移而行酒,于是官与酒,始合而为一。官则自守令以至三公⑤,无不备也;法则内外升降,无不精也;品则才德贪酷,无不考也;其所以赏之罚之者,不过良酝三升,香醪五斗,既不虑以欺差费事,有玷官箴,复不妨以爵位怡情,无讥小草。青州从事、平原督邮⑥,咸俯首而听酒人之号令。

其为酣适,曷可名言,语有之:"无官一身轻。"又云:"作仆射⑦,不胜饮酒乐。"是酒人诚胜于官人矣!夫所谓官者,非真有一物焉,可以韫椟⑧而藏之,亦不过空有其名耳。然宦途之险,所在而有,今席上之官,其名宁独异乎?乃世人不爱此官,而必欲即真,吾不知其于古人所云"身后名不如一杯酒者",其相去为何如也!而况乎告身之仅可博一醉也。

《古今酒事》

【注释】

①张潮(1650~?):字山来,一字心斋,号仲子,自称三在道人,徽州府歙县人,清代文学家、小说家、刻书家。作品包括《幽

梦影》《虞初新志》《花影词》《心斋聊复集》《奚囊寸锦》《心斋诗集》《饮中八仙令》等。其著作重视"真",张潮认为文章要有真情真意,无论四书五经或是小品散文都同样具有价值。

②袒跣(tǎn xiǎn):袒胸赤足。

③毕吏部:指毕卓,晋元帝太兴末年为吏部郎,因饮酒而废职。

④阮步兵:阮籍曾做过步兵校尉,所以称他为阮步兵。

⑤三公:为古官名,其说法历代各异,后多以太师、太傅、太保为三公。明仁宗后,三公皆为荣誉极高的虚衔。

⑥青州从事、平原督邮:分指美酒、劣酒。《世说新语》所记桓公有主簿善别酒,有酒辄令先尝,好者谓"青州从事",恶者谓"平原督邮"。

⑦仆射(yè):魏晋南北朝至宋尚书省的长官。

⑧韫椟:隐藏其才不为世用。或指隐藏其才以待时;也指深闺中的才女。

【赏读】

酒人,官人,对于古人来说,其道相反,在于是否屈身屈志,是否违背性情。故古人常常为了几杯黄汤,甚至连官都不做了。

但是人人只顾喝酒,不想做官,不计身后名,也不是个法子。如此间的嫩园主人,一边喝酒,一边也要过足官瘾,也算是不曾荒废了世事,却让人想起和尚发明的那些素鸡素鱼来。再说,用做官的那套内外升降之法去约束酒人的性情,好玩是好玩,但我酒兄又何其幸也!

酒,在先前是孤绝,是有所不为,是狂者的翅膀,是诗人的兴奋剂,是书法家和画家的艺术源泉,是一种蔑视礼法张扬个性的精神象征。到了现在,天下大事小事,无不酒杯一端,话且先说到三分,可为不可为,就先看看你的海量了,却不折不扣成了一剂"同乎流俗,合乎污世"的俗药。这难道是酒的不幸么?

醉榻解跋 廖 燕[①]

予友陈子牧霞，于所居之南，构一室为读书地，予常醉卧其中。曾赠句云："琴酒萧瑟名下士，须眉错落画中诗。"复属予题额，时匆匆未暇也。

去岁庚午冬，庐陵朱子藕男客韶[②]，适寓于此，因颜曰"醉榻"，并为作解。藕男解醉榻耶？将醉榻解藕男也？俱未可知。予独怪藕男天下奇男子，所遇靡[③]不合，似无不得于其中者，顾好饮有似于予，何也？

予时过其处，与牧霞三人辄浮白共卧，醉榻之名不虚矣。然予犹未尽予量，予将以四海为酒，大地为榻，醉则酣寝其上，鼾呼之声达帝座，以问藕男然乎否也？或曰：予量不过一升，卧不过七尺，今作此言复何解？予以不解解之，藕男其能为我下一注脚耶？

《二十七松堂文集》

【注释】

①廖燕（1644~1705）：初名燕生，字柴舟，今广东韶关曲江人。清初具有异端色彩的思想家、文学家，他一生潦倒，多才多艺，善草书，能戏曲，在文学上却颇有成就。其著述收辑为《二十七松堂集》，代表作是《金圣叹先生传》。

②韶：广东韶关。
③靡：无、没有。

【赏读】

"醉榻"一文，解来解去，其中也包括作者酒后的狂言和醒后的自省，谁又能轻易地去下一注脚乎？所以还是无解。

以前曾贪看过一本《后西游记》，寓意比《西游记》更为明确。其书讲唐僧四众所求真经，被世人糟蹋荼毒，故又遣师徒四众后人，去求真解。看后却又纳闷，难道真解就不被误读吗？更何况天下岂有万古不坏之身及放之四海而皆准之真理乎？尽信解还是无解。

陈眉公说半醉，董思白说半颠，这些都不是酒人真正的姿态。要喝到什么样子，才算半醉半颠呢？既然借酒玩世，又何必有所控量呢？真正的酒人不是视众生为颠倒，而是同时也要把酒后忘我遗形时的跌荡自喜也算在里面。这时不由想起辛弃疾的《西江月·遣兴》："昨夜松边醉倒，问松我醉何如。只疑松动要来扶，以手推松曰去。"那才是真正遨游酒国时的活泼热闹。

当然，这样的醉不必多，人生略有几次足矣！

醉乡记　戴名世①

昔余尝至一乡陬②，颓然靡然，昏昏冥冥。天地为之易位，日月为之失明，目为之眩，心为之荒惑，体为之败乱。问之人："是何乡也？"曰："酣适大方，甘旨之尝，以徜以徉，是为醉乡。"

呜呼！是为醉乡也欤？古之人不余欺也。吾尝闻夫刘伶、阮籍之徒矣。当是时，神州陆沉，中原鼎沸，而天下之人放纵恣肆，淋漓颠倒，相率入醉乡不已。而以吾所见，其间未尝有可乐者。或以为可以解忧云尔。夫忧之可以解者，非真忧也；夫果有其忧焉，抑亦必不解也。况醉乡实不能解其忧也，然则入醉乡者，皆无有忧也。

呜呼！自刘、阮以来，醉乡遍天下；醉乡有人，天下无人矣。昏昏然，冥冥然，颓堕委靡，入而不知出焉。其不入而迷者，岂无其人者欤？而荒惑败乱者，率指以为笑，则真醉乡之徒也已。

《南山集》

【注释】

①戴名世（1653～1713）：字田有，一字褐夫，号药身，又号忧庵。安徽桐城人，人称南山先生，又称"潜虚先生"。为"桐城

派"的奠基人之一,知名文学家。康熙四十八年榜眼,因文字狱"南山案"被斩。

②乡陬(zōu):乡下偏僻的角落。

【赏读】

醉乡,乃失意者的天堂,于是心中只有醉乡,没有天下。先前的王绩,如今的戴名世,把这醉乡说得有声有色的,都是用来杜撰人世间没有的那种酣适大方。阮籍、刘伶辈更是一个个进去了死赖着不回来,以为那不由径去的穷途、那个扛着一把铁锨远远跟在身后的人,就是自己身前身后的影。

然而,醉乡的理想境界,到底却映衬了世所不容。如嵇康在柳树下打铁又碍着什么呢?但好作聪明的钟会偏要找一些奇怪的话去调拨他、刺激他,最后却让一曲《广陵散》恸久成绝。嵇康素爱喝酒,但酒不能让他快乐,更不能为他解忧,酒后的一片狼藉却完整地呈现出了那个惨淡残破的人世。作者戴名世虽是生活在大清朝,但那时头皮全都刮破了,士人自打嘴巴,文字狱处处招魂,那真正是亡过天下后仅余的太平之际!

然而,这醉乡到底不是那醉乡,清王朝虽然侥幸混成一统,对文气的摧残,强迫士人自我矮化,也是此时最为惨毒、最为狠辣!于是酒国上下,充塞了众多醉生梦死,颓废消沉,不醉自乱,麻木不仁之辈。作者不甘与流俗同醉,只求持志独醒,这其实很难很难,是要付出杀头甚至死后还要戮尸的代价!

所以说,有时喝酒固然可以全身,甚至还全了声名,最难得的还是一种独醒。人平时晃晃悠悠,活得自己都不知道自己,正因为有了这种独醒,就像是积久的冬日猛然听到的一声春雷,天地都为之震动了,原来世界是这个样子,喝醉后是那个样子,醒来后却是这个样子。

醉啸轩记 袁 枚①

醉而啸，醉宜；啸而醉，啸宜。环流于二者之间，庶几古达者也。功园主人作醉啸轩，华不稚雕镂，朴不虞陀陊②，窈而幽，袤广悉称。既成，凡夫貌执者，倾衿者，绘者，弈者，韵弦索者，投茕格③五者，糜不麕至④。能醉则醉，能啸则啸。主人亦听客之所为。

辛卯冬，予过苏州，主人为轩索记，为记饮余。余不能饮，何以醉；不能歌，何以啸；不醉不啸，又何以记轩？然夫醉与啸之义有一二闻于师者。按《啸旨》⑤十五章，曰䜣⑥，曰叱，其法今绝矣。惟醉人如云，法似不绝。然而心醉《六经》⑦者少，则犹之乎绝也。

吾愿游是轩者，能酣《典》《坟》⑧，则醒亦醉；能和心声，则默亦啸。若夫瞢瞢然醉而已矣，嗷嗷然⑨啸而已矣，殆非主人意耶？谓余不信，请质于轩。

《小仓山房文集》

【注释】

①袁枚（1716～1797）：清代诗人，散文家。字子才，号简斋，别号随园老人，时称随园先生，今浙江杭州人，祖籍浙江慈溪，曾官江宁知县。为"清代骈文八大家""江右三大家"之一，文笔与

大学士直隶纪昀齐名,时称"南袁北纪"。

②陀阤(duò):倾斜破败。

③荣格:类似骰子的一种游戏。

④麇不麕(jūn)至:其意是这个不来那个也会来的意思,形容主人好客,来客之络绎不绝。麇,鹿;麕,獐子。

⑤《啸旨》:唐孙广撰。该书对"啸"这一特殊的发声艺术作了全面的论述。

⑥疋(yǎ):古同"雅",《尔雅》亦作《尔疋》。

⑦《六经》:六部儒家经典,始见于《庄子·天运篇》。指经过孔子整理而传授的六部先秦古籍《诗经》《尚书》《礼经》《乐经》《周易》《春秋》。

⑧《典》《坟》:传说中的古书名。薛综有注"三坟,三皇之书也;五典,五帝之书也。"

⑨嗷嗷然:指悲叫声。

【赏读】

醉容易,只要有酒即可。但啸就有所不同,那是乱世名士一种不流于俗的身份,也是同道中人相互交流时的一种标志,是胜过一切言语的。

魏晋那时候还流行驴叫,同道死了,或者喝高了,大伙儿便聚在一起狠狠地叫上一回,但啸可不是人人都会的。阮籍不但能喝酒,对啸声也很拿手。他有次去拜访隐士孙登,讲了人生中的很多问题,别人都不理他。于是只好拿出自己的看家本领,十足地啸了一气,怅然若失地下山去了。哪知刚走到半山腰,孙登大师的啸声如百凤齐鸣,久久地回荡在整个山谷之中。传说,为了纪念这次难忘的经历,他回家就飞快地写完了那篇脍炙人口的《大人先生传》。

此处"醉啸轩"主人,好好地举办一个文艺沙龙,就是希望能够远追一下前贤,让大家聚在一起,随心所欲地展示一下风致,畅所欲言地吐露一下心曲。袁枚在这里可以说是一个过分谦虚的人,他搬出十五章《啸旨》,谨慎地给他的文艺界朋友提出批评,现在喝酒便醉的人太多了,但是懂得啸声的人却太少了,我看大家还是不要到处装文化人了。

说到最后他不失时机地总结了一下:只要能多读点古书,说些清楚明白的话,便是与圣贤对话,便是与大自然对话,也是与自己对话。只要能够做到这个,就算是不喝酒不会打口哨又有什么关系呢?而你们喝酒只顾喝醉,喝醉了只顾乱叫,这难道就是主人所想要看到的结果吗?

卷二

酒味

书渊明《饮酒诗》后 苏 轼

陶诗云:"但恐多谬误,君当恕醉人。"此未醉时说也,若已醉,何暇忧误哉!然世人言:"醉时是醒时语。"此最名言。

张安道①饮酒,初不言盏数,与刘潜、石曼卿②饮,但言当饮几石而已。欧公③盛年时,能饮百盏,然常为安道所困。圣俞④亦能百许盏,然醉辄高叉手而语弥温谨。此亦知所不足而勉之,非善饮者,善饮者淡然与平时无少异也。若仆者又何其不能饮,饮一盏而醉,醉中味与数君无异,亦所羡尔。

《苏轼文集》

【注释】

①张安道:名方平,河南鹿邑人。累官太子太师,扬厉中外,望重一世。

②刘潜:北宋学者。字仲方,曹州定陶人。少卓逸有大志,好为古文,后因母死一恸遂绝。石曼卿:北宋文学家,名延年,字曼卿,一字安仁,别号葆老子。祖居幽州,后家迁居鹿邑。石曼卿尤工诗,善书法,著有《石曼卿诗集》行世。

③欧公:指北宋文学家欧阳修,详见《醉翁亭记》注。

④圣俞:指北宋诗人梅尧臣,字圣俞,世称宛陵先生。曾参与编撰《新唐书》,并为《孙子兵法》作注。

【赏读】

诗人写酒，尤其是诗痕上沾有酒气，如李太白的"斗酒诗"，看后不由让人觉得醉意盎然。此处东坡寥寥数语，品评酒诗，臧否酒人，虽自谦饮一盏则醉，实乃深谙酒中真味。

如见他反驳陶渊明，其语甚妙，还未喝醉便就有醉时的约束了，那自然是不曾醉，只有真正醉了，才胸无挂碍，通常想到什么就说什么，即使说错了什么，古尚有天子避酒人，一般人听了自然也不怪他。

醉耶醒耶，半醉半醒，都是喝酒这个状态下的一体之异。你饮几石，他饮几斗，用什么酒器，斗酒过来斗酒过去，不能饮之却又强饮，能饮的却又推脱不饮，这些统统都是外在的排场，其实和喝酒并没有多大关系。

喝酒，毕竟是流进自家肚腹去浇自家块垒，关键还是在于享受，这也难怪东坡量浅，足以笑傲古时及现在的许多酒人。

岁旦饮酒 洪 迈①

今人元日饮屠酥酒②,自小者起,相传已久,然固有来处。后汉李膺、杜密③以党人同系狱,值元日,于狱中饮酒,曰:"正旦从小起。"《时镜新书》晋董勋④云:"正旦饮酒先从小者,何也?勋曰:俗以小者得岁,故先酒贺之,老者失时,故后饮酒。"《初学记》⑤载四民月令云:"正旦进酒次第,当从小起,以年小者起先。"

唐刘梦得、白乐天元日举酒赋诗,刘云:"与君同甲子,寿酒让先杯。"白云:"与君同甲子,岁酒合谁先?"白又有《岁假内命酒》一篇云:"岁酒先拈辞不得,被君推作少年人。"顾况云:"不觉老将春共至,更悲携手⑥几人全。还丹寂寞羞明镜,手把屠苏让少年。"裴夷直云:"自知年几偏应少,先把屠苏不让春。傥⑦更数年逢此日,还应惆怅羡他人。"成文干云:"戴星⑧先捧祝尧觞,镜里堪惊两鬓霜。好是灯前偷失笑,屠苏应不得先尝。"方干云:"才酌屠苏定年齿,坐中皆笑鬓毛斑。"然则尚矣。东坡亦云:"但把穷愁博长健,不辞最后饮屠酥。"其义亦然。

《容斋随笔》

【注释】

①洪迈（1123~1202）：今江西上饶鄱阳人，字景卢，号容斋，洪皓第三子。南宋文学家。其学识渊博，著书极多，文集《野处类稿》、志怪笔记小说《夷坚志》，编纂的《万首唐人绝句》、笔记《容斋随笔》，等等，都是流传至今的名作。

②屠酥酒：即屠苏酒。屠苏是一种阔叶草，它与白术、桔梗、肉桂等多种中草药混合配制而成屠苏酒。另一说，屠苏本是古庵名，孙思邈特书此二字于己庵，岁末出辟疫之药与人做酒，因此而名为屠苏酒。

③李膺、杜密：东汉名臣。李膺字元礼，今河南襄城人。杜密字周甫，今河南登封人。二人时称李杜，因"党锢之祸"死于狱中。

④董勋：晋议郎，著有《答问礼俗说》。

⑤《初学记》：共三十卷，分二十三部，唐代徐坚撰。本书取材于群经诸子、历代诗赋及唐初诸家作品，保存了很多古代典籍的零篇单句。此书的编撰原为唐玄宗诸子作文时检查事类之用，故名《初学记》。

⑥携手：携手同游者，此处代指朋友。

⑦傥：倘若，如果。

⑧戴星：顶着星星之意，犹言披星戴月。

【赏读】

正月初一新年之始，家中老小一起饮屠苏酒。这是自六朝隋唐以来的民间习俗。《荆楚岁时记》就曾详细地记载道："正月一日是三元之日也。长幼悉正衣冠，依次拜贺，进椒柏酒，饮桃汤，进屠苏酒。董勋云：'正月饮酒，先小者，以小者得岁，先酒贺之；老者失岁，故后与酒。'"在一年的第一天饮这种酒，一方面是图个吉利，另一方面这种酒的功效也可防风祛湿预防疾病。

饮其他酒时，总是从年长者饮起，但是饮屠苏酒却正好相反，却是从最年少的饮起。大概年少者一天天长大，先饮酒以示祝贺，而年长者过一年少一年，后饮以示挽留。而该文所引诸诗，如白居易年少辞酒不得，顾况让人先饮，裴夷直惆怅他年，成文干不得先尝，方干以屠苏酒定年齿，苏轼的最后才饮，说的都是这种风俗。

苏辙的《除日》诗也曾写道："年年最后饮屠苏，不觉年来七十余。"《红楼梦》第五十三回"宁国府除夕祭宗祠，荣国府元宵开夜宴"中，就曾描述贾母除夕之夜从宁国府归来后，与儿、媳、孙子们欢度除夕，"摆上合欢宴来，男东女西归坐，献屠苏酒、合欢汤、吉祥果、如意糕"。

唐朝还是正月初一饮屠苏酒，到了宋代及清代，人们也就改在除夕也就是一年中的最后一天饮屠苏酒了。至于现在，也就只有王安石的"爆竹声中一岁除，春风送暖入屠苏"这两句诗把那个时候春节的一些习俗，以及屠苏酒的味道，深深留在人们的记忆之中。

酒有和劲 罗大经[①]

唐子西[②]在惠州,名酒之和者曰"养生主",劲者曰"齐物论"。杨诚斋[③]退休,名酒之和者曰"金盘露",劲者曰"椒花雨",尝曰:"余爱椒花雨,甚于金盘露",心盖有为也。余尝谓,与其一于和劲,孰若和劲两忘。

顷在太学时,同舍以思堂春合润州北府兵厨[④],以庆远堂合严州潇洒泉[⑤],饮之甚佳。余曰:"不刚不柔,可以观德矣;非宽非猛,可以观政矣。厥后官于容南,太守王元邃以白酒之和者,红酒之劲者,手自剂量,合而为一,杀以白灰一刀圭[⑥],风韵顿奇。索余作诗,余为长句云:'小槽真珠太森严,兵厨玉友专甘醇。两家风味欠商略,偏刚偏柔俱可怜。使君袖有转物手,鸬鹚杓[⑦]中平等分。更凭石髓媒妁之,混融并作一家春。季良不用笑伯高[⑧],张竦何必讥陈遵[⑨]。时中便是尼父[⑩]圣,孤竹柳下[⑪]成一人。平虽有智难独任,勃也未可嫌少文[⑫]。黄龙丙魏要兼用,姚宋相济成开元[⑬]。试将此酒反观我,胸中问学当日新。更将此酒达观国,宇宙皆可归经纶。书生触处便饶舌,以一贯万如斫轮。使君闻此却绝倒,罚以太白眠金尊。'"

《鹤林玉露》

【注释】

①罗大经（1196~1252?）：字景纶，号儒林，又号鹤林，今江西吉水人。历仕容州法曹、辰州判官、抚州推官。在抚州时，因为朝廷一起矛盾纠纷被株连，弹劾罢官。此后再未重返仕途，闭门读书，博览群书，专事著作。取杜甫《赠虞十五司马》诗"爽气金无豁，精淡玉露繁"之意写成笔记《鹤林玉露》一书。

②唐子西：唐庚，北宋诗人。字子西，人称鲁国先生。今四川眉山市丹棱人，当时有"小东坡"之称。

③杨诚斋：杨万里，字廷秀，号诚斋，江西吉水人。南宋诗人，其诗初学江西派，后学王安石及晚唐诗人，形成了一种新鲜活泼的诗体"杨诚斋诗体"。

④润州北府兵厨：指润州北府储存好酒的地方。润州，今江苏镇江；兵厨，代称储存好酒的地方。

⑤严州潇洒泉：严州古为浙江的一府，也称睦州，现在是杭州的属地。潇洒泉，古酒名。

⑥刀圭：古量器名，又指汤匙。

⑦鸬鹚杓：唐代的一种酒具。这件酒杓的形制颇似鸬鹚静立状，故称之为"鸬鹚杓"。

⑧季良、伯高：指东汉马援给侄子信中提到的两个好朋友杜季良和龙伯高。马援曾认为学龙伯高的"谦和节俭，清廉无私"比较容易，而学杜季良的"忧人之忧，乐人之乐"是多么的难啊！

⑨张竦、陈遵：均为西汉人，二人都曾做过京兆尹。二人操守品行虽然不同，彼此却很亲近友爱。此处和前面的季良、伯高一样，表明朋友之间应该求同存异，不应相互讥笑。

⑩尼父：对孔子的尊称。

⑪孤竹柳下：孤竹借指伯夷、叔齐，柳下乃春秋鲁国柳下惠的

省称，他们都是古人的道德典范。

⑫"平虽有智"二句：平指汉初名臣陈平，曾多次出奇计襄助刘邦。勃指汉初名将周勃，汉高祖刘邦认为周勃"厚重少文"，可以托付大事。二人智勇相济，曾一举铲除吕氏的篡权阴谋。

⑬姚宋：指唐开元名臣姚崇、宋璟，二人共同奠定了"开元盛世"的基础。开元：唐玄宗年号（713~741）。

【赏读】

和酒和劲酒，就是我们时下提到的低度酒和高度酒，二者在作者的笔下，各极一时之妙，与其争之短长，还不如忘掉它们的不同，好好地去品尝它们的味道。

酒如其人，可以观其德；酒如其政，可以观其策；更有人将和酒与劲酒兑在一起，加入一勺生石灰，水跟氧化钙发生反应，可以提炼出纯度极高的饮用酒。这种酒给作者带来了全新的味觉感受，不由提笔写了一首醉笔淋漓的长诗。

这首诗用了历史上的种种典故，与其是说赞美酒，实则称赞的是一种各有所长却又相互弥补的人生态度。这时不由想起孔子最欣赏的"中行"，并不是毫无个性毫无原则的跟风，而是不偏不倚，不但取其"和"，而且还要取其"不同"。

孔子也是喜欢喝酒的，却又能保持到"不及于乱"。看了他的不少言论，我想对于时下"众皆悦之"的"啤酒"，一定是不太符合他老人家的脾胃。

梨 酒 周密①

仲宾又云:"向其家有梨园,其树之大者,每株收梨二车。忽一岁盛生,触处皆然,数倍常年,以此不可售,甚至用以饲猪,其贱可知。有所谓山梨者,味极佳,意颇惜之,漫用大瓮储数百枚,以缶盖而泥其口,意欲久藏,旋取食之。久则忘之。及半岁后,因至园中,忽闻酒气熏人,疑守舍者酿熟,因索之,则无有也。因启观所藏梨,则化而为水,清泠可爱,湛然②甘美,真佳酝也,饮之辄醉。回回国③葡萄酒止用葡萄酿之,初不杂以他物。始知梨可酿,前所未闻也。"

《癸辛杂识》

【注释】

①周密(1232~1298):字公谨,号草窗,又号四水潜夫、弁阳老人、华不注山人,南宋词人、文学家。祖籍济南,后流寓今浙江湖州。入元隐居不仕。他的诗文都有成就,又能诗画音律,一生著述较丰。著有《齐东野语》《武林旧事》《癸辛杂识》《志雅堂要杂钞》等杂著数十种。词集《草窗词》。

②湛然:淡泊。

③回回国:即中亚古国花剌子模,在古代中国文献中被称为"呼似密""货利习弥",宋蒙时始称为"花拉子模""花剌子模"

"回回国",位于阿姆河下游、咸海南岸,今乌兹别克斯坦及土库曼斯坦两国的领域上。

【赏读】

此处所言"梨酒",看毕不由让人喉头大动,真有无心插柳柳成荫之趣。但是这个真的有什么科学依据吗?

无独有偶,明代文人李日华在他的著述中,有过更为离奇的记载:"黄山多猿猱,春夏采杂花果于石洼中,酝酿成酒,香气溢发,闻娄百步。"要解释这些现象,还得从酒的生成原理说起。酒是由一种叫酵母菌的微生物分解糖类产生的,如啤酒就是用酵母菌分解小麦中的麦芽糖产生的,在一些含糖分较高的水果中,这种酵母菌更容易繁衍滋长,故此处用大瓦缸储存山梨,由于受到果皮上或空气中酵母菌的作用,久而生成酒,是一种合乎逻辑又合乎情理的事情。

可见酒之来源,极有可能就是仪狄、杜康等人偶然中的无意发现呢!

解语杯　陶宗仪①

　　至正庚子，秋七月九日，饮松江泗滨②夏氏清樾堂上，酒半，折正开荷花，置小金卮于其中，命歌姬捧以行酒。客就姬取花，左手执枝，右手分开花瓣，以口就饮。其风致又过碧筒③远甚。余因名为解语杯。坐客咸曰然。

《南村辍耕录》

【注释】

　　①陶宗仪（1329~1410）：字九成，号南村。今浙江台州路桥人。元末明初文史学家。终身不仕。人称"南村先生"。工书法，尤能小篆，勤于笔记，随身携带笔墨，遇事即记。著有《书史会要》《南村辍耕录》《说郛》《南村诗集》等。

　　②泗滨：泛指古泗水河流域，古泗水是历史上黄河侵扰和抢夺淮河的通道，为淮河的大支流，流经山东、安徽、江苏三省，为全国最大的倒流河。

　　③碧筒：亦作"碧筒杯"或"碧桐杯"。一种用荷叶制成的饮酒器。

【赏读】

　　历来饮酒以碧筒为雅，此处却有比碧筒雅者，何其故也？因与世上一切花草树木亲，人间春夏秋冬四时也都沾惹上了不同的喜气。

以前在地产公司做文案时，最流行的一句广告词就是："人生高下至此分。"其他地方不知道，酒桌上多以这句话而去定什么座次的，其实高未必雅，下未必俗，就像此则文字里所说的"解语杯"，又岂是当今阔佬之所能真正领略的呢？想做到如此之雅，看似容易，却也很难，因为一年也就只有一个花期，你得细细与四季商量不同颜色，有时你单单想着花期、守着花期、盼着花期，连花期过了你都尚且不知。

饮酒是一种心情，对着花、就着花更是一种难得的心情。但我总以为此种雅事，以独酌为最佳，二三知己把杯为其次，至于此则文字里，总少了一点自然之趣。你想想，一朵花开得自在，就连天地都小了去，饮酒难道不更应该这样吗？

觞　政　袁宏道[①]

一之吏

凡饮以一人为明府[②]，主斟酌之宜。酒懦为旷官，谓冷也；酒猛为苛政，谓热也。以一人为录事[③]，以纠座人，须择有饮材者。材有三，谓善令、知音、大户[④]也。

二之徒

酒徒之选，十有二：欵于词而不佞者，柔于气而不靡者，无物为令而不重者，令行而四座踊跃飞动者，闻令即解不再问者，善雅谑者，持屈尊不分诉者，当杯不议酒者，飞觯腾觚而仪不愆者[⑤]，宁酣沉而不倾泼者，分题能赋者，不胜杯杓而长夜兴勃勃者。

三之容

饮喜宜节，饮劳宜静，饮倦宜诙，饮礼法宜潇洒，饮乱宜绳约[⑥]，饮新知宜闲雅真率，饮杂揉客宜逡巡却退。

四之宜

凡醉有所宜。醉花宜昼，袭其光也。醉雪宜夜，消其洁也。

醉得意宜唱，导其和也。醉将离宜击钵，壮其神也。醉文人宜谨节奏章程，畏其侮也。醉俊人宜加觥盂旗帜，助其烈也。醉楼宜暑，资其清也。醉水宜秋，泛其爽也。

一云：醉月宜楼，醉暑宜舟，醉山宜幽，醉佳人宜微酡，醉文人宜妙令无苛酌，醉豪客宜挥觥发浩歌，醉知音宜吴儿清喉檀板。

五之遇

饮有五合，有十乖。凉风好月，快雨时雪，一合也；花开酿熟，二合也；偶而欲饮，三合也；小饮成狂，四合也；初郁后畅，五合也。日炙风燥，一乖也；神情索莫，二乖也；特地排档，饮户不畅，三乖也；宾主牵率，四乖也；草草应付，如恐不竟，五乖也；强颜为欢，六乖也；草履板折，谀言往复，七乖也；刻期登临，浓阴恶雨，八乖也；饮场远缓，迫暮思归，九乖也；客佳而有他期，妓欢而有别促，酒醇而易，炙美而冷，十乖也。

六之候

欢之候，十有三：得其时，一也；宾主久间，二也；酒醇而主严，三也；非觥不讴，四也；不能令有耻，五也；方饮不重膳，六也；不动筵，七也；录事貌毅而法峻，八也；明府不受请谒，九也；废卖律，十也；废替律，十一也；不恃酒，十二也；歌儿酒奴解人意，十三也。不欢之候，十有六：主人吝，一也；宾轻主，二也；铺陈杂而不序，三也；室暗灯晕，四也；乐涩而妓娇，五也；议朝除家政，六也；迭谑，七也；兴居纷纭，八也；附耳啜嚅，九也；蔑章程，十也；醉唠嘈，十一也；坐驰，十二也；平头盗瓮及偃蹇，十三也；客子奴器不法，十四也；夜深逃席，十五也；狂花病叶⑦，十六也（饮流以目眭者为狂花，目斜者为病叶）。其他欢场害马，例当叱出。害马者，语言下俚面貌粗浮之类。

七之战

户饮者角觝兕⑧，气饮者角六博局戏，趣饮者角谈锋，才饮者角诗赋乐府，神饮者角尽累，是曰酒战。经云："百战百姓⑨，不如不战。"无累之谓也。

八之祭

凡饮必祭所始，礼也。今祀宣父曰酒圣，夫无量不及乱，觞之祖也，是为饮宗。四配曰阮嗣宗、陶彭泽、王无功、邵尧夫。十哲曰郑文渊、徐景山、嵇叔夜、刘伯伦、向子期、阮仲容、谢幼舆、孟万年、周伯仁、阮宣子。而山巨源、胡毋辅国、毕茂世、张季鹰、何次道、李元忠、贺知章、李太白以下，祀两庑⑩。至若仪狄、杜康、刘白堕、焦革辈，皆以酝法得名，无关饮徒，姑祠之门垣，以旌酿客，亦犹校官之有土主，梵宇之有伽蓝也。

九之典刑

曹参、蒋琬，饮国者也；陆贾、陆遵，饮达者也；张师亮、寇平仲，饮豪者也；王远达、何录裕，饮俊者也；蔡中郎，饮而文；郑康成，饮而儒；淳于髡，饮而俳；广野君，饮而辩；孔北海，饮而肆。醉颠、法常，禅饮者也；孔元、张志和，仙饮者也；杨子云、管公明，玄饮者也。白香山之饮适，苏子美之饮愤，陈暄之饮呆，颜光禄之饮矜，荆卿、灌夫之饮怒，信陵、东阿之饮悲。诸公皆非饮派，直以兴寄所托，一往标誉，触类广之，皆欢场之宗工⑪，饮家之绳尺也。

十之掌故

凡《六经》《语》《孟》所言饮式，皆酒经也。其下则汝阳王《甘露经》《酒谱》，王绩《酒经》，刘炫《酒孝经》《贞元饮略》，窦子野《酒谱》，朱翼中《酒经》，李保《续北山酒经》，胡氏《醉乡小略》，皇甫崧《醉乡日月》，侯白《酒律》，诸饮流所著记传赋诵等为内典。《蒙庄》《离骚》《史》《汉》《南北史》《古今逸史》《世说》《颜氏家训》，陶靖节、李、杜、白香山、苏玉局、陆放翁诸集为外典。诗余则柳舍人、辛稼轩等，乐府则董解元、王实甫、马东篱、高则诚等，传奇则《水浒传》《金瓶梅》等为逸典。不熟此典者，保面瓮肠⑫，非饮徒也。

十一之刑书

色骄者墨，色媚者劓，伺颐气者宫，语含机颖者械，沉思如负者鬼薪，梗令者决递⑬。狂率出头者搔婴。愆仪者共艾毕。欢未阑乞去者菲对履⑭。骂坐三等：青城旦，舂，放沙门岛⑮。浮托酒狂以虐使为高，又驱其党效力者，大辟⑯。

十二之品第

凡酒以色清味洌为圣,色如金而醇苦为贤,色黑味酸醨者为愚。以糯酿醉人者为君子,以腊酿醉者为中人,以巷醪烧酒醉人者为小人。

十三之杯杓

古玉及古窑器上,犀、玛瑙次,近代上好瓷又次。黄白金叵罗[17]下,螺形锐底数曲者最下。

十四之饮储

下酒物色,谓之饮储。一清品,如鲜蛤、糟蚶、酒蟹之类。二异品,如熊白、西施乳之类。三腻品,如羔羊、子鹅炙之类。四果品,如松子、杏仁之类。五蔬品,如鲜笋、早韭之类。

以上二款,聊具色目。下邑贫士,安从办此。政使瓦贫[18]蔬具,亦何损其高致也。

十五之饮饰

棐[19]几明窗,时花嘉木,冬幕夏荫,绣裙藤席。

十六之饮具

楸枰[20]、高低壶、觥筹、骰子、古鼎、昆山纸牌、羯鼓、冶童、女侍史、鹦鹉、沈茶具(以俟渴者)、吴笺、宋砚、佳墨(以俟诗赋者)。

余饮不能一蕉叶,每闻垆声,辄踊跃。遇酒客与留连,饮不竟夜不休。非久相狎者,不知余之无酒肠也。社中近饶饮徒,而觞容不习,大觉卤莽。夫提衡糟丘,而酒宪不修,是亦令长者之责也。今采古科之简正者,附以新条,名曰《觞政》。凡为饮客者,各收一帙,亦醉乡之甲令也。

《袁宏道集笺注》

【注释】

①袁宏道(1568~1610):字中郎,号石公,今湖北公安人,明代文学家。与兄袁宗道、弟袁中道并有才名,人称"三袁",世以为宏道是三袁中文学成就最杰出者。三袁发扬李卓吾"童心"思想,反对"前、后七子"等人之拟古、复古,主张文学重性灵、贵独创,所作清新清俊、情趣盎然,世称"公安派"或"公安体"。

②明府:汉人用为对太守的尊称,唐以后多用以称县令,后世相沿不改。在这里犹言证明人,主持其事者。

③录事:唐代曲江宴上进士所推举的督酒人,后称会饮时执掌酒令的人。

④善令、知音、大户:精通酒令、通晓音律和酒量大。

⑤飞斝(jiǎ)腾觚而仪不愆者:很多喝酒时不违背礼仪的人。斝,古代一种用来温酒的酒器;觚,古代一种用于饮酒的容器;愆,违背、耽误。

⑥绳约:原指绳索。比喻拘束、约束。

⑦狂花病叶:比喻醉酒的人。狂花,醉酒喧哗;病叶,醉酒闭目入睡。

⑧觥兕(gōng sì):亦作兕觥,古代盛酒或饮酒器。《诗经》中屡见其名,如《卷耳》:"我姑酌彼兕觥。"

⑨姓：同"胜"。

⑩庑（wǔ）：古代堂下周围的廊屋。

⑪宗工：犹宗匠，宗师。指文章学术上有重大成就，为众所推崇的人。

⑫保面瓮肠：只知道往肚肠里装酒。

⑬决递：判刑发落。

⑭"狂率出头"三句：搔婴，用手指甲抓刮喉下，《释名》解释为"喉下称婴"。艾韠，古象刑之一，谓割去罪人之韠以代替宫刑，韠，古代官服上的蔽膝。菲对履，穿上罪衣罪鞋。

⑮"骂坐三等"四句：城旦，秦汉时的一种刑罚名，秦服四年兵役，汉确定其刑期为五年，夜里筑长城，白天防敌寇。舂，同"舂"，指"刑舂"，古代对妇女犯罪施用的一种刑罚，服晒谷、舂米之劳役。沙门岛，即现在庙岛群岛中的庙岛，古时此岛是流放、囚禁犯人的地方。

⑯大辟：死刑是罪之大者，故谓死刑为大辟。

⑰黄白金巨罗：金银制作的酒器。

⑱瓦瓮：瓦盆。

⑲棐（fěi）几：香榧制作的小桌子。棐古通"榧"。

⑳楸枰（qiū píng）：围棋棋盘，引申指围棋。楸木质轻而文致，古代多选来做棋具。

【赏读】

酒者，久也。自从上古人类无意打开酒国之门，在中国人的日常生活里，恐怕没有什么比饮酒更能代表这个民族的共同嗜好及精神特质了。

饮酒的风气一开，和远古滔天的洪水一样兀自收敛不住，从此神州处处都散发出浓郁的酒香和醉意了，此风至今犹然。但由此也带来许多社会问题,从西周开始,就已建立了一套比较规范的饮酒礼仪,正式筵席,都要设立专门监督饮酒仪节的酒官,以酒监、酒吏、酒令、明府为名。他们的职责,一般是纠察酒筵秩序,有时也会按照酒令劝人喝酒。至明清时,文人们著书,将礼饮的规矩一条条陈述出来,约束自己,也劝诫世人,其中袁宏道的《觞政》可谓集大成者。

《觞政》一文,共列举了十六条目,曰"吏、徒、容、宜、遇、候、战、祭、典刑、掌故、刑书、品第、杯杓、饮储、饮饰、饮具",从这十六个方面对饮酒一事写出了翔实细致的规范。其中多吸收了前人关于饮酒的礼仪法则,结合了自己的一些思考创造,让我们后来这些好酒之徒,明白了前人大开宴席时酒垒之如何森严,私下小酌却又如此怡情夺目。

这可以说是概括了作者一种"理想化"了的饮酒情形,如今自然是不能神追,但于那时也未必全景重现。其中酒之"吏"、酒之"徒"、酒之"容",是对酒人仪容气度的要求,当然也包括作者自己在内,犹如王羲之兰亭曲水流觞后大醉挥笔,李太白桃李园与诸季分题赋诗,这可是任何酒规酒律都拘束不住,故这三方面也多是就俗子枯坐勉力应酬而论。但我却独爱这酒之"宜",这本是因袭了唐人皇甫松的《醉乡日月》,饮酒,对人固然各说各话,这人却是天地万物中的一粟,这里的"宜"就是和其打个照面时所酝酿出的时与机,醉有所宜,可比是酒后的烂漫醉舞,却又把那简简单单的一粟放大了,自家的影也是那山河的影,大地的影,日月的影。

有了酒之"宜",也就自然而然有了接下来的酒之"遇"、酒之"候"、酒之"战",好与不好,遇与不遇,酒桌上的觥筹交错,实则浓缩了人世间里的天空海阔。饮酒是则俱是,非则俱非,古人是用酒来醍醐灌顶的,怎么能像眼下酒桌上一概囫囵酩酊化之,种种酒后之怪现状,醒来后却直着舌头只是一句"不记得了"呢?这要是放到十一酒之"刑书"里,至少也是要流放到沙门岛上去的,若是作者自己喝酒犯错了,是不是也要斩首谢过呢?我想既然有了这份自知自持,下次再犯想必是会定斩不饶的。在这之前的酒之"祭"、酒之"典刑"、酒之"掌故",若干酒人,若干酒事,若干酒诗,若干酒书,若干酒题,若干酒味,以此来说明酒国无限之富。我们有时因为前人一句酒诗或者一句酒话,觉得懵懂的人生一下子就被点醒了,正如刘伶的"死便埋我",性情又岂是能够埋得掉的。

再后的酒之"品第"、酒之"杯杓"、酒之"饮储"、酒之"饮饰"、酒之"饮具",这些都不是后人能够真正了解的。古人一饮一啄,一盘一蔬都要有个极其新鲜特别的意思在,正如胡兰成所说中国礼乐文明一样,"器物皆真,人也真","是物质亦非物质,是象征亦非象征,是尚在于无与有,空与色之际","真正文明的东西的造形是一幅画,一出戏,一只盘子都是奇迹,连家常吃饭,敬客的礼仪,与春风陌上女子的一笑也都是奇迹"。对于这篇酒文来说,又何尝不是一个极其生动的注脚呢!

酒 政 张大复

　　梅雨既时,心情舒畅。偶阅中郎酒政,大都依仿宣尼无量不及乱①之旨,温克②为务者耶。然不知政有方而口无方,譬之嵇谈阮啸③,各尽所长,斯为圣耳。如中郎④言,殆是游方之内矣。至其评列诸人,亦何尝不自适其适哉?政何用焉?虽然《大雅》⑤不作瓦缶杂鸣,则顾请中郎为政评,附后:

　　刘元定如雨后鸣泉,一往可观,苦其易竟。
　　陶孝若如俊鹰猎兔,击搏有时。
　　方子公如游鱼狎浪,喁喁终日。
　　丘长孺如吴牛啮草,不大利快,容受颇多。
　　胡仲修如徐娘⑥风情,追念其盛时。
　　刘元质如蜀后主思乡⑦,非其本情。
　　袁平子如武陵年少说剑,未入战场。
　　龙君超如德山未遇龙潭⑧时,自着胜地。
　　袁小修如狄青⑨破昆仑关,以少服众。

《梅花草堂笔谈》

【注释】

　　①无量不及乱:只有酒,不加限制,不及醉而止。此语出自于《论语》。

②温克：本谓醉酒后能蕴藉自持，后亦谓人持有温和恭敬的态度。

③嵇谈阮啸：嵇康的谈吐和阮籍的长啸。

④中郎：袁宏道，明代文学家。字中郎，又字无学，号石公。湖北公安人。

⑤《大雅》：《诗经》的组成部分之一。多为西周王室贵族的作品，主要歌颂周王室祖先乃至武王、宣王等之功绩，有些诗篇也反映了厉王、幽王的暴虐昏乱及其统治危机。

⑥徐娘：指南朝梁元帝的后妃徐昭佩。《南史》："徐娘虽老，犹尚多情。"后多用来称呼尚有风韵的中老年妇女。

⑦蜀后主思乡：原义说蜀后主刘禅甘心为虏不思复国，比喻在新环境中得到乐趣，不再想回到原来环境中去。

⑧德山未遇龙潭：德山指唐高僧德山宣鉴，因不满南方禅门教外别传的说法，后被南方当地的龙潭禅师用蜡烛点化。

⑨狄青：字汉臣，北宋汾州西河人，面有刺字，善骑射，人称"面涅将军"。后南去平叛，施用"间道绝关"的战略，迫使邕州侬智高败亡。

【赏读】

张大复说袁宏道所作《觞政》，以温克为上，"然不知政有方而口无方"，当是确论。中国文化艺术多与酒有关，"诗不能尽，溢为书，变而为画"，尤其是在酒意酣畅之际，饮者意气风发，于是乘兴挥笔，淋漓挥洒，全然不知规矩为何物。而佳篇杰构，若王羲之字，李太白诗，辛稼轩词，往往正产自于此，真是酒之不尽，意亦无穷！

所以《觞政》仅仅只是限于俗人的，仅仅限于这个繁华的尘世。酒，在很多时候也和自由的意义一样，人才因此感觉到他真正成为人了。古人酒量虽不及我们，但是对于酒的认知，却比我们纯粹深刻得多了。对于不懂得饮酒的人来说，自然是人人一本《觞政》在手，对于懂酒的人来说，怎么喝？喝什么？喝多少？自己心中都难免有一本酒经在，如果再去看看什么《觞政》，当然也就没有什么必要了。

腊　酿　张大复

腊酿颇烈,诫家人不得浪饮,留候梅花。朝来取三升,令三倩浇庭中卉木,然不能尽。笑曰:"袁石公①诗:'花无百枝亦藏鸟,茶到三钟也醉人。'却为某作。"

《梅花草堂笔谈》

【注释】
①袁石公:为"公安三袁"之袁宏道,字中郎,号石公。

【赏读】
　　佳酿留候梅花,酒是可以等人的,花是不能等人的,试问天下有谁更痴似使君者?
　　古人常说看美人最适合在花下、月下、酒下。其实饮酒也是如此,同样适合在花下、月下以及美人的膝下。唐寅有诗说:"酒醒只在花前坐,酒醉还来花下眠。"古来文人,稍微有点声名的,无不以花酒生涯为理想中的一种生活状态。有时此花不是此花,而是"垆边人似月,皓腕凝霜雪"的彼花,真是"酒不醉人人自醉,花不迷人人自迷"了。
　　但此处花还是花,是用腊酿细细浇过的,看来梅花是真的开了。三升美酒还浇它不尽,不知花作醉态又是什么样子,可惜作者不曾写,我也来不及问,便都醉了,多期望有个绝代风华的美人,与花酒同期,来此现身说法啊!

易 醉 张大复

朝来饮酒,不满三蕉叶,彻体都醉。当由左臂作楚①,神气不足以堪之邪?吾寓清署中,多卯饮②,饮常五合,陶陶而已。今何为至此?吾虫臂也。被之以年,而楚若是,饮宜削③耳。倩语我,风日甚新,因移席庭间,昏然便睡,闻鹊噪声,内自喜,谓可占今日疾愈也。吾衰乎,吾衰乎?壬子十月记。

《梅花草堂笔谈》

【注释】
① 楚:痛苦。
② 卯饮:早晨饮酒。
③ 削:减少。

【赏读】
年轻时候喝酒常常不顾后果,有时亦爱神交古人,暗自模仿他们饮酒时那种无所畏惧的气派,尽管他们那时喝的多是黄酒、米酒、果酒之类的低度酒,但对于这口杯中雅物,一样是不能轻易唐突的,所以无酒不欢,有酒必醉,更何况那时雄心壮志过剩,只好借酒来一一浇之了。浇过之后,睡过一觉,第二天照旧还我一个朗朗乾坤来。

但也仅仅只是那时,不知什么时候喝酒,第二天头会痛,接连几天都不想吃东西,然后再来读这篇文字,就不难明白其中的原因了。但是作者喝酒喝到几近于风湿麻木,又困惑又气恼,为什么单单还不肯打住呢?只因为心中还有若许醉意在,到得这里要住亦住不得,如果到得这里住了,接下来的人生还有什么趣味可言。

忽为酒所病,忽闻鹊声又喜,人为酒困,连心境都变得敏感了,对万事万物,纤毫无不涌上心头,不知作者身体好了,还会继续喝酒吗?但是根据我个人的身体力行,想戒还是太难,下次喝酒的时候还是照旧兴奋地把什么都忘了。如此之恶循环,正像极了自然之理,有正有错,看到篇末小孩子一样的"吾衰乎,吾衰乎",这酒是喝还是不喝呢?

醉 语 张大复

李卓老^①妙称饮食之交,故是不免傲人。然而非也,饮食所以养生,惟精惟洁,虽凿不害,所苦在征逐^②耳。病疡以来,颇思肉味,而朱子鱼适呼饮,欣然纳履^③从之,踏月而返。吾无陶公叩门之拙,而有香山醉胜之心。香山诗时到仇家,非爱酒,醉时心胜醒时心。

《梅花草堂笔谈》

【注释】

①李卓老:即明代思想家李贽,福建泉州人。字宏甫,号卓吾,别号温陵居士、百泉居士等。著有《焚书》《续焚书》《藏书》等。

②征逐:此处指吃喝玩乐上的往来。

③纳履:穿鞋。

【赏读】

饮食之交,俗称酒肉朋友,是交友之道最等而下之的,难怪峻高如李卓吾,自然是瞧他不起。但在此处作者的眼里,并没有什么不好,都是生活中应有的常态,不好的只是苦于应酬。

生活中应该是要有些酒肉朋友,并不因为这酒这肉显得俗了,而完全是因为心中存有芥蒂的缘故,如果有朋友能够在一起大块吃肉大碗喝酒又何尝不可呢？如果是不喜欢这个人，那么就另当别论了，但是和酒肉并没有半点妨碍。君不见诗词歌赋是极雅的，也还有许多俗人用之换以酒肉呢！所以说人既然有超凡出众之心，但也得通人间烟火之气，这样的人才真正算得上是完人呢！

作者所说白居易"非爱酒"，实则爱的是良朋佳友欢会时那种怡然自乐的心境。当然，朋友仅仅剩下酒肉可以吃可以谈，那自是让人感到浑身不舒服，自己往往也不知道是酒肉让人不自在，还是因为这人让自己更加不自在。

题《酒则》后四条　钟　惺[1]

一之神。觥船腾错,杂沓嚣喧,神一乱便减欢情,加以矜庄,更离真境。善饮酒者,淡然与平时无异,其神闲也。曹孟德[2]临战如冈,欲战,淝水之役[3],安石以围棋赌墅[4]对之。饮中何可无此神宇?

二之气。禽之制在气,故能以小伏大。酒场中若无雄入九军之气,即百船一石,喉间不无茹吐之苦。余尝持巨觥向座客搏战,一时酒人色夺。而平日傲杯诉爵之人,亦顿自鼓舞思奋。酒场有此,差亦可廉顽立懦。

三之趣。沉湎委顿,不为不苦。而昏梦号呶,亦复安知此中之乐?无饮中之苦,而有其乐,唯妙于饮者知之。至于出没,有无半酣者,尤得其妙。太白云:"但得醉中趣,勿为醒者传。"[5]此为徒醒者言耳,妙于醒者反是。

四之节。惟酒无量,不及乱。从心所欲从,容中道,圣之时乎!一斗亦醉,一石亦醉,居然孔丘家法,直以自然,故能妙中。

《隐秀轩集》

【注释】

①钟惺(1574~1624):明代文学家。字伯敬,一作景伯,号

退谷、止公居士，今湖北天门市人。天启初年，钟惺升任福建提学佥事，他在闽中仍倡幽峭诗风，并且参以禅旨，令人莫测高深，有"诗妖"之名，亦被时人奉为"深幽孤峭之宗"。他与同里谭元春评选唐人诗，名扬一时，形成"竟陵派"，世称"钟谭"。后人将他的诗文辑为《隐秀轩集》。

②曹孟德：即曹操。东汉末年的政治家、军事家、文学家，三国中曹魏政权的缔造者。曹操的诗作具有创新精神，开启并繁荣了建安文学，史称建安风骨。

③淝水之役：发生于383年，是东晋时期北方的统一政权前秦向南方东晋发起的侵略吞并的一系列战役中的决定性战役，结果有绝对优势的前秦败给了东晋，国家也因此衰败灭亡。

④围棋赌墅：典出《晋书·谢安列传》。晋时苻坚率众百万，次于淮淝，京师震恐。晋孝武帝加谢安为征讨大都督。"安遂命驾出山墅，亲朋毕集，与玄围棋赌别墅。"后遂以"赌墅"等表示临危不惧的大将风度。

⑤"但得醉中趣，勿为醒者传"：出自于李白诗《月下独酌》（其二）。

【赏读】

对于饮酒的意趣，钟惺以神、气、趣、节四个方面作了全面的论说：其中饮酒之神，却又自在风流；饮酒之气，如临万人之敌。用别样之笔法，为酒场扫却烟尘，洗尽残秽，真有"天下英雄谁敌手"之概。

但酒场征伐，有人百战不殆，有人乐此不疲，也有人低头只顾看自己的影，他知道如果不能懂得酒中趣味，那么一个英雄喝再多的酒，纵然快意，也自是枉死了。这不由想起《水浒传》篇末李逵被宋江毒杀后的言语："罢，罢，罢！生时伏侍哥哥，死了也只是哥哥部下一个小鬼！"待到同名电视剧出来时，改了台词为"外面的天红了"，这才有些意思。饮酒也自是如此，若是逢酒场就上，遇酒人就战，战到末了也只是一个憋屈的酒鬼。

  酒之趣就是要转过现实那边，给自己腾开一个地方，可以卧、可以啸、可以诗、可以歌哭。为此，刘伶颂之为"酒德"，陶渊明写下《归去来辞》，王绩、戴名世先后称之为"醉乡"，周作人题名为"自己的园地"，鲁迅笔下的猛虎借此舐干自己的伤痕。有此一想，醉醒之间，便是可以览尽人世间的一切兴废得失。酒趣盎然，酒味延绵，酒国虽有惆怅，但不寂寞，但自有人世间的大悲喜为其境界的。

  凡饮酒到此地步，还需谈什么酒之节乎？酒之节，随心所欲而不胡搅蛮缠，醉与不醉，自是岳侯兵法，运用之妙，存乎一心啊！

内子大讲酿法 李日华①

自余隐甪里②,饮酒不能甘,不能苦,又不能淡,而喜冲与洌。冲非甘也,而觉味之轻以舌之易举也;洌非苦也,而觉神之清以喉之无坌③也。于是内子大讲酿法,春有百花酝,夏有莲露,秋有竹叶香,冬有雪汁,皆备冲洌之致。余感其意,为作绘以酬之,系一绝句云:"家住江南杨柳村,春来酿得百花樽,平生解笑刘伶妇,酒国同游胜鹿门④。"

《味水轩日记》

【注释】

①李日华:生卒年不详。明代戏剧家。字实甫,今江苏苏州人。约生活于正德、嘉靖前后,以剧作《南西厢记》闻名。

②甪(lù)里:古地名。在今江苏苏州。

③无坌(bèn):没有渣滓。

④鹿门:即鹿门山,在今湖北襄阳市东南。晚唐诗人皮日休在此隐居,自号鹿门子。

【赏读】

少时读《浮生六记》,不怎么待见芸娘,总觉得她做得太过了,遇到好女子都为其夫张罗,难怪后来的老少爷们都发下宏天誓愿,

"娶妻当娶陈芸娘"。现在看来，夫妇能做到如此亲密无间无私又有几人哉？沈复每次遇到好山水恨不能与芸娘共赏，这也隐隐是我的恨，看来还是那个时候的我错了。

此则夫妇对坐廊下，除油盐柴米酱醋茶之外，还谈到饮酒。丈夫素喜冲冽，妻子大讲酿法，说到酒之四季，各具冲冽之致，如此就是极好的。古人用花喻女子的形态，也曾用酒喻女子的神韵，其实女子也是有四季的。但很多人却又见不及此，春天时一窝蜂儿地挤到玉渊潭去看樱花，其实只要心中常有看花之心，人生时时处处都是花季。饮酒又何尝不是如此，如果我是作者也要佩服其妻子突如其来的一番好见识，并且还有从来没有感觉到的诧异和欢喜。

这也难怪作者最后要解笑刘伶之妇了。刘伶想要喝酒最后却逼到向老婆赌咒发誓了，不过做了刘伶的老婆也真是冤枉，她只是单纯地考虑丈夫的身体健康问题，却没想到丈夫心里有着极大的憋屈，只有酒才能将其消释化解了。

薄薄酒 田艺蘅①

赵明叔有言："薄薄酒，胜茶汤；丑丑妇，胜空房。"陶靖节②"弱女虽非男，强欢良胜无"之诗，盖喻酒也，胶西先生③之言实祖于此。

至于苏子瞻④则广之，曰："薄薄酒，胜茶汤；粗粗布，胜无裳；丑妻恶妾胜空房"；又云："薄薄酒，饮两钟；粗粗布，著两重；美恶虽异醉暖同，丑妻恶妾寿乃公。"

余又广之曰："酸酸酒，胜醋汤；稀稀粥，胜绝粮；粗粗布，可补浆，贫病到老胜无常。有妻有妾丑不妨，妻妾太美多淫荒。"

或曰："此虽戏言，切中时病也。"

《留青日札》

【注释】

①田艺蘅（1524～?）：明代文学家。字子艺，浙江杭州人。田汝成子。贡生。任徽州训导，罢归，作诗有才调，博学能文，为人高旷磊落，好酒任侠，善为南曲小令，老愈豪放，斗酒百篇，著有《大明同文集》《留青日札》《煮泉小品》《老子指玄》《田子艺集》等。

②陶靖节：即东晋诗人陶渊明，作品曾以《陶靖节集》命名。

③胶西先生：指赵明叔。

④苏子瞻：即北宋文学家苏轼。

【赏读】

　　摘此一则，纯粹是为了好玩，这很像时下网上流行的各种体，反复都是同一个意思，谁都可以接上那么几句。但那时在古代，识字的人少，文本保存也难，就这样一个"薄薄酒"的段子，就像天涯论坛所埋的一个深坑一样，顶个帖子起来都花了好几百年，回帖的人却又不乏苏东坡这样的文宗。

　　其中也就是一个聊胜于无的意思。薄薄酒与茶汤醋汤，丑丑妻与美美妇，是别非别？他且不管你问与不问，信与不信，先把结论提出来再说。这结论无非是随遇而安或知足常乐，即使是自知负堕，随时也能自我解嘲，转之为怡然自喜。但在我这样如此较真的人眼里看来，却绝不能这样解，究竟揽到篮子的是菜不是菜，就中甘苦，他人又岂能知呢？

　　正所谓萝卜白菜，各有所爱，如果自己是真舒服，真豁达，真爽快，一切都迎刃而解了。

与龚蓉石 　廖　燕

　　昨过盛圃，偶小饮耳，景与兴会，不觉遂醉。睡至次早，残闷方起，倾喉一吐，是稍减也。然头岑岑①然，至今尚伏枕未起。细思其故，盖以杯传筵散之际，豪兴方盛，酒知不敌，寂然避去。及景过兴阑，始乘虚相攻耳。万事尽然，不独酒也。昨举一子，命名时儿，他日仍即时字名之，深欲其父之不合为鉴耳，并此闻谢。

《二十七松堂文集》

【注释】

　　①岑岑：胀痛。颜师古注："岑岑，痹闷之意。"

【赏读】

　　此处廖燕给儿子命名为"时"，以自己不合时宜为戒。这很像是金庸小说里郭靖给杨过起名，同时又赐字改之，四卷《神雕侠侣》下来，杨过想必都是改了罢，但最后也只能做个终南隐士，借古墓聊以栖身，还是不合时宜。

　　而这清清楚楚地也是咱家之病。每次想到《红楼梦》贾宝玉挨打过后，林妹妹说："往后你都改了吧！"贾宝玉却清清楚楚地说为这些人死了都情愿，这让劝他的人又该如何是好？他生下来嘴里衔着玉,你能让他像寻常人那样轻轻松松改了?还有宝姐姐胎里带来的热毒,吃冷香丸就是她的拣择,天上掉下一个林妹妹是用来还泪的,哭就是她的拣择。所以说,每个人都有自己的命,这里的不合时宜,还是没有拣择。

苏东坡被小老婆朝云道出他的"一肚皮不合时宜",这个答案起先他未必知道。他只是吃饱了没事摸着肚皮玩,和小老婆们闹一出"真心话大冒险"的游戏,没想到朝云这话直直地像一支箭,把他心里的那个结射中了,原来白花花的肚皮上颤颤地全都是忧伤啊。他笑了,笑中带泪,胡茬子上、肚皮上颤颤地全都是眼泪。

廖燕是因为喝酒喝到吐,总结了一下经验,不由暗自叫上一声惭愧,才幽幽地想起心里的这个结,顺便问候一下朋友。关于这个,也正如他信中所说:"万事尽然,不独酒也。"至于孩子命名为"时",就能够顺应时代的潮流乎?

未必。但有此希望就是好的。看过嵇康的《诫子书》就知道了,那里面尽都是各种小心啊,但自己还是照旧打着铁,用力地锤炼着满肚皮的不合时宜,还有一颗孤寂到荒老的内心。

饮酒之乐 李 渔①

宴集之事，其可贵者有五：饮量无论宽窄，贵在能好；饮伴无论多寡，贵在善谈；饮具无论丰啬，贵在可继；饮政无论宽猛，贵在可行；饮候无论短长，贵在能止。备此五贵，始可与言饮酒之乐；不则曲糵宾朋，皆戕性斧身②之具也。

予生平有五好，又有五不好，事则相反，乃其势又可并行而不悖。五好、五不好维何？不好酒而好客；不好食而好谈；不好长夜之欢③，而好与明月相随而不忍别；不好为苛刻之令，而好受罚者欲辩无辞；不好使酒骂坐之人，而好其于酒后尽露肝膈④。坐此五好、五不好，是以饮量不胜蕉叶，而日与酒人为徒。近日又增一种癖好、癖恶：癖好音乐，每听必至忘归；而又癖恶座客多言，与竹肉⑤之音相乱。

饮酒之乐，备于五贵、五好之中，此皆为宴集宾朋而设。若夫家庭小饮与燕闲⑥独酌，其为乐也，全在天机逗露之中，形迹消忘之内。有饮宴之实事，无酬酢之虚文。睹儿女笑啼，认作斑斓之舞；听妻孥劝诫，若闻金缕之歌。苟能作如是观，则虽谓朝朝岁旦，夜夜无宵可也。又何必座客常满，樽酒不空，日藉豪举以为乐哉？

《闲情偶寄》

【注释】

①李渔（1611～1680）：初名仙侣，后改名渔，字谪凡，号笠翁。浙江金华兰溪人。明末清初文学家、戏曲家。明代中过秀才，入清后无意仕进，从事著述和指导戏剧演出。后居于南京，把居所命名为"芥子园"，并开设书铺，编刻图籍，广交达官贵人、文坛名流。著有《凰求凤》《玉搔头》等戏剧，《肉蒲团》《觉世名言十二楼》《连城璧》等小说，《闲情偶寄》等理论专著。此节标题为作者所加，原作《饮》。

②戕性斧身：戕害身体性命。

③长夜之欢：通宵作乐。

④肝膈：犹肺腑。比喻内心。

⑤竹肉：竹，管乐；肉，歌喉。后以"竹肉"泛指器乐与歌唱。

⑥燕闲：指公余之时，闲暇。有时亦作"燕间"。

【赏读】

李渔的五好与五不好，这种题目人人都可以列出几桩来。即使不齿若《水浒传》里的王婆，她也有她的五样计较，仍不免被李敖这等聪明才子拾之以效颦，言之津津却又不免露出怪模怪样来。至于这些都是生活真实的感受，于人又感觉特别的亲。

李渔对于饮酒之好恶，却又未必是人之好恶，他说出来，并没有让人们认可的意思，当然人们也没必要奉之为圭臬。他就像是赶了一处十分热闹的酒席回来，简简单单地说出了他的观感，比如席间排场如何，有喜欢吃的不喜欢吃的若干，座中宾客言语是否有味，如此云云而已。如果你正好是也赶过这处酒席，你也可以接下去说。如果你不曾赶上这番热闹，那么还得听他继续往下说。

听他从宴席上缓缓再说到小饮独酌，这就是他的意思了，前面是无心,这就是着意。尽管还是一样喝酒的道理,但却更接近生活真实的况味,带着"天机逗露、形迹消忘"八字,如此再去看眼前人世间景,也就处处皆是欢喜。他好坏啊,先前说的宴席之乐,好与不好,最后他都统统抹倒,不认账了。

酒　话　周亮工[①]

相传周宪王[②]时，客有以京口[③]老酒献者。王饮而甘之，岁命载数瓮来，民间竞尚之。后予乡人婚嫁宾筵，非此不足鸣敬矣。予至京口，沽之无一滴。盖京口人岁治数万瓮，溯黄流[④]而上，尽以供汴人，呼曰汴梁酒。京口人不尚此也。

汴酒以中牟[⑤]之梨花春为第一。邑中张未一、边道见两家，及予姻王昆良使君，皆善酿此。味淡色清，品在惠泉上。视汴之秋露白，不止有仙凡隔；若京师之梨花春，皆双投火春，不足为奴僮[⑥]耳。

闽酒深红，如汴梁酒。予常在临洺关[⑦]，向李浦珠索洺酒以饮闽人，咸曰："此酒魂也。"真铺糟歠漓[⑧]之言，予为失笑。

潍县酒与青州[⑨]同，以金露、玉露名，然皆市中所有。士绅家自作粗曲酒，色殷红，味微苦，然可多饮。金露太苦，玉露太甘，艳其名耳。未若粗曲之宜人也。

章丘[⑩]羊膏酒，东省重之，闱中多取以供主试者。味甘无少膻气，偶一饮之，亦尚宜人，不堪多吸也。

京师之甘露居、拦液局、荷叶露，名色数变，究只一甘耳。余饮之辄作呕。二十年前，京师酒全非此味？南茶北酒，南人渐有繁言矣。予在京师时过戚畹魏冷庵，冷庵留予尝酒。樽罍[⑪]雅洁，骰核⑫精好；几前置一银水火炉，列小银壶十，壶各一种，约受数合许；尝遍则更易十种。如是三四易，客已醺然，而主人之酒未能遍品也。都城破，冷庵尽驱眷属于楼上，而纵火其下，身往赴之。有老仆往窗隙窥视，烈焰肆发，燃及巾曲，而冷庵双跃宴坐，如入火不热者，亦奇人也。以武冠故，无称之者。哀哉！

予饮酒，非隔水煮，则痔立发。京师人概炙之煤上，又好饮火春⑬，而佐以炙煿之馔⑭，曾无疾病。徐家肺，沈家脾，信自有然。萧伯玉云：不知宿生植何殊福，乃有此种不可思议脾胃也。

世人共云犀爵酌火春后，则香骤灭。予过温陵⑮，黄东崖相国以火春酌犀斛饮予。泉州举郡皆以为非此不足以发犀香也。论乃大异。

闽酒自浦城至延平⑯，如玉带春、梨花白，品类杂出，实皆腊白耳。会城独多佳酒，蓝家酒最有声，品亦最下。当时或不如是。碧霞酒新出，非甘非冽，人世乃有此恶味！莆田以至清漳皆双投酒，非火春不可成，甚不宜人。三群人皆云会城无酒；非无酒也，无火春重酿之酒也。会城中以曾家之莲须白为最。

予过邵武⑰之拿口，高主政年八十矣，馈余一经酒，淡而有致，与罗家错认水无少异，闽酒当以此为第一。不知其名，云是家酿，不能多得，不能远携。每忆之，辄如汝阳王道逢曲车⑱也。

内丘乔盘石鸿胪⑲，善以西瓜酿酒，味冽而性凉，颇宜予。予三过公家，公辄浮满索醉。乙未赴闽，狱事方急，不敢过公。

公八十有九,犹策蹇追余,老泪纵横,握手絮絮;宿予柏子亭中,又倾瓜瓢酒五经去。予有"深卮隶事瓜瓢酒,小雪留人柏子亭"之句。闻公尚在。每念之,忽忽如坐柏子亭中,听公拨琵琶,龋齿苍音,呜呜唱梁州调也。

《书影》

【注释】

①周亮工(1612~1672):明末清初文学家、篆刻家、收藏家。字元亮,又有陶庵、减斋、缄斋、适园、栎园等别号,学者称栎园先生、栎下先生。江西金溪人,一生饱经宦海沉浮,曾两次下狱,被劾论死,后遇赦免。生平博览群书,爱好绘画篆刻,工诗文,著有《赖古堂集》《读画录》等。

②周宪王:朱有燉,中国明代杂剧作家,安徽凤阳人。号诚斋,又号锦窠老人、全阳道人、老狂生、全阳子、全阳老人。明太祖朱元璋第五子周定王朱橚之嫡长子,袭封周王,死后谥宪,世称周宪王。

③京口:六朝长江下游军事重镇。

④黄流:黄河。黄河改道时曾从淮河入海。

⑤中牟:今中牟县,位于河南省中部。

⑥奴儓(tái):泛指奴仆。

⑦临洺关:今河北永年县城所在地,因洺河而名。史称临洺镇"实为畿辅,北通燕涿,南达郑卫,东连齐鲁,西接秦晋",为一都会之所。因此,它不仅屏蔽河北,更重要的还是"神畿下达滇黔楚豫"的南北冲衢之地。

⑧铺糟歠漓:语出《楚辞·渔父》"众人皆醉,何不铺其糟而歠其醨?"铺,食;糟,酒渣;歠,啜饮;漓,当作醨,薄酒。

⑨潍县：今山东潍坊。青州：古九州之一，今山东潍坊下辖市。
⑩章丘：又称阳丘、高唐。
⑪樽罍（léi）：指酒杯。
⑫毂核：肉类和果类食品。
⑬火春：烧酒。
⑭炙煿（bó）之馔：指烘烤煎炒的食物。
⑮温陵：泉州古称，位于福建东南。
⑯浦城：今福建南平下辖的浦城县。延平：今福建南平市辖区。
⑰邵武：今福建西北部的邵武市，为福建西北门户，有"铁邵武"之称。
⑱汝阳王道逢曲车：出于杜甫《饮中八仙歌》，意思是汝阳王李琎路上看到装载酒曲的车竟然馋得流起口水来。
⑲内丘乔盘石鸿胪：内丘，地名，今河北内丘县。乔盘石，人名。鸿胪，官名，在汉朝是专管朝廷庆贺吊丧赞导之礼的，在唐代是朝廷主管外事接待、民族事务及凶丧之仪的机关。

【赏读】

明末姑苏才子汤卿谋所储的三副痛泪流将出来，却又流出天下不堪回首之境有五，后又觉得未足，添出"遗老吊故国山河，商妇话当年车马"二事，尤觉得无限哀怜。

汤卿谋是个情深的人，二十五岁时值明亡，一时伤心就死了。拈出此段楔子，无非想说出人生不如意事八九，或天下不堪回首者二三，即使托身于酒国，匿迹于醉乡，但伤心终归还是伤心，如此文作者历述处处酒迹，篇末念之忽忽如坐柏子亭中，听一九十老翁拨琵琶，龋齿苍音，呜呜犹唱梁州调也。

我读了也深觉得伤心，如果此种伤心能够溶于酒，亦可唤作"千红共窟"或者"万艳同杯"若是。看作者先前风光无限，到一处即饮一处,饮一处即沾一处酒气,其间意气风华,使人如上春台,用金圣叹的话说就是:"艳处加一倍艳。"但末尾一节却是险绝,像那英雄落魄归来,路也没个寻处,此处的瓜瓢酒才真正唤作酒啊!人生好大的一个筋斗打将回来,先前的都是浮沫,这里的才是粒粒痛泪!

　　此酒真正不堪饮也。虽说浮生若梦,却又被那黄粱暗自炊醒,随后的就是那梦醒了,路也没个寻处,空空地剩了一身英雄虎胆,最后也只能借酒浇之了。

饮酒戒恶习　阮葵生[①]

俗语云，酒令严于军令，亦末世之弊俗也。偶尔招集，必以令为欢，有政焉，有纠焉，众奉命唯谨，受虐被凌，咸俯首听命，恬不为怪。

陈几亭[②]云："饮宴苦劝人醉，苟非不仁，即是客气，不然亦蠢俗[③]也。君子饮酒，率真量情，文士儒雅，概有斯致。夫唯市井仆役以逼为恭敬，以虐为慷慨，以大醉为欢乐，士人而效斯习，必无礼无义不读书者。"几亭之言可为酒人下一针砭矣。

偶见宋人小说中酒戒云："少吃不济事，多吃济甚事，有事坏了事，无事生出事。"旨哉斯言，语浅而意深。

又几亭《小饮壶铭》曰："名花忽开，小饮。好友略憩，小饮。凌寒出门，小饮。冲暑远驰，小饮。馁[④]甚不可遽食，小饮。珍酝不可多得，小饮。"真得此中三昧矣。若酣湎流连，俾昼作夜，尤非向晦息宴之道。

亭林[⑤]云："樽罍无卜夜之宾，衢路有宵行之禁，故见星而行者非罪人即奔父母之丧。酒德衰而酣饮长夜，官邪作而昏夜乞哀，天地之气乖而晦明之节乱。所系岂浅鲜哉。"

《法言》[⑥]云："侍坐则听言，有酒则观礼，何非学问之道。"

《茶余客话》

【注释】

①阮葵生（1727~1789）：字宝诚，号吾山，今江苏淮安楚州人，乾隆壬申科举人，辛巳会试以中正榜录用，以内阁中书入值军机处，历任监察御史、通政司参议、刑部右侍郎，是清代乾隆时期有成就的诗人、散文家和法学家。

②陈几亭：明代理学家陈龙正，初名龙致，字惕龙，号几亭，浙江嘉善人。

③蠹俗：陋俗。

④馁（něi）：饥饿。

⑤亭林：指明末清初思想家顾炎武，本名继坤，改名绛，字忠清；南都败后，改炎武，字宁人，号亭林，自署蒋山佣。今江苏苏州昆山人。学问渊博，于国家典制、郡邑掌故、天文仪象、河漕、兵农及经史百家、音韵训诂之学，都有研究。晚年治经重考证，开清代朴学风气。

⑥《法言》：汉扬雄著。史称《法言》，为模仿《论语》而作，至于取名《法言》，则本于《论语·子罕篇》"法语之言，能无从乎？"和《孝经·卿大夫章》"非先王之法言不敢道"。

【赏读】

此处陈几亭所提倡的"小饮"，是一种理想的饮酒模式。当然，穷尽人生，小饮，如梦相似。

亦有人不解小饮的乐趣，一入酒场，尽逐羽觞，动不动便以整杯整碗与人较劲，喝少了借酒发疯，喝多了使酒骂座，结果搞得满桌人不欢而散。而在我们今天，在酒肉场里征逐得久了，更还有什么单挑的、硬扛的、设陷阱的、踩假水的、划船的、围攻的、拿话诳人的、隔岸观火的、落井下石的……国人专门用来内耗的三十六计,也在酒桌上表演得活灵活现,目睹如此混浊的活地狱,当时心里只有一计,走为上。

如此方才显出小饮之真正可贵。小饮好似望断天涯,看罢世事,独上高楼,关门酌它个两三杯,亦可南面成王哉;小饮又似千山鸟尽,不见归途,唯有红泥炉暖,抬头看天上好雪,片片不落别处;小饮,又像是独自回到了自己心里的最深处,带着一点点无谓的游戏和玩乐,看天上几抹云,听檐下几缕风,生活原来是如此的惬意。

有了如此小饮的心境,再去体会金圣叹所说的种种不亦快哉,二者该不会有所妨碍吧!

酒中八味　张　荩[①]

夫饮酒之道，岂易言哉！人但知酒中之味，而不知饮酒之味也。戏拈八则，聊作命题。

临风寄调，对月高歌，穷巧搜奇，衔杯雅谑，是曰清酒；

亲朋杂集，雅俗无分，四座喧呼，言多市井，是曰浊酒；

珍馐罗列，灯火辉煌，错落觥筹，笙歌杂沓[②]，是曰浓酒；

尊残烛冷，僮仆萧然，举盏长谈，不饮不散，是曰淡酒；

肆筵设席，侍从如云，博带峨冠，恭而多作，是曰苦酒；

红袖偎歌，青衣进爵，软玉温手，浅酌低唱，是曰甜酒；

勉强开尊，主多各色，欲留无味，欲去不能，是曰酸酒；

苛政森严，五官并用，惊心注目，草木皆兵[③]，是曰辣酒。

《彷园酒评》

【注释】

①张荩：清朝人，生卒年不详。曾著有《彷园酒评》三章，曰"酒德""酒戒""饮酒入味"，都涉及为主人和为客人之道。

②杂沓：杂乱。

③草木皆兵：形容人在十分惊恐之时，稍微有些风吹草动，就把那些草木当作敌军，便紧张害怕得要命，常用来形容失败者的恐惧心理。据《晋书·苻坚载涵》：苻坚与苻融淝水之战前坚城北望

八公山上草森皆类人形,恍然而有惧色。

【赏读】

  清人张苤将饮酒分为八味,其中清浊浓淡酸甜苦辣,皆人生必历之境。

  世人惯见的是浊酒,最爱的是甜酒,最羡的是浓酒,最不忍的是苦酒,最害怕的是辣酒,最不堪的是酸酒。唯有清酒、淡酒,少有人能真正领略过,但却像极了生之隽永,冷冷的,闲闲散散的,却又余味悠长。

  我也是欢喜甜酒的,也爱这春天桃花片片,落到酒里。或许有人会问,这春天的花或许还会落到别处,落到水里土里,在别人的脚前脚后碾成泥。如此一问,也算是不曾懂得桃花了。天下之大,难道桃花就没个去处吗?

  我只看到天下桃花片片,从我的眼里落到我的酒里。正如张大复要将佳酿留候梅花,《红楼梦》亦有痴儿女葬花,相较之下,唐伯虎摘取桃花换酒钱就有些俗了。但他们都是懂花的人,也是懂酒的人。花和酒,在这里都寓含着一种生活的态度。

  最后想起林黛玉喜散不喜聚,我想她喜欢清酒、淡酒,一定胜过浓酒。

酒 色 褚人获[1]

酒有以绿为贵者,白乐天所谓"倾如竹叶盈尊绿"是也;有以黄为贵者,老杜所谓"鹅儿黄似酒"是也;有以白为贵者,乐天所谓"玉液黄金卮"是也;有以碧为贵者,少陵所谓"重碧酤[2]新酒"是也;有以红为贵者,李长吉[3]所谓"小糟夜滴珍珠红"是也,广中所酿酒谓之红酒,其色殆类胭脂。《酉阳杂俎》[4]载贾耸[5]家苍头能别水,常乘小艇,于黄河中以瓠匏[6]接河源水以酿酒,经宿酒如绛,名为"昆仑觞",是又红酒之尤者也。

《坚瓠集》

【注释】

①褚人获(1625~1682):字稼轩,又字学稼,号石农,今江苏苏州人。明末清初文学家,一生未曾中试,也未做官。但他有多方面的才能,著作颇丰。传世的有《坚瓠集》《读史随笔》《退佳琐录》《续蟹集》《宋贤群辅录》等。他交游广泛,与尤侗、洪升、顾贞观、毛宗岗等清初著名作家过从甚密。

②酤(gū):买,买酒。

③李长吉:唐代诗人李贺,字长吉,世称李长吉、鬼才、诗鬼等,与李白、李商隐三人并称唐代"三李"。一生愁苦多病,因病

早卒。李贺是中唐浪漫主义诗人的代表,又是中唐到晚唐诗风转变期的重要人物。

④《酉阳杂俎》:唐代笔记小说集,段成式撰。所记有仙佛鬼怪、人事以至动物、植物、酒食、寺庙等等,分类编录,一部分内容属志怪传奇类,另一些记载各地与异域珍异之物,与晋张华《博物志》相类。

⑤贾塾(qiǎng):人名。

⑥瓠匏(hù páo):又称匏瓠,葫芦也。

【赏读】

张潮《幽梦影》说"酒为饮食之尤物",尤令人心折。此则话酒之颜色,红绿黄碧,各极其妍,人还未饮,就先以摄人心魄。

看他们诗里如何写,像是世间一切好物都与酒相关。"倾如竹叶盈尊绿",何等之清爽怡人;"鹅儿黄似酒",何等之恬淡柔和;"玉液黄金卮",何等之雍容奢华⋯⋯最后就连美人腮上的胭脂都放它不过,就是珠玉在旁也会黯然失色,真是酒不醉人人自醉,此醉在酒之色矣。

我不是很爱喝酒吗?请问李贺诗里"小槽夜滴珍珠红"滴的又是哪种红?我定是答不上来,或者与花相似,与花瓣里滚动着的晨露更为相似,那晨露涌动着,连天地都更亮了。

至于驾小艇用葫芦在黄河中取源水,酿酒命名为"昆仑觞",却又是红酒中的红酒了。这酒雄浑,且又神乎其神,真是让人无从形容了。

酒 品 梁章钜[①]

随园老人[②]性不近酒,而自称能深知酒味。其称绍兴酒如清官循吏,不参一毫造作,而其味方真,又如名士耆英[③]长留人间,阅尽世故,而其质愈厚。故绍兴酒不过五年者不可饮,搀水者亦不能过五年。此真深知绍兴酒之言矣。是则品天下酒者,自宜以绍兴为第一。

而《食单》所列酒名,则首为金坛[④]于酒,次以德州[⑤]卢酒,仍不免标榜达官之故态;又次以四川郫筒酒,则又未免依附古人之陋习。据称郫筒酒清洌彻底,饮之如梨汁蔗浆,不知其为酒。然则竟饮梨汁蔗浆可矣,又奚烦饮酒乎?大凡酒以水为质,而必借他物以出之,又必变他物之本味以成为酒之精英。即如酿米为酒,而但求饮之者如饭汁粥汤,不知其为酒,可乎?西北口外[⑥]马乳、蒲桃,置于暖处,每日用箸纵横搅之,数日味如酸浆,力可敌酒,名曰"七格"。然则随园所饮之郫筒酒,得无即此物乎?

《浪迹丛谈》

【注释】

①梁章钜(1775~1849):字茝中、闳林,号茝邻,晚年自号退庵,祖籍福建长乐,清初迁居福州,自称福州人。他生长在明清

以来"书香世业"之家,"幼而颖悟",四岁从母开蒙读书,九岁能诗,并博览群书,立志著书,生平著作有《枢垣纪略》《退庵随笔》《文选旁证》《归田琐记》《浪迹丛谈》等七十余种刊行于世。

②随园老人:指清代诗人、散文家袁枚,晚年他自号仓山居士、随园主人、随园老人,著有《随园食单》一书。

③耆英:高年硕德者之称,即德高望重的老年人。

④金坛:即江苏常州金坛市,地处江苏省南部。

⑤德州:今山东德州市,位于黄河下游,自古就有"九达天衢""神京门户"之称。

⑥口外:其中"口"指的是长城的关口,如古北口、喜峰口等等。此处指西北关外地区。

【赏读】

不善饮而能深谙酒味者,除了袁枚,还有东坡、中郎等人。袁枚懂得绍兴酒,是因为他真喝过,至于金坛于酒、德州卢酒、四川郫筒酒,却未必喝过,难免在这里为梁章钜所笑了。

梁章钜遨游宦海四十年,所任多为省部级高官,却又素喜饮酒,所以在酒的品评这方面,比谁都有发言权。对于《随园食单》所列的酒,哪里好,哪里不好,也就能够一针见血地指出来了。因为这些酒,保不准他都喝过。更何况他本就是达官,本不用去标榜达官故态。现在贪官辈爱去欧洲抢购茅台,怕不也是如此。

梁章钜对酒的要求很严格,对于那些打着酒之旗号的果味或是奶味饮料,就不太待见了。如果他能活到现在,我想作为一方父母官,他的辖下自然也就不会出现假酒伤人的事件了。

酒 名　梁章钜

今人嗜酒者，称酒为"天禄"，憎饮者，又呼酒为"黄汤"。不知古人但称"杯中物"，无咎无誉，最为质实。余生平屡戒饮，而屡破戒。忆《事类合璧》①中载吴衍戒饮，阮修以拳殴其背曰："看看老逼痴汉，忍断杯中物耶！"此语若预为我棒喝者。悬车②以后，遂止不戒，且无日不与酒为缘。按陶渊明诗云："天运苟如此，且进杯中物。"孟襄阳③诗云："且乐杯中物，谁论世上名。"杜老诗云："赖有杯中物，还同海上鸥。"又云："忍断杯中物，只看座右铭。"高达夫④诗云："长歌达者杯中物，大笑前人身外名。"知自古名流皆不能忘情此物者，故口吻如一，非必有故实相传也。

《浪迹丛谈》

【注释】

①《事类合璧》：南宋谢维新撰。包括《古今合璧事类备要前集》《后集》《续集》《别集》《外集》。所收皆兼及宋代。虽不及《太平御览》《册府元龟》诸书皆根柢古籍，原原本本，而所采究皆宋以前书，多今日所未见。

②悬车：致仕。古人一般至七十岁辞官家居，废车不用，故云。亦借指七十岁。

③孟襄阳：唐代诗人孟浩然，今湖北襄阳人，世称孟襄阳。

④高达夫：唐代边塞诗人高适，字达夫。河北景县人，世称"高常侍"。作品收录于《高常侍集》。

【赏读】

我曾用"抽刀断酒酒更流"比喻自己戒酒，可见快刀割得了乱麻斩得了情丝，对于酒却还是没辙，余生惨淡，难道像诗仙李太白一样醉后捞月吗？还是像大侠古龙吐血而终吗？每每思之，就有一种怆然的寂寞，在理想与现实之间来回激荡。

古来不能忘情此物的诸君也是如此，他们左一个"且进杯中酒"，右一个"唯有杜康"，而在这后面的，却是"浮生若梦，为欢几何"的大概念。既然欢乐少，痛痛快快地喝醉也就没有几次。尤其是醉酒后的那种感觉，一半决绝，一半洒脱，真正是思无邪，却又把人生之间的悲喜之情漫过了，比如说我会脸红，我会尴尬，但酒后却不会觉得不好意思。

此处作者是想断得杯中物，屡饮屡戒，屡戒屡饮，不能自解，偏偏又去找古人对话。但留下名字的又多是戒不掉酒的古人，看看《事类合璧》所记载的那位，本想金盆洗酒，但朋友却不给他这个机会，一顿海扁，一阵狂骂。可见这位朋友当时正在喝酒。戒酒，却败了别人的兴了，你再戒酒走在街上千万别说我认识丫！基于此，张岱警告说："人无癖不可与交，以其无深情也。"如果你没别的兴趣爱好，那么就只管喝酒吧，酒至少不会让你感到孤独，至少还会让你看上去更加有趣一点！

以前渔父就曾私下里给三闾大夫屈原提了个醒，用今天的话说就是喝高了谁不都是一样吗？何必看得太清让自己难受呢！看来，还是喝吧，一切尽在无言中。

绍兴酒 梁章钜

今绍兴酒通行海内，可谓酒之正宗，而亦有横生訾议①者，其于绍兴酒之致佳者，实未曾到口也。

世人每笑绍兴有"三通行"，皆名过其实者。如刑名钱谷之学，本非人人皆擅绝技，而竟以此横行各直省，恰似真有秘传。州人口音实同鴂舌②，亦竟以此通行远迩，无一人肯习官话而不操土音者。即酒亦不过常酒，而贩运竟遍寰区，且远达于新疆绝域。平心而论，惟口音一层，万无可解，刑钱亦究竟尚有师传，至酒之通行，则实无他酒足以相抗。盖山阴、会稽③之间，水最宜酒，易地则不能为良故。他府皆有绍兴人如法制酿，而水既不同，味即远逊即绍兴本地，佳酒亦不易得，惟所贩愈远则愈佳，盖非致佳者亦不能行远。

余尝藩甘、陇④，抚桂林，所得酒皆绝美，闻嘉峪关以外则益佳。若中土近地，则非藏蓄数年者，不堪入口。最佳者名"女儿酒"，相传富家养女，初弥月，即开酿数坛，直至此女出门，即以此酒陪嫁，则至近亦十许年。其坛率以彩缋，名曰花雕，近作伪者多竟有用花坛装凡酒以欺人者。

凡辨酒之法，坛以轻为贵，盖酒愈陈则愈缩敛，甚有缩至半坛者。从坛旁以椎敲之，真者其声必清越，伪而败者其响必不扬。甚有以小锥刺坛，掬出好酒，而以水灌还之者，视其外依然花雕，而一文不值矣。

凡蓄酒之法，必择平实之地，用木板衬之。若在浮地，屡摇之，则逾月即坏。又忌居湿地，久则酒味易变。

凡煮酒之法，必用热水温之。贮酒以银瓶为上，瓷瓶次之，锡瓶为下。凡酒以初温为美，重温则味减。若急切供客，隔火温之，其味虽胜，而其性较热，于口体非宜。至北人多冷呷⑤，据云可得酒之真味，则于脾家愈有碍。凡此，皆嗜饮者所宜知也。

今医家配药用酒，必注明无灰酒⑥，佥言惟绍兴酒有灰。近闻之绍兴人，力辨绍酒无灰，其偶有灰者，以酒味将漓⑦，用灰制之，非常法也。语似可信。

《浪迹丛谈》

【注释】

①横生訾议：凭空议论、指责别人的缺点。

②鴂（jué）舌：比喻语言难懂。

③山阴、会稽：皆指绍兴。

④甘、陇：即今甘肃。

⑤冷呷：冷吃。

⑥无灰酒：是不放石灰的酒。古人在酒内加石灰以防酒酸，但能聚痰，无灰酒是发酵类酒中黄酒的佳品。

⑦漓：淡薄。

【赏读】

黄酒和啤酒、葡萄酒被誉为世界三大古酒。远在河姆渡时期，就已经具备了酿造黄酒的条件。绍兴酒无疑是黄酒中最为耀眼的一粒明珠，用梁章钜的话说，横行各省，贩遍寰宇，乃酒之正宗也。

他认为绍兴酒通行天下，无他酒可以相抗的原因是——在于水。常言说得好，"米为酒之肉，曲为酒之骨，水为酒之血"。想想那一湖碧绿的鉴湖水，用斯水而酿黄酒，遂有好酒。但是在绍兴酒独享盛名的后面，受利益的驱使，历史上也就产生出了"仿绍"和假酒。

说到这里也不要埋怨贪官们去欧洲买茅台了，盛名之下，其实难副的又岂止酒乎？山寨、伪劣古已有之，这可以说是中国人世俗生活中惯有的一种喜乐。梁章钜再一次以资深品酒师出现，告诉你假酒是什么样子，药用酒又是什么样子，怎么样保存酒，怎么样煮酒……当然，如果要喝到最正宗的绍兴酒，眼下还有最重要的一点，鉴湖水该不会被污染了吧！

沧 酒 _{梁章钜}

沧酒之著名，尚在绍酒之前，而今人则但知有绍酒而鲜言及沧酒者，盖末流之酿法，渐不如其初耳。

阮吾山[①]谓沧州[②]酒，止吴氏、刘氏、戴氏诸家，余不尽佳。盖藏至十年者，味始清冽云云。试思酒至十年，虽凡酒亦未有不佳者，何必沧酒耶！相传沧州城外酒楼，皆背城面河，列屋而居。明末有三老人，至楼上剧饮，醉去，不与值。次日复来，饮酒家亦不问也。三老复醉，临行以余酒倾泼门外河中，水色渐变，以之酿酒，味芳冽胜他处。中间仅数武，过此南北水皆不佳，沧酒之得名以此。刘紫亭凤翔为阮吾山述之甚确，载在《茶余客话》。

余初次由运河舟旋，过沧州，至村中极意访之，始购得一壶。归饮之，果佳。此后屡过其地，则皆饬[③]仆往沽，无一如前味者矣。

《浪迹丛谈》

【注释】

①阮吾山：指清代乾隆时期有成就的诗人、散文家和法学家阮葵生，字宝诚，号吾山，今江苏淮安人。他所著的《茶余客话》，"记前型，搜逸事，考证典物，多有未经人道者"，是近二百年来很

有资料价值的笔记著述。

②沧州：因濒临渤海而得名。位于河北省的东部，北依天津，南依山东。

③饬（chì）：命令。

【赏读】

沧酒，隋唐时便有记载，宋明时就已享誉海内。明人顾起元笔记《客座赘语》中列出了一个美酒排行榜，其中包括沧酒、大内满殿香、永平桑落酒、易州之易酒、大名之刁酒等二十九种酒，沧酒被评为"色味冠绝"。

无独有偶，成书于明清之际的古代通俗小说《林兰香》，也曾把沧酒、涞酒、潞酒、汾酒评为京城里的四大名酒。根据纪晓岚《阅微草堂笔记》记载，历史上沧酒鼎盛之时，声誉如今日之茅台，一罂可值四五金。真品沧酒并非市井普通酿造，而是旧家世族，代相授受，才能得水火之节候。地方酿酒人为防政府征求无餍，相约不以真酒应官，虽笞捶不肯出，十倍其价亦不肯出。即使当时的知府知州，欲求一滴沧酒而不可得。

这也难怪作者访美酒难遇，仅此一壶，后再求的时候味道就不如第一次喝时感觉那么好。对于美酒美食，我们也曾有过类似的感觉。味道或许还是一样，只是我们的心境变了。

烧 酒 _{梁章钜}

凡酒皆愈陈愈贵,烧酒亦然。随园①言烧酒乃人中之光棍,县中之酷吏,打擂台非光棍不可,除盗贼非酷吏不可,驱风寒、消积滞②非烧酒不可。烧酒若藏至十年,则酒色变绿,上口转甜,亦犹光棍变为良民,便无火气,殊可交也,但不可使泄气耳。

《浪迹丛谈》

【注释】

①随园:清代诗人、散文家袁枚,晚年自号随园老人。
②积滞:积聚滞留。

【赏读】

常见人们以花喻人,如屈原以兰草喻心之高洁,如李清照以黄花喻人瘦。突见随园老人袁枚以烧酒拟之光棍酷吏,且还说得生动活泼,用之打擂台或是除盗贼,不由令人忍俊不禁。

以酒喻人,每种酒的滋味都散发出不同的人格属性。即使是烧酒,也会愈陈愈香,愈陈愈加醇厚。可见人即使不幸生而为光棍泼皮,偶遇良师益友,读十年书,养十年气,就不会再是以前的那个吴下阿蒙了。以酒喻人,更喻的是人生,我们从出生,到长大,就像酒的发酵过程一样，处处充满着奇迹。青春时的棱角和锋芒，不正像烧酒一样，喝下去涩口辣喉，热血上涌。待经历过一些岁月的沉淀，人亦变得成熟，那时浅斟慢饮，才会觉得口有余香。有时走在人生的十字路口，是待价而沽，还是自斟自饮，若有那能知能解者，那也只求倾心能够一醉了！

可见烧酒还可以拟为毛孩子，红酒可拟为红粉佳人，黄酒可拟为良师益友，若再把啤酒拟为乡愿，会不会有人不同意呢？

惠泉酒　梁章钜

随园称惠泉酒用天下第二泉所作,自是佳品,而被市井人苟且为之,遂至浇淳散朴①,殊为可惜。据云有佳者,恰未饮过。

余记得三十许岁时,曾从徐望钦同年②家饮所藏陈年惠泉酒,绝美。初不知何酒,据云其叔父十年前从无锡带回者,盖酒底本佳,历年复久,宜其超凡人圣矣。此后官大江南北者十余年,往来九龙山③下者廿余次,不能一再遇之。然究竟领略一次,足以傲随园矣。

《浪迹丛谈》

【注释】

①浇淳散朴:谓使淳朴的社会风气变得浮薄。

②同年:古时科举时代同榜录取的人互称同年。

③九龙山:因国内九龙山有多处,据上下文之义,疑为浙江平湖九龙山,以龙湫之君,东西以九山名之。

【赏读】

唐突美酒,如同不解好书,糟蹋名花,亵渎佳人,败坏好山水一样,令人憎厌。若用《觞政》诸律例,必然会遭到凌迟。

酒味转薄,或者吃食大不如以前,在古代通常说是礼崩乐坏的先兆,用今天的话说是世风日下,人心不古。《儒林外史》篇末述及四客的时候,邻居老爹感叹糖没有二十年前买的多时,这种情形对于我们今天更是不会陌生的。当然,二十年也未必太长,就连楼下的小食店一年都要涨个两回三回价,房价却又涨得更快。没有放心奶,没有安全食品,就连要喝真茅台都要去欧洲提前抢购了。此种不痛快,社会发展得越快,也更烈。

  作者二十年前喝过一次陈年惠泉酒,后来即使当再大的官,往来过那么多次,也再也没有喝过,但就因为这个,足以盖过随园老人了。我们现在看着我们的孩子吃着垃圾食品的时候,会不会想着我们小时候吃桑葚、刨地瓜、在田里抓鱼呢,那个时候收一封信我们要等很久,真让人搞不懂,过去和现在相比,究竟什么时候更幸福?

饮 量 梁章钜

浦城①今日风气，远不如昔，不但谈艺无人，即豪饮者亦少，文字饮更不待言。求如三十年前祖舫斋师之雅怀雅量，杳不可得。旧时门士，落落如晨星。

壬寅秋初寄庑时，有黄懋昭、广文训者，可称大户。其时季述堂运副，亦相伯仲，而意专角胜②，终席叫呶，即其内不足之征。逾年则述堂远出，懋昭酒力亦骤退。惟季尧文、广文松云尚堪自张其军，一时遂无能出其右者。

述堂尝问余服官中外，所值酒侣，果可当大户者有若干人。余曰："里居③时，惟见闽邑令海丰张曦亭映斗者饷客，以茶陪饮，以火酒两杯对举并尽，后客来复然，可以终日不倦。通籍④后，则惟同年安化陶文毅公饮量食量并洪，尝言火酒或可醉人，黄酒自可无量，平生并不知醉乡为何似。在安徽藩任时，尝与孙平叔中丞以火酒角量，自辰至亥，孙已酩酊，而公仍阳阳⑤如平常也。"

述堂曰："京中诸巨公先生，自不乏真大户，可能举其人否？"余曰："此则吾师纪文达公详言之矣。师云：酒有别肠，信然，八九十年来，余之所闻者，以顾侠君前辈称第一，缪文子前辈次之。余所见者，先师孙端人先生，亦入当时酒社。先生自云：'我去二公中间，犹可著十余人。'次则陈句山前辈与相敌，然不以酒名。近时路晋清前辈称第一，吴云岩前辈亦骎骎⑥争胜。晋清曰：'云岩酒后弥温克，是即不胜酒力，作意矜持也。'验之不谬。同年朱竹君学士、周稚圭观察，皆以酒自雄。云岩曰：'二公徒豪举耳，拇阵喧呶⑦，泼酒几半，使坐而静酌，则败矣。'验之亦不谬。后辈则以葛临溪为第一，不与之酒，从不自呼一杯。与之酒，虽盆盎无难色，长鲸一吸，涓滴不遗⑧。尝饮余家，与诸桐屿、吴惠叔等五六人角，至夜漏将阑，众皆酩酊，或失足颠仆，临溪一一指挥僮仆扶掖登榻，然后从容登舆去，神志湛然，如未饮者。其仆曰：'吾相随七八年，从未见其独酌，亦未见其偶醉也。惟饮不择酒，使尝酒，亦不甚知美恶。'故其同年，以登徒好色戏之，然亦罕有矣。惜不及见顾、缪二前辈，一决胜负也。端人先生恒病余不能饮，曰：'东坡长处学之可也，何并其短处亦刻画求似。'及余典试⑨得临溪，以书报先生，先生覆札曰：'吾再传有此君，闻之起舞，但终恨君是蜂腰耳。'前辈风流佳话如此，近今则如广陵散，渺不可追矣。"

《归田琐记》

【注释】

①浦城：即今福建南平浦城县，地处仙霞岭南侧。

②角胜：较量胜负。

③里居：辞官返乡居住。

④通籍：指初做官。意谓朝中已有了名籍。

⑤阳阳：自若。阳，通"扬"。

⑥骎骎（qīn qīn）：迅疾。

⑦捭阵喧哕：大声地划拳。

⑧涓滴不遗：一点儿也不剩下。涓滴，小水珠，比喻极小或极少的东西。

⑨典试：主持考试。

【赏读】

　　酒味转薄，酒人也就上不得台面，过去感到欣慰快意的，转眼就渺若陈迹。作者的一番感慨下面，原来心里还藏有一个九斤老太。

　　九斤老太是鲁迅小说笔下的人物，她惯用的台词总是那么一句："一代不如一代。"看此则文字，作者几十年酒海浮沉，能喝酒的都沉底了，会喝酒的都成仙了，剩下的都是酒滓酒渣，唉，还真是一代不如一代。

　　王羲之在兰亭和大家一起喝酒时，隐隐地有一种担心，"后之视今，亦由今之视昔，悲夫！"他还说，即使时代变了，世事不同了，但是人们兴发感慨的缘由，人们的思想情趣都是一样的。很不幸的是，这些他都统统说中了。我们看作者话前辈酒人酒事，行止风流，恰如那一过眼的繁华。

　　尤其是在今天看来，如羚羊挂角，如昨夜烟花，更是无从寻之。看来喝酒喝到此，读书读到此，我们还是会感到寂寞，也许是更加寂寞。

年节酒 顾 禄[①]

元旦后,戚若友递相邀饮,至十五日而止,俗称"年节酒"。范来宗[②]《留客》诗云:"登门即去偶登堂,或是知心或远方。柏酒初开排日饮,辛盘速出隔年藏。老饕餍饫[③]情忘倦,大卢流连态怕狂。沿习乡风最真率,五侯鲭[④]逊一锅香。"又,蔡云《吴饮》云:"大年朝过小年朝,春酒春盘互见招。近日款宾仪数简,点茶无复枣花挑。"

案:宋僧道世[⑤]《法苑珠林》:"唐长安风俗,每至元旦已后,递饮酒相邀迎,号传坐酒。"又,范致明[⑥]《岳阳风土记》:"岳州自元日献岁,邻里宴饮相庆,至十二日始罢,号曰传坐酒。"《常昭合志》:"元旦后,亲朋交宴,谓沿袭屠苏之义。"郡中新年旧俗,点茶飨客,有用诸色果及拨枣为花者,名"挑瓣茶",今废。吴谷人祭酒[⑦]《新年杂咏》小序云:"新年,家设酒肴延客,三五行即辞出,亦有尽醉而归者。"顾清[⑧]诗:"茗碗酒杯皆可意,好将新岁作传生。"

《清嘉录》

【注释】

①顾禄:清代苏州文士,生卒年不详。字总之,一字铁卿,自署茶蘑山人。今江苏苏州人。与褚逢椿友好,"纵情声色,娶妾居

山塘之抱绿渔庄"。著《清嘉录》《桐桥倚棹录》等。

②范来宗：清代人。字翰尊，号芝岩，一号支山，范仲淹后裔。乾隆四十年进士，官翰林院编修。花卉得指授于椿，风格自超，别具秀骨。善行楷，工诗。有《洽园诗稿》。

③餍饫（yàn yù）：尽量满足口腹需要，感到饱足。

④五侯鲭：佳肴名，为西汉娄护所创。鲭，鱼和肉的杂烩。

⑤宋僧道世：唐代僧人，字玄恽，俗姓韩，祖籍洛阳伊阙，因祖代居官于长安，遂为长安人。又因名字中世字犯唐太宗李世民讳，所以以字代名，通常称为玄恽。著有《诸经要集》《法苑珠林》等作品。此处原作者记忆有误。

⑥范致明：宋代人，字晦叔，元符中登进士。所作《岳阳风土记》不分门目，随事载记。书虽一卷，而于郡县沿革、山川改易、古迹存亡考证特详，在宋人风土书中亦可谓佳本。

⑦祭酒：汉魏以后官名。后多泛称文坛、艺坛或学界的首脑人物。

⑧顾清：明代诗人，字士廉，江苏苏州人。诗清新婉丽，天趣盎然；文章简练醇雅，自娴法律。

【赏读】

"年节酒"，即"年酒"，是一项从唐代就有的古老风俗。《邗江三百吟》卷五中就有《请春卮酒》一诗，诗云："春风一到便繁华，忙整春盘异味夸。博得酡颜春色透，今年春兴在侬家。"其中诗引说得更为清楚："扬城宴会盛矣，新年灯节前后宴会亲友，名曰：春卮。"卮，是古代的一种盛酒器。"请春卮酒"用今天的话，就是新春时节请客聚宴，也就是"年酒"。

拜年喝年酒的时间一般是从正月初一至十五，多在正月初十以内，有的至正月底。年酒除酒必不可少外，主人当尽其所有制作美味佳肴。《帝京岁时纪胜》所载清代北京拜年喝年酒时的情形："十锦火锅供馔。汤点则鹅油方补，猪肉馒首，江米糕，黄黍饦；酒肴则腌鸡腊肉，糟鹜风鱼，野鸡爪，鹿兔脯……杂以海错山珍，家肴市点。纵非亲厚，亦必奉节酒三杯。若重戚忘情，何妨烂醉！"

清代道光年间湖北《黄安县志》云："客至，主人先以鸡肉之类满堆碗而且敬，复煮酒设馔，谓之'拜年酒'。"叶调元《汉口竹枝词》中提到"拜年酒"时的"九碟寒肴一暖锅"，"寒肴"即冷碟，如今天的腊肉、糟鱼、香肠、皮蛋、卤菜、花生米、菜薹虾米，以至青豆、红萝卜丁等。"一暖锅"也就是今天的火锅，但汤却十分讲究，或鸡汤浅汤，或河鲜海鲜煨汤，汤中必下鱼圆子，寓意着来年的团圆美满。

《真州竹枝词引》把请"年节酒"说成是做"财神会"，于今天看来更是有一定的道理。大家天南海北，一年到头难得见上一面，聚在一起谈谈抱负，交流一下情感，互通一下商业信息，共议生财之道。不过和古人相比，这年假的时间的确是太短了。

冬酿酒 顾 禄

　　乡田人家，以草药酿酒，谓之"冬酿酒"。有"秋露白""杜茅柴""靠壁清""竹叶清"诸名。十月造者，名"十月白"。以白面造曲，用泉水浸白米酿成者，名"三白酒"。其酿而未煮，旋即可饮者，名"生泔酒"。蔡云《吴歈①》云："冬酿名高十月白，请看柴帚挂当檐。一时佐酒论风味，不爱团脐只爱尖②。"

　　案：崔实③《四民月令》："十月上辛，命典馈清曲酿冬酒，供腊祀。"《内则》④有稻醴⑤、黍醴、粱醴。《左传》⑥哀公十一年："进稻醴。"《释文》⑦云："以稻米为醴酒。"桂未谷⑧《札朴》⑨云："糯米为甜酒，俗呼白酒，即稻醴也。"长、元、吴《志》⑩皆云："以草药酿成，置壁间月余，色清香洌，谓之靠壁清，亦名竹叶清，又名秋露白，乡间人谓之杜茅柴，以十月酿成者尤佳，谓之十月白。"沈朝初⑪《忆江南》词注云："苏城俱于腊底酿酒，四月中窨⑫清，色味俱佳。"又有"酒娘新搭杜茅柴"之句。

《清嘉录》

【注释】

①吴歈（yú）：吴地的歌。后亦指昆曲。

②不爱团脐只爱尖：雌蟹腹甲形圆，称团脐。雄蟹腹甲形尖，称尖脐。故团脐、尖脐亦指雌蟹和雄蟹。

③崔实：字子真。东汉后期政论家、农学家，著有《四民月令》《政论》等，系东汉文学家崔瑗之后，与蔡邕齐名，号称"崔蔡"。

④《内则》：《礼记》的一部分，主要内容是记载男女居室事父母、舅姑之法。如儿子孝敬父母，媳妇孝敬公婆，有关夫妇之礼仪等等。除此之外，本章还记载有关饮食制度、养老礼及一些曾子论孝的文字。

⑤醴（lǐ）：采用稻、麦、粟、黍等不同等级的谷子酿造的系列酒。后亦特指美酒。

⑥《左传》：原名为《左氏春秋》，汉代改称《春秋左氏传》，简称《左传》。旧时相传是春秋末年左丘明为解释孔子的《春秋》而作，是儒家重要经典之一。

⑦《释文》：指唐陆德明所著的《经典释文》。

⑧桂未谷：即桂馥，字未谷，一字东卉，号雩门，别号萧然山外史，桂馥书法晚称老苔，一号渎井，又自刻印曰渎井复民。清书法家、文字训诂学家。著有《说文义证》《缪篆分韵》《晚学集》等。

⑨《札朴》：十卷，桂馥著。作者谦称自己的著作内容琐碎，就像削腬去掉的木皮，故名《札朴》，其实《札朴》是他毕生精力荟萃之作。

⑩长、元、吴《志》：长、元、吴为苏州下的三个地方，长指长洲，元指元和，吴指吴县。

⑪沈朝初：字洪生，号东田，今江苏苏州人。著有工文诗《不遮山阁诗余》。词集有《不遮山阁诗余》二卷，其中《忆江南》词三十余首，内容都是描写吴中风情的。

⑫窨（yìn）：窨藏。

【赏读】

冬酿酒，亦称"冬阳酒"。古时，人们认为冬至是阴阳二气的自然转化，因为这一天过后，阳气上升，万物开始复苏。汉朝以冬至为"冬节"，官府要举行祝贺仪式称为"贺冬"，例行放假，后来就相沿至今。

苏州有句老话，有钱吃冬酿酒的吃一夜，没钱吃冬酿酒的冻一夜。苏州曾是春秋时吴国的都城，吴国始祖泰伯、仲雍是周太王后裔，承袭周代历法把冬至作为一年之初，所以至今古城苏州仍有"冬至大如年"的遗俗。每年农历十月，吴地乡农以用每年十月开镰的新糯，杂以草药或者桂花，酿成此酒。喝的时候，酒中还漂着细细的药草或者桂花，味道甜淡，不由沁人心脾。

后来又有人证此乃"东阳酒"之讹，若陆游曾有诗云："虚负东阳酒担来。"元代马致远《拨不断》亦有："菊花开，正归来。伴虎西僧、鹤林友、龙山客；似杜工部、陶渊明、李太白；有洞庭柑、东阳酒、西湖蟹……"明代汪颖在《食物本草》中写道："入药用东阳酒最佳，其酒自古擅名。"亦可聊备一说。

行酒之法　梁绍壬[1]

行酒,以碧筒[2]为最雅,鞋杯[3]则俗矣。虢国夫人[4]以鹿肠悬于梁间,结其两头,实酒其中,欲饮则去其结,而以口就吸之,虽豪而实不韵。金章宗[5]以软金叶,薄如冬瓜片,制为酒器,令饮者愈吸愈不尽,名曰"醉如泥",但究不知其制若何。宋杨某谄事卞、绘[6],令其妻以两手捧酒,就其口饮之,名曰"白玉莲花盏",抑何无耻!

《两般秋雨庵随笔》

【注释】

①梁绍壬(1792~?):字应来,号晋竹,钱塘人。道光辛巳举人。能承家学,工诗善文,学问渊博,嗜酒。官内阁中书。有《两般秋雨庵诗》《两般秋雨庵随笔》,在近代笔记中自成一家。

②碧筒:亦作"碧筒杯""碧桐杯",一种用荷叶制成的饮酒器。

③鞋杯:又名双凫杯、金莲杯。指置杯酒于缠足妇女之弓鞋内,载以行酒。

④虢(guó)国夫人:杨贵妃杨玉环的三姐。今山西芮城人,生年不详,约卒于唐肃宗至德元载(756)。安史之乱时在出逃中被迫自杀。

⑤金章宗:完颜璟,小字麻达葛,世宗完颜雍孙,完颜允恭子,

世宗病死后继位。章宗统治前期,金朝国力强盛,后期由盛转衰。

⑥卞、绘:即窦卞、杨绘,北宋官员。

【赏读】

碧筒最雅,鞋杯则俗。不过在今天看来,荷叶包肉还是小时候见过,若有人再用荷叶饮酒,怕不被人以为神经病之流。至于鞋杯,君不见玩收藏者都玩到马桶以及小贝的内裤上了,而这经过历史沉埋的鞋杯,重新挖掘出来,也似乎越陈越香。当时或许不雅,过后自然就是一种难得的风流况味。

所谓雅俗,正如小资产阶级习气某个时候非得摈弃不可,得因时代的脉搏而论。"白玉莲花盏"服侍普天下看官,广结普天下恩主,在今天更是为广大人民群众喜闻乐见。正如很多人习惯把无耻视为风流的另一面罢了。

文中所记杨某,应是作者记忆有误。宋魏泰《东轩笔录》卷七记载:王永年谄事杨绘、窦卞,置酒于私室,让妻子前来相陪。杨窦二人看到王妻双手捧起酒一饮而尽,杨绘、窦卞便称之为"白玉莲花杯"。唐诗人来鹄曾有诗描摹美人形色神态。其中有两句是:"回眸绿水波初起,合掌白莲花未开。""白玉莲花盏"即本于此。

不过这个王永年也够无耻的,官声不佳,久久不得一个好差事。于是只好出此下策,后来经过杨、窦二人的举荐,王于是很快就被任用,得到皇家图书馆金耀门书库库监职位。后来因为过度挪用公款诬赖自己的大舅哥,重刑之下,白玉莲花盏的故事被审讯人员记录在案,丑行于是不胫而走。

这样的故事在今天可以说是不新鲜了,何谓"白玉莲花盏"?升职器也。

品　酒　梁绍壬

嘉庆癸酉，余偶憩于西湖之云林寺①。次日，独游歿光②，遇一老僧，名致虚，善气迎人，与之谈，颇相得。亦略知文墨坐久，余欲下山，老僧曰："居士得毋饥否？蔬酌可乎？"余方谦谢，僧已指挥徒众，立具伊蒲③。泥瓮新开，酒香满室，盖时业知余之好饮也。一杯入口，甘芳浚洌④，凡酒之病无不蠲⑤，而酒之美无弗备。询之，曰："此本山泉所酿也，陈五年矣。老僧盖少知酿法，而又喜谈米汁禅。此盖自奉之外，藏以待客者。"于是觥斝⑥对酌，薄暮始散。又乞得一壶，携至山下，及夕小酌。次日，僧又赠一瓴⑦，归而饮于家，靡不赞叹欲绝。廿年神往，何止九日口香，此生平所尝第一次好酒也。

此外不得不推山西之"汾酒""潞酒"，然禀性刚烈，弱者恧⑧焉，故南人勿尚也。于是不得不推绍兴之"女儿酒"。"女儿酒"者，乡人于女子初生之年，便酿此酒，迨出嫁时始开用之。此各家秘藏，并不售人，其花坛大酒，悉是赝本。且近日人家萧索，酿此者亦复寥寥，能得其以真东浦水作骨而三四年陈者，已是无等等咒⑨矣。

道光甲申，归自京师，汪小米表弟，拉饮"庚申酒"。"庚申酒"者，小米令叔号眷西先生所家藏者也。眷西尊人，旧贮二十坛,殁后,其家亦胥忘之。眷西又汗游十余载,遂无人问鼎。而藏酒之室,又极邃密,终日扃牡⑩,更无人知而窥之。以故二十年来,丸泥如故。眷西归,始发之,所存止及坛之半,正简斋先生⑪所谓"坛高三尺酒一尺,去尽酒魂存酒魄"是也,色香俱美,味则淡如。因以好新酒四分搀之,则芳香透脑,胶饧盏底⑫,其秾厚有过于发光酒,而微苦不冽,自其小病。此生平所尝第二次好酒也。

仆逢曲流涎,到处不肯轻过。闻之人语曰:"不吃奔牛酒,枉在江南走。"余过其地,沽而试焉。呜呼!天下有如此名过其实、庸恶陋劣之名士乎?论其品格,亦止如苏州之"福贞",惠泉之"三白",宜兴之"红友",扬州之"木瓜",镇江之"苦露",邵宝之"百花",苕溪⑬之"下若"。而其甜其腻则又过之,此真醉乡之魔道也。其中矫矫独出者,则有松江之"三白",色微黄,极清,香沁肌骨,惟稍烈耳。

又记某年,余游萧山时,梧里主人周姓,名镇祁,情极款洽,作平原十日之留。一日,出一种酒,曰"梨花春",盖三套矣。余饮一杯后,主人即将杯夺去。主人巨量,止饮二小杯。是日,余竟沉醉一天,因思古人所谓千日九酝者,亦即此类,特其一年三年之醉,则未免神奇其说耳。

余居广东始兴,一年有余,彼处有所谓"冬酒",味虽薄而不甚甜,故尚可入口。中秋以后方有,来年二三月便不可得。询之土人,曰:"此煮酒也。今日入瓮,第三日即可饮,半月坏矣。"一日,有曾姓乡绅,邀余山中小酌,举杯相劝。视之,浅绿色,饮之清而极鲜,淡而弥旨,香味之妙,其来皆有远致。诧以为得未曾有，急询何酒，曰："冬酒也。"问："那得如许佳?"曰："陈六年矣。"余又叩以乡人不能久藏之言，曰："乡人贪饮而惜费，夫安得有佳者！此酒始酿，须墨江某山前一里内之水，不可杂以他流，再选名曲佳蘗⑭，合而成之，何患其不能陈耶？余家酿此五十余年，他族省穑⑮，不肯效为之也。"此余生平所尝第三次好酒也。

余三十年来，沉湎于酒，脏腑之地，受病已深，近日损之又损，以至于无，而结习所存，不能忘也，因历忆生平饮境而一纪之。宋俞文豹《吹剑录》⑯云："易惟四卦言酒，而皆在险难。需，需于酒食；坎，樽酒簋贰⑰；困，困于酒食；未济，有孚⑱于饮酒。"可见酒乃人生之至险也，可不戒哉！

《两般秋雨庵随笔》

【注释】

①云林寺：即今灵隐寺。1921年出版的《西湖新志》记载"云林禅寺在灵隐山麓，旧名灵隐寺。康熙二十八年圣祖临幸，敕赐名云林寺。"

②弢光：即今韬光寺，位于西湖北高峰巢枸坞，传为唐代高僧韬光结庵处。

③伊蒲：即伊蒲筵，寺庙中的素席。

④浚冽：清冷。

⑤蠲（juān）：祛除。

⑥斝（jiǎ）：有种说法认为它是温酒用具，但在礼制方面，据《礼记》《左传》等书所载，斝主要是用来行祼礼的酒器。

⑦甂（chī）：古代陶制酒器。梁绍壬在《两般秋雨庵随笔》引孙愐《唐韵》"甂"字注说："大者容一石，小者五斗。"

⑧恧（nǜ）：自愧。

⑨无等等咒：般若波罗蜜多咒四名之一。此咒独绝无伦，故曰无等等咒。无等等者，无等无等也。

⑩扃（jiōng）牡：关门闭户。

⑪简斋先生：即清代诗人、散文家袁枚，简斋是其号。

⑫胶饧盏（zhǎn）底：胶饧，稠厚的饴糖。盏，小杯子。

⑬苕溪：古地名，今浙江湖州的别称。

⑭蘖（niè）：稻的成熟果实，经加工而发芽者。

⑮穑：收割谷物，亦泛指耕作，此处疑指谷物。

⑯《吹剑录》：南宋俞文豹撰，主要内容是杂记南宋宫廷、官场及民间之遗闻逸事。俞文豹字文蔚，今浙江丽水人。

⑰樽酒簋（guǐ）贰：喝一樽酒吃二簋食物。簋，古代一种食物的容器。

⑱孚：信用，信誉。

【赏读】

喝酒喝到不能喝的境地，再喝前面是万丈悬崖，这时仅仅只剩下回忆，就连回忆有时也是很怡人的。套用《红楼梦》开篇楔子的话说，万不能以自己酒量不行，把美酒一并给泯灭了，作者惭愧之下，实乃为平生所尝之好酒立传也。

古人常说："身后万世名，不如一杯酒。"看作者三十年仅仅喝了三次好酒。或是忽游古寺，老僧赠之以酒；或是人亡酒存，二十年子弟皆忘，冥冥中似乎专等作者尽情一醉；最后一次山中小酌，乡绅所言，字字更是话的有限的人世。更不用说他这三十年，其中应该还喝了不少诸如奔牛酒那样的"名过其实、庸恶陋劣之名士"吧？

酒淘尽千古风流人物，时亦淘尽千古美酒名酒，绍兴之"女儿酒"的衰落，也是理所当然了，酒是要遇到懂它惜它的人，还要有适宜的酒境以及酒谈，才能将酒味延绵流长。再好的酒若是像今天的官老爷们碰到都牛饮一气，所谈的皆俗恶荤腥之事，你让酒魂怎么去振作起来，让美酒好酒怎么去发扬光大呢！

所以说有时人与酒，就像魂与魄的关系一样。魏晋时那群喝酒的人为什么出彩，不是因为他们喝的酒有多好，而是因为其人任情散漫，却又率真可爱。现在每临酒场，如遇大敌，如履薄冰，人的个性全失，再好的酒下到喉头，还有什么余味可言呢！

卷三 酒人

郑泉嗜酒 陈 寿[①]

郑泉字文渊,陈郡[②]人。博学有奇志,而性嗜酒,其闲居每曰:"愿得美酒满五百斛船,以四时甘脆置两头,反覆没饮之,惫即住而啖肴膳。酒有斗升减,随即益之,不亦快乎!"……泉临卒,谓同类曰:"必葬我陶家之侧,庶百岁之后化而成土,幸见取为酒壶,实获我心矣。"

《三国志·吴书》

【注释】

①陈寿(233~297):字承祚,西晋史学家,今四川南充人。他少时好学,师事同郡学者谯周,蜀汉时曾任卫将军主簿、东观秘书郎、观阁令史、散骑黄门侍郎等职。入晋后,历任著作郎、长平太守、治书侍御史等职。280年,晋灭东吴,结束了分裂局面。陈寿当时四十八岁,历经10年艰辛,完成了历史巨著《三国志》。《三国志》是一部纪传体三国史,书中有440名三国历史人物的传记,全书共65卷,36.7万字,完整地记叙了自汉末至晋初近百年间中国由分裂走向统一的历史全貌。

②陈郡:秦置陈郡,后亦称为陈国、淮阳国、淮阳郡。辖今豫东、豫南及安徽近30个县市。

【赏读】

刘伶一边喝酒,一边说"死便埋我",自是一种放达。当代漫画家黄苗子先生认为,这个天下第一的大酒鬼刘伶,"比起三国时代的郑泉,却差得远了"。

就是这个郑泉,他活着时的最大志向,希望自己有一艘装载着五百斛美酒的船,船的两边都放着最喜欢的下酒菜,自己随时可以放怀畅饮,而且这些酒还不会减少,喝一斗补一斗,喝一升添一升,都会自动给他加满,永远保持五百斛的状态。他的遗愿是,期望着死后葬在生产酒器的地方,尸骨化成泥土后如果有幸被制成酒壶,又能天天闻到美酒飘香的味道了。

爱酒爱到这个地步,还有什么好说的。和那些用酒大杯大杯浇自己胸中块垒的人相比,郑泉不用借酒消愁,更不用喝酒玩世,他的一言一行更近于痴,他是纯粹地爱酒,却又痴得如此可爱。只有如此,言语才自成天籁,古往今来若干酒徒和他相比,统统黯然失色。

后人常常尊称刘伶为酒圣、酒帝,与之相较,郑泉可为饮酒史中唯一的无冕之王。

中圣人 陈 寿

徐邈字景山，燕国蓟人①也。……魏国初建，为尚书郎②。时科禁酒，而邈私饮至于沈醉。校事③赵达问以曹事，邈曰："中圣人。"达白之太祖，太祖甚怒。度辽将军④鲜于辅进曰："平日醉客谓酒清者为圣人，浊者为贤人，邈性修慎⑤，偶醉言耳。"竟坐得免刑。

文帝践阼⑥，历谯相、平阳、安平太守⑦，颍川典农中郎将⑧，所在著称，赐爵关内侯。车驾幸许昌，问邈曰："颇复中圣人不？"邈对曰："昔子反毙于谷阳⑨，御叔⑩罚于饮酒，臣嗜同二子，不能自惩，时复中之。然宿瘤以丑见传，而臣以醉见识。"帝大笑，顾左右曰："名不虚立。"

《三国志·魏书》

【注释】

①燕国蓟人：今天津蓟县人。

②尚书郎：古官名。东汉始置，选拔孝廉中有才能者入尚书台，在皇帝左右处理政务，初从尚书台令史中选拔，后从孝廉中选取。初入台称"守尚书郎中"，满一年称"尚书郎"，三年称"侍郎"。魏晋以后，尚书省分曹，各曹有侍郎、郎中等官，综理政务，通称为尚书郎。晋时为清要之职，号为大臣之副。

③校事：官名。掌侦察刺探。三国魏、吴置，吴亦称典校、校

曹、校郎、校官。

④度辽将军：古军职，初见于西汉昭帝时期，和辅国将军、虎牙将军、轻车将军、冠军将军、横海将军一样，为三品杂号将军。

⑤邈性修慎：注重修养，处事谨慎。

⑥践阼：即位，登基。

⑦谯：秦置，在今安徽亳州。平阳：三国魏置，晋改名兴晋，故治在今湖北郧西县西北。安平：今河北衡水。

⑧颍川：郡名，秦置。以颍水得名。治所在今河南禹州。典农中郎将：三国魏置典农中郎将和典农校尉，分置于屯田的地区，掌管农业生产、民政和田租，职权皆如太守，魏未置，改任为太守。

⑨谷阳：西汉置。东汉谷阳县隶属豫州沛国。

⑩御叔：姓不详，御氏，鲁国御邑大夫。因喝酒被叔孙豹将其领地的赋税增加一倍。

【赏读】

魏国初建，为了亲民，禁止大吃大喝。徐邈偷偷喝酒，不小心被纪检委给逮住了。问他，他一句"中圣人"就给顶了回去。后来，如果不是朝中有人周旋，那么提前就把他给法办了。

说实话，我也不知道"中圣人"的真正意思，但总觉得鲜于辅的进一步解释有开脱周旋的嫌疑。后来魏文帝曹丕上台，再把这个当成历史遗留问题重新给拈了出来，徐邈这一下子就清醒了，在其自我辩解中说道："有人喝酒喝翘了，有人喝酒受罚了，尽管我的嗜好和他们一样，虽然不能严格要求自己，尽量随时调整好自己。别人因为身体上多长了个瘤子，搞得很多人都认识，没想到我却以喝酒而出名。"这话说得八面玲珑，魏文帝听了也舒服。但我觉得，仍然不是他当初信口说出来的那个意思。

再说，随口说出来的一句酒话，又会有多少深刻的意思呢！后来

"中圣人"或"中圣"就专指饮酒而醉,是酒醉的隐语。因为当时人讳说酒字,把清酒叫圣人,浊酒叫贤人。我想,最近国家三令五申禁止公款吃喝,与之相关的,会不会产生许多意想不到的隐语呢?

阮公^①醉眠　刘义庆^②

阮公临^③家妇，有美色，当垆酤酒。阮与王安丰^④常从妇饮酒。阮醉，便眠其妇侧。夫始殊疑之，伺察，终无他意。

《世说新语》

【注释】

①阮公：指阮籍，字嗣宗，今河南开封人，三国时期魏诗人，"竹林七贤"之一。曾任步兵校尉，人称阮步兵。与嵇康并称嵇阮。

②刘义庆（403～444）：今江苏徐州人，刘宋宗室，武帝刘裕之侄，袭临川王。任官各地清正有绩，后因疾病还京师，卒年四十一。曾集士人门客作《世说新语》《幽明录》等书。

③临：同"邻"。

④王安丰：指王戎，字濬冲，小字阿戎，今山东临沂人。西晋大臣，官至司徒，封安丰侯，人称王安丰。

【赏读】

"瓜田不纳履，李下不整冠"，这话一说出来，或者一琢磨一计较，人的心中便多多少少有了碍处。阮籍显然是没有这个心理障碍的，在漂亮的酒店老板娘店里喝酒，喝醉了就躺在她的身边睡觉，这才是一种真正的快乐啊！

记得少时也有几句胡诌："雪里图醉，花开又睡，偏颇淡解世事味。轻把酒,淡舒眉,天道轮回我自对。韶华难再休更摧。生,为她醉;死,为她睡。"与之相比,发觉自己心中始终是有点隔膜的,如果身临其境,喝酒之余,一定会贪看那"垆边人似月,皓腕凝霜雪"的。

有时喝酒,看花,看帘下的女人,听她身上的环佩叮当,闻她身上淡淡的香气。酒也会越喝越淡,心里也就越来越杂乱,同时自己也会突然觉得自己陌生。但是在阮籍心里,花是形,酒是形,女人的美丽是形,形体虽异,象却可以相通。正如他今天喝醉了可以躺在女人的脚边睡觉,明天可以去陌生兵家之女的灵前哭泣,总之,是不奇怪的。

有谁比一具未嫁的完全陌生的美丽尸身更让人痛悼的呢?又有谁比一位当垆的邻家美少妇更让人觉得温暖的呢?世间好物多是如此,我们很多时候只顾念及着她们的形,却不知道这种喜欢的真正意义所在。

与猪共饮[1] 刘义庆

诸阮皆能饮酒,仲容[2]至宗人间共集,不复用常杯斟酌,以大瓮盛酒,围坐,相向大酌。时有群猪来饮,直接去上,便共饮之。

《世说新语》

【注释】

①与猪共饮:标题乃编者所加。
②仲容:阮咸字仲容,今河南尉氏人,阮籍之侄。魏晋时"竹林七贤"之一。官至始平太守,人称阮始平。

【赏读】

凡是好事,最怕列为陈规定例;凡是俊语,最怕变为俗腔滥调。想当年,阮籍的儿子也想和老爸一切喝酒鬼混时,阮籍说:"咱家已经有阿咸在,够了。"

阮咸可以说是魏晋时期一只特立独行的猪,有次和族人们聚在一块用大盆喝酒时,一群猪也跑过来凑热闹,阮咸直接就和猪一起扎到盆子里共饮。就连其叔父阮籍也因此感到羞愧,心里不由想到:好小子你都跟猪一起喝了,那我们"竹林七贤"不就成了七只猪吗?

但我更喜欢他的另一个故事,阮姓一大家住在同一个小区,北阮富，南阮穷，阮籍、阮咸就住在南边，七月初七大家都要出来晒衣服，一大早，北阮就把一些绫罗绸缎挂了出来，一时里花团锦簇，耀眼夺目。阮咸看了不甘示弱，把自己一条粗布短裤，用一根长长的竹竿，高高地挑起来晒到外面。人们看了，纷纷惊怪，阮咸却不以为然地说道："不能免俗，只好这样了。"

无论人还是猪，无论是绫罗绸缎还是粗布短裤，在他的眼里原无贵贱差别，世界一切万物，皆备于我，他在那时候的一念一想，不但蔑视封建礼教，而且也超越了人性的弱点。阮咸在音乐上也是一个很神的人，可以做到"神解"，就是说乐声只要钻到了他的耳朵里，是高，是低，是清，是浊，他都能分得特别清楚，而且丝毫不差。

唐朝的时候，在阮咸的墓中挖出一把铜制的琵琶，宫廷乐匠后来照着样子用上等的木料仿制了一把，称其为"月琴"，后来改名为"阮咸"。不知道阮咸弹琵琶的样子，会不会也是正调反弹呢？

江东步兵　刘义庆

张季鹰①纵任不拘,时人号为"江东步兵"。或谓之曰:"卿乃可纵适一时,独不为身后名邪?"答曰:"使我有身后名,不如即时一杯酒!"

《世说新语》

【注释】

①张季鹰:张翰,字季鹰。今江苏苏州人,西晋文学家。其性格放纵不拘,被当时的人看作阮籍一样,所以称为"江东步兵"。他曾经有一本著作《首丘赋》,大多都失传了。

【赏读】

身后名,一杯酒,孰轻孰重?中国文人多是在这两种价值观之间徘徊。得意时,自是身后万世名,偶一蹉跌,便单单地想到这一杯酒了。

这里说身后名不如一杯酒,更多的时候应该是不得不如。正如张翰在齐王下面做官,身居洛阳,有一天秋风吹起,想起家乡的莼菜、鲈鱼脍,不由感叹道:"人生最宝贵的是什么?不过是能顺心快意罢了,怎么能旅居为官于数千里之外,以谋求功名爵禄呢?"于是心动不如行动,赶快驾着小车子闪人了。没多久齐王就死翘翘,大家都很佩服他的先见之明。

这里的莼菜啊、鲈鱼啊其实统统都是借口。莼菜真的就有那么好吃吗？这种被农人贱称为"草鼻涕"的东西，绿油油的满池塘到处都是，南方人多是用它来喂猪或是喂鸭的，即使再搭上一条鲈鱼也不能作为辞官回家的真正理由。唯一的理由是秋风，秋天漫天的肃杀之气，这风一刮起来估计把张翰的心都刮凉了，原来平生事业，却是一场羁旅客梦，再这样下去恐怕是酒也不能喝、鲈鱼也不得吃了，赶紧闪人才是要紧。

记得还有一次，贺循要到洛阳去做官，乘船过苏州阊门时，在船中弹琴。张翰不认识贺循，听这琴声不错，便下船来拜访。两人谈得十分尽兴，张翰问："你要去哪儿？"贺循说："去洛阳呢。"张翰说："我也去洛阳，搭你的船走罢。"于是说走就走，和贺循一起去了洛阳。后来家里人贴寻人启事，才知道此事。你看来去都是那么潇洒快意！

和身后名相比，酒也只是借口。阮籍是这样，江东张翰也还是这样。如果身在黑暗浑浊的人世间，不能同流合污，又要最大限度保持自己的名声和节操，只好借酒远祸了。张翰身后拥有李白和辛弃疾那样超级粉丝也就不奇怪了，因为他第一次把酒和名提出来掂量，然后让大伙儿继续接着掂量。

孔群[①]好饮酒　刘义庆

鸿胪卿[②]孔群好饮酒，王丞相语云："卿何为恒饮酒？不见酒家覆瓿[③]布，日月糜烂？"群曰："不尔。不见糟肉[④]乃更堪久？"群尝书与亲旧："今年田得七百斛秫米[⑤]，不了曲糵[⑥]事。"

《世说新语》

【注释】

①孔群：东晋官吏。字敬林，孔严叔父，今浙江绍兴人。性嗜酒，有智局，志尚不羁。

②鸿胪：即鸿胪寺卿，古代官名，是用来掌管朝会、筵席、祭祀赞相礼仪的机构。

③瓿（bù）：盛酒器和盛水器，亦用于盛酱。

④糟肉：用酒或酒糟腌制的肉，一般较耐久储。

⑤秫米：粟米之中黏糯者。又称黄米、糯秫、糯粟、黄糯。

⑥曲糵（niè）：指酒。

【赏读】

酒布和糟肉之争，各持一端，各执一词，这都是中国人极爱的闲话。一个将天比地，一个借东喻西，传至今天，我们有事没事，也爱扯这样的闲话。

说到饮酒的害处，清初小说《快心编》第七回中就有这样的一段:"山鳌道:'长老吃酒的吗?'见性道:'老僧自做了和尚,此酒再也少不得。'山鳌道:'佛云"五戒",长老若是吃酒,便是破戒了。'见性道:'不是这般说。《因果经》上云:阿难有疾,如来许其食石首鱼四两。难道这也是破戒?佛戒酒之故,只因酒能乱性。便灭真如。正不知此等戒都为庸愚而设;假如有等豪杰英俊,岂因为着酒便至乱性的?古人有云:"山中岑寂,聊以养和。"少饮亦能长血养神。老僧年老了,筋骨崛强,不能随心运用,每藉此酒,便觉舒畅,然而也不多饮。'"这里说的豪杰英俊和庸愚凡人,一个御酒自若,一个受制于酒,是把那酒布和糟肉往深处说了。这个长老,自然是以豪杰英俊自命的,看他的这一番话,何其俊爽明白。

酒本是一种身外物,但只要饮用得当,酒则构建了一种有意味的生活,人才感觉到他真正成了人。孔群在这里给亲朋好友写信所提到的,其实是一种生活的况味。

毕卓盗饮 何法盛[1]

毕卓字茂世,新蔡[2]人。少希放达,为胡毋辅之所知。太兴末为吏部郎,常饮酒废职,比舍[3]郎酿酒熟,卓因醉,夜至其瓮间取酒饮之。掌酒者不察,谓是盗执而缚之,郎往视,乃毕吏部也,遽释其缚。卓遂引主人燕[4]于瓮侧,致醉而去。卓尝谓人曰:"右手持酒杯,左手持蟹螯。拍浮酒池中,便足了一生。"

《晋中兴书》

【注释】

①何法盛:生卒年不详,南北朝刘宋时人,史学家,官至湘东太守。著有纪传体《晋中兴书》78卷,记东晋一代事迹。或云其书并非自撰,系窃取郗绍所作,应属于私修史书范畴。被后世列为"十八家晋史"之一。

②新蔡:即今河南新蔡县。春秋时期,蔡平侯为依附楚国,迁都至此,取名"新蔡",沿用至今。

③比舍:邻舍,邻居。

④燕:宴饮;宴请。古通"宴"。

【赏读】

齐白石曾以"毕卓盗酒"为题材作画,对毕卓的形象赋予了新意,并在画中落款道:"宰相归田,囊中无钱,宁肯为盗,不肯伤廉。"

这其实是他老人家的一厢情愿,为盗和伤廉都不是什么好事,不一定要非此即彼,除了这样就只能那样了。难道说为盗要比贪官更光彩一些吗?我看未必。其实毕卓也和如今的贪官们一样,夜深人静难自闭,偶尔荷尔蒙一阵阵上涌,一个做虎狼行,一个偷酒喝,不同程度上,都侵犯了他人的利益。

再说,你身为一个类似组织部部长那样的高官,想喝点新鲜扎啤,直接征收不就完了。即使出此下策,也可打着调查学习的幌子,至少还可以落得个全身而退,也不至于被小佣人们逮住,一绳子捆在那里过了一夜。受此奇辱,至少也要想着报复,在食品安全上做点文章,吆喝几下肚子疼,轻松就可以让其吃不了兜着走。当主人解开绳子,却厚着脸皮在那里说谢谢你让我闻了一晚上的酒香,痛痛快快喝了一次酒就没事了,如此官威何在呢!

传说中他还是第一个吃了螃蟹的人。他还有一句话非常出名:"儒以文乱法,侠以武犯禁。"瞧瞧这思想政治学得多好,真不敢让人相信他是一个背地里偷酒喝的人。

不过,这一切的一切也欠其潇洒。

陶潜性嗜酒 沈 约[①]

潜性嗜酒,而家贫不能常得。亲旧知其如此,或置酒招之,造饮辄尽,期在必醉。既醉而退,曾不吝情去留。

江州刺史王弘[②]尝欲识之,不能致也。潜尝往庐山,弘令潜故人庞通之赍[③]酒具,于半道栗里[④]要之,潜有脚疾使一门生二儿舆篮舆,既至,欣然便共饮酌,俄顷弘至,亦无忤也。

先是,颜延之为刘柳后军功曹,在寻阳[⑤],与潜情款。后为始安郡[⑥],经过,日日造潜,每往必酣饮致醉。临去,留二万钱与潜,潜悉与酒家,稍就取酒。

尝九月九日无酒,出宅边菊丛中坐久,值弘送至,即便就酌,醉而后归。潜不解音声。而畜[⑦]素琴一张,每有酒至,辄抚弄以寄其意。贵贱造之者,有酒辄设,潜若先醉,便语客:"我醉欲眠,卿可去。"其真率如此。郡将候潜值其酒熟,取头上葛巾漉酒,毕,还复著之。

《宋书》

【注释】

①沈约(441~513):字休文,今浙江武康人,南朝史学家、文学家。沈约出身于门阀士族家庭,从小孤贫流离,笃志好学,博通群籍,擅长诗文。历仕宋、齐、梁三朝。在宋仕记室参军、尚书

度支郎。著有《晋书》《宋书》《齐纪》《高祖纪》《迩言》《谥例》《宋文章志》,并撰《四声谱》。作品除《宋书》外,多已亡佚。

②王弘:字休元,南朝宋人,今山东临沂人。曾任江州刺史,后进位太保。

③赍(jī):拿东西给人,送给。

④栗里:为晋代田园诗人陶渊明的故乡。陶渊明不为五斗米折腰,辞官归田,最初住在玉京山麓,后因住所遭火焚,遂移居栗里旧居。

⑤寻阳:东晋以今九江、广济间长江两岸地置寻阳郡,即以寻阳为治所。咸和(326~331)中移寻阳县至今九江西,而移郡治至今九江西南。

⑥始安郡:三国吴孙皓分零陵郡南部都尉置始安郡,辖始安等7县。始安城为郡的治所,即今桂林市。

⑦畜:收藏。

【赏读】

陶渊明是隐士最著者,喝喝酒,更是理所当然的了。他还在为着五斗米折腰的时候,就曾经让家人用一半的地种粟米,就是为了每天都有点酒喝。

少时读《史记》,始终感到不解的是,为何司马迁把"伯夷叔齐"列为列传第一,此二人不食周粟,泥古不化,真是逆世界潮流而动。饿死就饿死吧!太史公怎么会为此两颗榆木脑袋浪费若许笔墨呢!到现在才发觉,历史上正是若许人的存在,跟当权者不合作,对主流思想不认同,才让人觉得,绝对真理未必就是真理,绝对正确最终还是不正确的吧。

以前曾说过这么几句话,统治一群人绝对比一个人更容易,给他们一些盐让他们去抢好了。一个人至少会怀疑,或许就在他一琢磨、一愣神的时候就被这群抢食盐的给踏没了,他的迟疑也要比那些抢到食盐的人统统加在一起还要宝贵。所以说陶渊明不为五斗米折腰,这就是他的宝贵处。尽管以后有时因为家贫出去讨饭吃,其实讨饭吃又有什么好羞耻的呢?这只能说是一个时代、一个国家的沦丧和无耻。

  回归田园的陶渊明,把余生当作是一首壮阔的诗,但也有人说这是静穆的。其实一两个词语又怎么能够概括得了整个陶渊明,而此文里所述的一些酒事酒迹,也仅仅只是其人生中所余下的一鳞半爪。他可以"采菊东篱下,悠然见南山",也可以夜读《山海经》,"刑天舞干戚,猛志固常在"!所以说,如果因为酒而仅仅学其放达,那可是既糟蹋了酒,也不懂陶渊明了!

  虽然不解音声,酒来了没事也去抚弄一下素琴,可见其心中还有寄意,还有不平。尽管有那么多人白白地送酒给他喝,不管是有人真心仰慕他,还是有意巴结他,喝酒喝到一定状态,他都是一句"我醉欲眠,卿可去",这是他的率真,也是他的自持。最后看到他用头上的葛巾漉酒,你可以说他不拘小节,但他那样哪里漉的是酒,漉的乃是一种千古的寂寞!

孔觊醉日居多[①] 沈 约

孔觊，字思远，会稽山阴[②]人。……为人使酒仗气，每醉辄弥日不醒，僚类之间，多所凌忽，尤不能曲意权幸，莫不畏而疾之。不治产业，居常贫罄，有无丰约，未尝关怀。为二府长史[③]，典签谘事[④]，不呼不敢前，不令去不敢去。虽醉日居多，而明晓政事，醒时判决，未尝有壅[⑤]。众咸云："孔公一月二十九日醉，胜他人二十九日醒也。"世祖每欲引见，先遣人觇[⑥]其醉醒。后觊反败，王晏斩之东阁外。临死求酒，曰："此是平生所好。"

《宋书》

【注释】

①孔觊（jì）醉日居多：篇名乃编者所加。

②会稽山阴：今浙江绍兴。

③长史：官名，秦置。汉丞相，后汉太尉、司徒、司空、将军府各有长史。其后，为郡府官，掌兵马。

④典签：南朝地方长官之下典掌机要的官。又称主帅、典签帅或签帅。当时府州部内论事，皆用签。前叙所论事，后书某官某签，府州皆置典签掌管。谘事：询问政事。

⑤壅（yōng）：堆积。

⑥觇（chān）：窥探，侦察。

【赏读】

孔觊这个人，毛病不在于其喝酒，而是在于其情商太低，不懂办公室法则，更不懂酱缸文化。此类人即使是有再高的才华，要想在官场上混得个风生水起，或是全身而退，何其难也。

这就是此类人的可惜之处，正所谓"英雄无命奈若何"，无命可以说是一种性格缺陷，同时也为酒暗自可惜。原以为他喝酒会长点精气神，懂点生活的艺术，没想到喝了一肚子酒，却化作满肚皮闲气，而这闲气使得比天地还大，心胸却不能因此变得开阔。临死前求酒也就仅仅只能求得一个成全，这时不由想起阿Q最后要使劲画那一个圆一般，最后却始终画不圆，更不用说"二十年后还是一条好汉"这句话，压根儿就没喊出来。孔先生最后想必是求到了酒，如果临死前这个很小的愿望都不能够满足的话，也就成了连圆圈都画不圆的阿Q一样。

金圣叹临死前说："断头，至痛也；藉家，至惨也；而圣叹以不意得之，大奇！"当时人说他一笑受刑，几百年后我只是觉得惨然。孔觊死前谓酒是平生所好，瞿秋白死前却想到了中国的豆腐。据说还有日本的武士石田三成（1560～1600），临死前说口渴，士兵说没有水只有柿子，石田三成说柿子吃了会生痰，士兵说，你都快死的人了，还这么讲究。石田三成说："胸怀大志的人，即便临死，也会爱惜自己的生命。"他们都是一样的人。

爱惜自己的生命，这话非要临死前说才能得出，然而生命几微。反而那些狂呼口号的，或欲呼口号而不得，真正是显得懵懂而多余。这就是平生所好的好处，"牡丹花下死，做鬼也风流"，人生之乐趣，又岂独酒乎？

李元忠声酒自娱 李百药①

李元忠征拜侍中②,虽居要任,初不以物务干怀,唯以声酒自娱,大率常醉,家事大小了不关心。园庭罗种果药,亲朋寻诣,必留连宴赏。每挟弹携壶,敖游里闬③,每言:"宁无食,不可使我无酒,阮步兵,吾师也,孔少府④岂欺我哉!"

后自中书令⑤复求为太常⑥,以其有音乐而多美酒。故神武⑦欲用为仆射⑧,文襄⑨言其放达常醉,不可委以台阁。其子搔闻之,请节酒,元忠曰:"我言作仆射不胜饮酒乐,尔爱仆射宜勿饮酒。"

《北齐书》

【注释】

①李百药(565~648):字重规,今河北安平人,唐朝史学家。其父李德林曾任隋内史令,预修国史,撰有《齐史》。贞观元年(627)奉诏撰《齐书》,据父旧稿,兼采他书,经十年,成五十卷,后宋朝人为区别萧子显的《南齐书》改为《北齐书》。

②侍中:秦汉之时,为少府属下宫官群中直接供皇帝指派的散职;西汉时又为正规官职外的加官之一,文武大臣加上侍中之类名号可入禁中受事。魏晋以后,侍中往往成为事实上的宰相。

③里闬(hàn):代指乡里。

④孔少府:孔融,字文举,今山东曲阜人,东汉文学家,"建

安七子"之首。少有异才，勤奋好学，曾迁少府，又任大中大夫。性好宾客，为北海相尝曰："座上客常满，杯中酒不空。"

⑤中书令：官名。汉武帝时以宦官担任中书，称中书令，置令与仆射为其长，掌传宣诏命等。

⑥太常：中国古代朝廷掌宗庙礼仪之官。

⑦神武：即高欢，鲜卑化汉族，鲜卑名贺六浑，为北魏、东魏权臣，也是北齐政权的奠基者。高欢之子高洋篡魏登基后，追尊高欢为北齐高祖神武帝。

⑧仆射：即尚书仆射，魏晋南北朝至宋尚书省的长官。仆是"主管"的意思，古代重武，主射者掌事，故诸官之长称仆射。

⑨文襄：即高欢长子高澄，后被其弟高洋追尊为文襄皇帝，庙号世宗。

【赏读】

用现代人的眼光去要求古人，有时也会觉得一片茫然。如曹参喝酒，这里的李元忠喝酒，后来的欧阳修还要喝酒。身居庙堂之上，尽情地享受着风月江山，难道喝酒就这么重要吗？

我国历来以农业为本，最好的政策就是与民休息，自己同时也得到休息。《儒林外史》里描写王惠上任时，其前任蘧太守衙门里有三样声息，"是吟诗声，下棋声，唱曲声"。后来被王惠变成"是戥子声，算盘声，板子声"。他是一个干才，后来老百姓就连睡梦中，也害怕这样的干才。

所以说李元忠不以物务干怀，唯以声酒自娱，你也休息，我也休息。最关键的一点是他不以官场升迁为意，没事也就不用处处扰乱百姓，用百姓的枯骨去锤炼自己的政绩。后来因为喝酒的原因错过了一次重大的升迁机会，他家孩子又气又恨，那真是"恨爹不成刚"啊，他却淡淡地说了一句："我说拼爹不如喝酒乐，你要拼爹就不要喝酒。"于今天看来,人人拼爹而不得,李老太爷单单记得杯中物,不为儿孙做马牛,更是历史的反动。

刘伶醉酒 房玄龄①

刘伶初不以家产有无介意。常乘鹿车,携一壶酒,使人荷锸②而随之,谓曰:"死便埋我。"其遗形骸如此。

尝渴甚,求酒于其妻。妻捐酒毁器,涕泣谏曰:"君酒太过,非摄生之道,必宜断之。"伶曰:"善!吾不能自禁,惟当祝鬼神自誓耳。便可具酒肉。"妻从之。伶跪祝曰:"天生刘伶,以酒为名。一饮一斛,五斗解酲③。妇人之言,慎不可听。"仍引酒御肉,隗然④复醉。

尝醉与俗人相忤,其人攘袂⑤奋拳而往。伶徐曰:"鸡肋不足以安尊拳。"其人笑而止。

《晋书》

【注释】

①房玄龄(579~648):名乔,字玄龄。今山东济南人,清河房氏出身,鲜卑人,房彦谦之子。唐朝初年名相。曾主持监修了"二十四史"之一的《晋书》。

②锸:铁锹。

③五斗解酲(chéng):以五斗酒来解酒病,比喻非常荒谬。酲,喝醉了神志不清。

④隗然:高峻的样子。

⑤攘袂：捋起袖子。

【赏读】

刘伶"死便埋我"，在今天看来是一个冷笑话。

前段时间，众网友集体撞邪，纷纷感谢当年同学饶我不死。所以说刘伶若是想找个人拿着一把大铲子每天都跟在后头，恐怕还没喝醉时，那大铲子直接就往后脑勺上拍了。还有，即使是能找到埋他的人，恐怕还有若干长枪短炮跟在后头，那时想死的心或许有，但喝酒的心情却半点无。再说，小老百姓想死都不敢死，往哪里埋？哪里都不能白埋，还是像李白那样直接喝醉喂鱼，那才是真正遗了形骸，那才是真放达真洒脱。

更有人视刘伶此举为懦夫，说他是一个极度不负责任的人，恐怕刘伶自己听了也哭笑不得。梁实秋认为刘伶"死便埋我"，也不是准备横死，在于一种逃避——逃避人间的丑恶，所以才找个人扛着一把大铲子跟着自己满世界地疯转，再说，天地都是他的房屋，哪天转不动了，也还是寿终正寝，就像是在自己家里一样。然后"时至行耳"，于是就转到了另一个地方。

谁来扛这把大铲子？刘夫人显然是不能胜任的，她只知道喝酒伤肺伤肝，却不知道不喝酒会很伤心的。刘伶的一番赌咒发誓下来，更像是小孩子在地上打了一个滚，然后起来转身说的无赖话。我倒是挺喜欢如此生动的酒肉夫妻，这样的玩笑还有胡闹，明显不是第一次，也不是最后一次。

而今没事外谷歌内百度，甚至还有腾讯时不时跳出来的小弹窗，醉死的依然时有耳闻，竟有"某某局长醉死公宴竟称殉职"之类的标题，但刘伶如神龙一去缥缈，千百年来却不曾再见再闻。

胡毋谦之醉呼父字[1] 房玄龄

胡毋谦之,字子光,辅之[2]子也。才学不及父,而傲纵过之。至酣醉,尝呼其父字,辅之亦不以介意,谈者以为狂。辅之正酣饮,谦之规而厉声曰:"彦国年老,不得为尔!将令我尻[3]背东壁[4]。"辅之欢笑,呼入与共饮。其所为如此。

《晋书》

【注释】

[1]胡毋谦之醉呼父字:题目乃编者所加。

[2]辅之:胡毋辅之,字彦国,今山东泰安人。曾任建武将军、安乐太守等。

[3]尻(kāo):屁股。

[4]东壁:即东邻墙壁上透过来的光。出自《史记·樗里子甘茂列传》,表示对他人有好处而对自己并无损害的照顾或好处。

【赏读】

汪曾祺有篇妙文《多年父子成兄弟》,其中如此写到他和父亲的关系,"我十七岁初恋,暑假里,在家写情书,他在一旁瞎出主意。我十几岁就学会了抽烟喝酒。他喝酒,给我也倒一杯。抽烟,一次抽出两根,他一根我一根。他还总是先给我点上火。我们的这种关系，他人或以为怪。父亲说：'我们是多年父子成兄弟。'"

这里的胡毋父子，让人也有这样的感觉。胡毋谦之才学不及辅之，但脾气比他爸还要大，经常喝醉了乱喊辅之的名字，辅之不以为意，也不责怪他。更有甚者，有次看到辅之在那里喝酒，谦之心里不平衡，就开始发飙了："彦国，你这么大把年纪，不能这样啊，喝酒如此美事，怎么能让儿子的屁股单单背对着东壁呢？"辅之听到了，笑着拉他一起同饮。

这就是辅之作为一个父亲的通达之处。中国人很多时候对待孩子，要么是小霸王、小祖宗，要么是小玩物、小奴才，就是单单不把其作为一个正常的对等的人来看。这样的孩子养大了，不但不把别人当人，更不把自己当人，然后一代代就是这样过来的。难怪鲁迅要大声疾呼："救救孩子！"

李白嗜酒 赵 莹[①]

  白既嗜酒,日与饮徒醉于酒肆。玄宗度曲,欲造乐府新词,亟[②]召白,白已卧于酒肆矣。召入,以水洒面,即令秉笔,顷之成十余章,帝颇嘉之。尝沉醉殿上,引足令高力士脱靴,由是斥去。乃浪迹江湖,终日沉饮。时侍御史崔宗之[③]谪官金陵,与白诗酒唱和。尝月夜乘舟,自采石达金陵[④],白衣宫锦袍,于舟中顾瞻笑傲,傍若无人。

《旧唐书》

【注释】

  ①赵莹:生卒年不详。今陕西华阴人,五代时政治家、文学家。性格纯厚,长相俊美。于后梁中进士,后与后晋创立者石敬瑭投契,做了后晋宰相,奉命修唐史。《旧唐书》从史料搜集到组织编撰成员,提出修史计划,最后监修,皆是赵莹负责,所以古人称编修《旧唐书》,赵莹居首功。

  ②亟(jí):急切;迫切。

  ③崔宗之:名成辅,以字行。崔日用之子,袭封齐国公。历左司郎中、侍御史,谪官金陵。与李白诗酒唱和,常月夜乘舟,自采石达金陵。杜甫诗《饮中八仙歌》述崔宗之:"四仙宗之潇洒美少年,举觞白眼望青天,皎如玉树临风前。"

④采石：中国古代长江下游江防要地，亦名牛渚山。位于今安徽马鞍山市西南隅，长江东岸。金陵：今南京。

【赏读】

　　杜甫《饮中八仙歌》中，"天子呼来不上船，自称臣是酒中仙"就是说的这件事情。后来有人觉得称"臣"，至少说明李白还没喝醉，于是就认为，李白在充分喝醉的情况下，应该"自称爷是酒中仙"才对。

　　"青天有月来几时，我今停杯一问之"，李白上袭魏晋余绪，更是喝出了一个流光溢彩的诗歌盛世来。"天若不爱酒，酒星不在天。地若不爱酒，地应无酒泉。天地既爱酒，爱酒不愧天。"在中国一部文化史上来看，敢有"天子呼来不上船，自称爷是酒中仙"如此姿态的，怕是绝无仅有的。至今可查阅的李白的诗，有一千五百首，据郭沫若考证其中写到酒者，占百分之十六，显然是诗酒不离的了。然而，唐朝诗人能饮，亦不独李白，他的诗友杜甫有诗一千四百首，写到酒者占百分之二十。可见唐朝诗人很多都是能喝会喝的。

　　李白的真，正如他口中的美酒，不掺丝毫杂质。"钟鼓馔玉不足贵，但愿长醉不复醒。"荣华富贵算什么！"黄金白璧买歌笑，一醉累月轻王侯。"功名利禄算什么！有人同饮，他"烹羊宰牛且为乐，会须一饮三百杯"，这是何等的豪气！无人对酌，他"举杯邀明月，对影成三人"，这又是何等的孤寂！得意时，"莫使金樽空对月"。失意时，他"举杯消愁愁更愁"。记得他有一首《哭宣城善酿纪叟》："纪叟黄泉里，还应酿老春。夜台无李白，沽酒与何人？"喝酒喝到如此痴的地步，不知李白是为酒而生，还是酒专为李白而生呢？

　　借用莱蒙托夫"没有痛苦，叫什么诗人"的说法，没有喝过酒，还算什么人生！

毛发识酒味[1] 冯贽[2]

石裕方明造酒数斛,忽解衣入其中,沐浴而出,告子弟曰:"吾平生饮酒多矣,恨毛发未识其味。今日聊以设之,庶无厚薄。"

《云仙散录》

【注释】

[1]毛发识酒味:标题乃编者所加。

[2]冯贽:生卒年不详,五代后唐人。他声称家有九世藏书二十余万卷,似出名门世家,然其名却不见于他书,时代相近的宋人就已说其"不知何人"。曾著有《云仙散录》,这部书的内容比较驳杂,主要是有关唐五代时一些名士隐者和乡绅显贵的逸闻逸事。

【赏读】

清人郎廷极《胜饮篇》记载:赵子固喝到酒酣耳热之际,脱去帽子"以酒希发",即用酒洗头发。唐代名臣马周未遇时,初入长安,遭到店主人的冷眼,便叫了一斗八升酒,自酌自饮,喝了一半,遂以余下的另一半倾入盆中,以酒洗脚。这两件事固然称奇,但终究还是要输石裕方明一着。

"恨毛发未识其味",这样的思想一博大起来,或许就如老杜一样,推己及人,安得广厦华屋,大庇天下寒士。如果再继续博大起来，也可远追天下之大同，或是佛家之众生平等。这里的几斛酒，其实又何亚于荡涤天地之水，就连盲者、丐者、贫者等等一切被欺凌被侮辱的人都受其滋润了，这就是你我心里都可以有的一种大悲。

但这也仅仅只是几斛酒而已，他只不过是跳下去洗个澡，这让我的一番博大竟有些莫名起来。为何我还要把它想象成迦毗罗卫国要困住我佛的黄金宫殿？佛说一滴水可以看到太阳，那么，在几斛酒里打上一个滚，从其所说的"庶无厚薄"，想到平等也就不觉得奇怪了。

石曼卿思酒 文 莹①

石曼卿一日谓秘演②曰:"馆俸清薄,不得痛饮,且僚友镘③之殆遍,奈何?"演曰:"非久引一酒主人奉谒,不可不见。"

不数日,引一纳粟牛监簿④者,高赀⑤好义,宅在朱家曲,为薪炭市评,别第在繁台寺西,房缗⑥日数十千。长谓演曰:"某虽薄有涯产,而身迹尘贱,难近清贵。慕师交游尽馆殿名士,或游奉有阙,无怯示及。"演因是携之以谒曼卿,便令置宫醪⑦十担为贽。列酝于庭,演为传刺⑧。曼卿愕然问曰:"何人?"演曰:"前所谓酒主人者。"不得已因延之,乃问甲第⑨何许,生曰:"一别舍介繁台之侧。"其生粗亦翔雅。曼卿闲语演曰:"繁台寺阁虚爽可爱,久不一登。"其生离席曰:"学士与大师果欲登阁,乞预宠谕⑩,下处正与阁对,容具家蔌⑪在阁迎候。"石因诺之。

一日休沐,约演同登。演预戒生,生至期果陈具于阁,器皿精核,冠于都下。石、演高歌褫带⑫,饮至落景。曼卿醉,喜曰:"此游可纪。"以盆渍墨,濡巨笔以题云:"石延年曼卿同空门诗友老演登此。"生拜扣曰:"尘贱之人幸获陪侍,乞挂一名以光贱迹。"石虽大醉,犹握笔沉虑,无其策以拒之,遂目演。醉舞伴声讽之曰:"大武生牛也,捧砚用事可也。"竟不免,题云:"牛某捧砚。"永叔后以诗戏曰:"捧砚得全牛。"

《湘山野录》

【注释】

①文莹:生卒年不详,字道温,钱塘人。约1060年(宋仁宗嘉祐中)前后在世。与苏舜钦为诗友,舜钦尝介绍他到滁州谒欧阳修,又游丁谓门下,谓待之甚厚。熙宁中,居荆州之金銮寺。文莹著有《湘山野录》三卷、《续录》一卷、《玉壶野史》十卷,据《四库全书总目》又有《渚宫集》三卷、《文献通考》并传于世。

②秘演:北宋诗人秘演和尚。在欧阳修所作《释秘演诗集序》中,可以看出他与石曼卿交往最久,亦能遗外世俗,以气节相高。曼卿隐于酒,秘演隐于浮屠,皆奇男子也。

③镬:如大盆,用以煮食物的铁器。亦可作烹煮解。

④监簿:官名。指主簿一类官职,负责文书簿籍。

⑤高赀:资财雄厚。

⑥房缗(mín):房钱。

⑦官醪:供帝王官中饮用的酒,亦泛指美酒。

⑧刺:名帖,如今之名片。

⑨甲第:旧时豪门贵族的宅第,亦可作对方住处的尊称。

⑩宠谕:称人对己赞誉的敬辞。

⑪蔌(sù):菜肴。

⑫褫(chǐ)带:解开衣带。在这里表示闲适、欢快。

【赏读】

吃人嘴短,喝人笔软。看他写石曼卿嗜爱喝酒,却没想到爱惜声名若是,不得已而延之,不得已而落笔,君子自洁,却又因此感到种种委屈，真是历历如见。

其实此间酒主人又何其辜也！看他钻营半日，忙活一日，还白白贻赠了那么多宫里的美酒给他，还帮他借得繁台寺阁的佳山水，最后连捧砚的资格都差点革去了。看他做尽嫁衣裳，最后枉自成为他人的笑谈！世上欲借名人自重辈，到此也应该回头了吧？

看来还是这位叫作秘演的和尚有趣！上得了庙堂，下得了菜市场，既不太雅，也不过俗。过来说，过去说，都是一团的活泼，想要喝酒的也可找他，想要求名的也可找他，虽然是一种变相的拉皮条，反倒是他喝了酒又得了名，真正是左右逢源，心无挂碍。

时至今日，牛某方才有了出头之日，要想求个名，岂不容易，自然有许多人排着长队给他写传记呢！和尚或许还活着，石曼卿辈怕是早已经就饿死了吧！

吾观此则，且套《红楼梦》中写"妙玉"的判词云："欲洁何曾洁，云空未必空，侥幸牛监簿，名列捧砚中！"

东坡酒后戏书　何薳[1]

　　先生在东坡[2],每有胜集,酒后戏书,以娱坐客,见于传录者多矣,独毕少董所藏一帖,醉墨澜翻[3],而语特有味,云:"今日与数客饮酒,而纯臣适至。秋热未已,而酒白色。此何等酒也,入腹无赃,任见大王。既与纯臣饮,无以侑酒,西邻耕牛适病足,乃以为炙。饮既醉,遂从东坡之东直出,至春草亭而归,时已三鼓矣。"所谓春草亭,乃在郡城之外。是与客饮私酒、杀耕牛、醉酒逾城、犯夜而归。又不知纯臣者是何人,岂亦应不当与往还人也。

《春渚纪闻》

【注释】

　　①何薳(1077~1145):字子远,一作子楚,今福建南平浦城人。何薳长于诗,精琴艺,曾任富阳令,见章惇、蔡京误国,"时事日非,遂不仕"。隐于其父墓地韩青谷,遂自号韩青老农,人称东都遗老。著有《春渚纪闻》十卷。

　　②东坡:地名,在今湖北黄冈东。

　　③澜翻:形容笔力或文章气势奔放跌宕。

【赏读】

　　关于苏东坡的醉墨,最出名的是自书"大江东去"的那首脍炙人口的词作。他在最后题数行曰:"仆醉后,辄作草书十数行,便觉酒气拂拂,从十指出去也。"这也难怪有人惊叹道:"酒醉作书,一奇也;作书解酒,二奇也;酒气从十个指头出,就更奇了。"

苏东坡尽管在仕途上非常坎坷,有着一肚皮的不合时宜,但在生活上却能随遇而安,无论是"黄州、惠州、儋州",处处皆能做到"此心安处是吾乡",随遇而安。如此处醉墨自道,"与客饮私酒、杀耕牛、醉酒逾城、犯夜而归",就连笔记作者都暗暗为他担心,害怕他交友不善,也让我辈于千百年后忍俊不禁,却又羡慕此老的精神风貌及生活情趣。

在快乐面前,东坡就不忌这样的禁忌与僭越。文中所列数种犯禁,戏谑中,更是数种乐上加乐。在生活的间隙,他还学会了用蜜酿酒,最先酿的酒苦硬酸涩,朋友无不咋舌,更有人说宁死不再喝此物。苏东坡解释道,喝酒不就是图个醉么,只要能醉人不就行了吗?后来同乡好友杨道士前去看他,喝了一杯苏东坡自酿的酒后,甚觉不爽,竟涕泪长流,好客的苏东坡忙又倒上第二杯时,杨道士只好把自己珍藏的一个酿酒的法子吐露了出来,并手把手地教会了他。有次他还把邻近四五郡所送的美酒,装到一个上巴河窑烧制的刻花大瓮里面,戏称之为"雪堂义樽",至于好喝不好喝,只有他自己知道了。

后来还有人感叹道,说是后人只知大吃东坡肉,大喝东坡酒,大啖荔枝,却不知道此东坡为谁,或者知道了却又未必去读他的文字。但我觉得东坡既然发明或是喜欢这些,却让天下人尽情去享受这些好物,这和他单单用文字带给大家的愉悦,其实又有什么区别呢?

陶 白 胡仔①

　　张文潜②云："陶元亮③虽嗜酒，家贫不能常饮酒，而况必饮美酒乎？其所与饮，多田野樵渔之人，班坐林间，所以奉身而悦口腹者，盖略矣。白乐天④亦嗜酒，其家酿黄醅者，盖善酒也。又每饮酒，必有丝竹僮妓之奉。洛阳山水风物甲天下，其所与游，如裴度、刘禹锡⑤之徒，皆一时名士也。夫欲为元亮，则窘陋而难安；欲为乐天，则备足而难成。吴德仁居二人之间，真率仅似陶，而奉养略如白，其放达则并有之，岂非贤哉。"

《苕溪渔隐丛话》

【注释】

　　①胡仔（1095～1170）：字符任。今安徽绩溪人。父母去世后，闲居苕溪二十年，以钓鱼为乐，自号"苕溪渔隐"，开始撰写《苕溪渔隐丛话》。绍兴三十二年，赴福建，任转运用司干办公事，三年任满，后又回到苕溪终老，续成《苕溪渔隐丛话》后集。乾道五年卒。《苕溪渔隐丛话》可视为一部简明而形象的北宋诗歌发展史。在诗史观上"宗唐祧宋"，既肯定宋诗的历史地位，又对其创作得失有清醒的认识和正确的判断。

　　②张文潜：北宋诗人张耒，字文潜，号柯山。今江苏淮安人。

"苏门四学士"之一。苏轼称其文甚似苏辙,"汪洋淡泊,有一唱三叹之声"。其诗作除个人抒情遣怀之作外,写田野风光、稼穑艰难和民生疾苦的作品较多,颇有白居易、张籍、王建之风。

③陶元亮:即陶潜,字渊明,亦说名渊明,字元亮。

④白乐天:白居易,字乐天,晚年又号香山居士,今陕西渭南人,我国唐代伟大的现实主义诗人。

⑤裴度、刘禹锡:裴度,中唐名臣。刘禹锡,中唐诗人。

【赏读】

陶渊明和白居易,可以说是隐士这个圈子的两面旗帜。不过更多的隐士不知姓名。

韩康可以说是一个真正的隐士,他的口不二价,还是暴露了他的行踪。这就是隐士的苦恼,也是始终坚持原则的结果,闹到最后连名也逃不了,这必让借隐求名卢藏用辈及今天在微博上转世沽名的大公知们笑掉大牙乎?陶渊明因为家贫常常不能喝酒,想必也有很多人瞧他不起,后人虽然仰慕他,但他这条路简直是穷途末路,于是也就没有了市场。

苏门张学士张耒的苦恼也是因为这个,看到白居易晚年居洛时的排场大、朋友多、酒味足,他目前所能做到的也就是想想而已。再说,陶白二人,一个退党,一个退休,又有什么好比较的呢?不过相较之下,还是退休老干部更有市场。

张耒所说的那位叫作"吴德仁"的朋友,我宁愿相信是没有,"无得人",也就是没有这个人的意思。如果有的话,这个人就是他理想中的自己,但是世间的好事哪能尽占得十分完全呢?一番言语,看他说几句话就上一个台阶,陶渊明是一个台阶,白居易又是一个台阶,到吴德仁这里,就是自己的台阶,也是他嘴里所谓"贤人"的台阶。这些都是此番言语里品之极妙的地方。

而只要到了他的这个台阶,也就可以飞了,后来便成了很多人的市场,比如最为出名的陈眉公,"翩然一只云中鹤,飞来飞去宰相衙",就是。

石曼卿喜豪饮 胡 仔

　　《类苑》①云:"石曼卿喜豪饮,与布衣刘潜为友。尝倅海州②,潜访之,剧饮。中夜,酒欲竭,有醋斗余,乃倾入酒中并饮之。明日,酒醋俱尽,每与客痛饮,露发跣足,着械而坐,谓之囚饮。坐木杪③,谓之巢饮。以藁束之,引首出饮,复就束,谓之鳖饮。廨④后为一庵,常卧其间,名之曰扪虱庵。"

　　苕溪渔隐曰:"东坡诗云:'试问高吟三十韵,何如低唱两三杯。'世传陶谷⑤买得党太尉故妓,取雪水烹团茶,谓妓曰:'党家应不识此。'妓曰:'彼粗人安得有此景,但能销金帐下,浅斟低唱,饮羊羔儿酒耳。'陶愧其言。如曼卿喜豪饮,亦大粗俗,了无风味,是岂知人间有此景哉?"

《苕溪渔隐丛话》

【注释】

　　①《类苑》:即《宋朝事实类苑》的简称,宋代史料辑集。宋江少虞编纂。记录了北宋太祖至神宗120多年间的史实,分"祖宗圣训""君臣知遇"等24门。

　　②海州:今江苏连云港市。宋太宗至道三年,分天下为十五路,海州属淮南路。宋神宗熙宁五年,分淮南路为淮南东、西路,海州属淮南东路。

③木杪（miǎo）：树梢。

④廨（xiè）：旧时官吏办公的地方。

⑤陶谷：五代至北宋人陶谷，字秀实。本姓唐，避后晋高祖石敬瑭讳而改姓陶。祖唐彦谦，历任慈、绛、澧三州刺史，有诗名，自号鹿门先生。

【赏读】

年轻时喝酒最猛的一次，就是在朋友家中三个人喝了五斤高粱白酒。或许跟我那朋友的名字有关系，他和三国时陈登同名，所以湖海中难得生此一种豪气。其实喝酒喝到醉，喝酒喝到吐，已经和酒没有多大关系了，记得那个晚上，喝到吐了回去又喝，如此反复，仅仅剩下一种为了喝酒而喝酒的气势。

这里所说的石曼卿、刘潜喝酒喝到最后喝醋，怕也是和我年轻时的那种冲动没什么两样吧！至于后来发明了什么囚饮、什么巢饮、什么鳖饮之类，最多也只能算作是一种行为艺术。

陶谷最后也是输在此等见识之下，你用雪水泡个茶有什么了不起，就像当下很多人吃一回必胜客，还要在人前发个微博去炫耀一下，殊不知别人不屑吃你喝你那个，销金帐，羊羔酒，浅斟低唱，左搂右抱这些，在别人那统统都是一种生活的常态了。故天下有些事，必自侮之，过后人人才能踩之，只要你有个炫耀的意思在，哪怕你有亿万家产，其实也就是个暴发户，精神层次上的贫乏浅薄，还不如一个没事常常自嘲的屌丝！

按照此则作者的逻辑，石曼卿的毛病不在于粗俗，而是在于把粗俗当成豪饮的一种姿态。

张东谷好酒 张　岱①

余家自太仆公②称豪饮，后竟失传，余父余叔不能饮一蠡壳③，食糟茄，面即发赪④，家常宴会，但留心烹饪，庖厨之精，遂甲江左。一簋⑤进，兄弟争啖之立尽，饱即自去，终席未尝举杯。有客在，不待客辞，亦即自去。

山人张东谷，酒徒也，每悒悒不自得。一日起谓家君曰："尔兄弟奇矣！肉只是吃，不管好吃不好吃；酒只是不吃，不知会吃不会吃。"二语颇韵，有晋人风味。而近有伧父⑥载之《舌华录》，曰："张氏兄弟赋性奇哉！肉不论美恶，只是吃；酒不论美恶，只是不吃。"字字板实，一去千里，世上真不少点金成铁手也。

东谷善滑稽，贫无立锥，与恶少讼，指东谷为万金豪富，东谷忙忙走诉大父曰："绍兴人可恶，对半说谎，便说我是万金豪富！"大父常举以为笑。

《陶庵梦忆》

【注释】

①张岱（1597～1679）：又名维城，字宗子，又字石公，号陶庵、天孙，别号蝶庵居士，晚号六休居士，今浙江绍兴人。寓居杭州。出生仕宦世家，少为富贵公子，精于茶艺鉴赏，爱繁华，好山

水,晓音乐、戏曲,明亡后不仕,入山著书以终。张岱为明末清初文学家、史学家,其最擅长散文,著有《琅嬛文集》《陶庵梦忆》《西湖梦寻》《三不朽图赞》《夜航船》等文学名著。

②太仆公:张岱的祖父曾任太仆。太仆,始置于春秋。秦、汉沿袭,为九卿之一。掌皇帝的舆马和马政。王莽一度更名为太御,南北朝不常置。北齐始称太仆寺卿,历代沿置不革,清废。

③蠡壳:贝类的壳,此处形容量浅。

④发赪(chēng):发红。

⑤簋(guǐ):中国古代用于盛放煮熟饭食的器皿,圆口,双耳。流行于商朝至东周。

⑥伧父:泛指粗俗、鄙贱之人,犹言村夫。

【赏读】

以酒眼看天地万物,无一不与酒有关。作为一个资深酒徒来说,自己好的这口杯中之物,也希望人人都能感受其中的味道。但作者家里显然没把太仆公的那点豪兴继承下来,在山人张东谷的眼里,自然也就是一代不如一代了。

喝酒不成,但却在食中别开天地,这是张东谷感到不快的又一个原因。但作者在这里着眼的不是酒与食啊,他看中的是张东谷所说的这两句话,被文人修饰了一下,反而不及原来的言语,浅近生动有味——这是他感到不快的真正原因。

胡适曾作了半部《白话文学史》,虽有矫枉过正之嫌,其中观点颇能引人思考,如中国每一种文学,发展到一定阶段,便成僵局,然后再去民间吸收充足养分,顿时别开生面。

不管是在中国古代还是现代,格调高固然不错,文人的文字一生活化,就特别有趣可爱。

汉书下酒　褚人获

宋苏舜钦①，字子美。好饮酒，豪放不羁。客外舅杜祁公家，每夕读书，以斗酒为率②。

公疑，密觇③之。子美读《汉书·张良传》，至"良与客狙击秦始皇帝，误中副车"，抚掌曰："惜乎，击之不中。"遂满饮一大卮。又读至"良曰始臣起下邳，与上会于留，此天以授陛下"，又抚案曰："君臣相遇，其难如此。"复举一大卮。

祁公笑曰："有如此下酒物，一斗不足多也。"

《坚瓠集》

【注释】

①苏舜钦：北宋诗人，字子美，今河南开封人。曾任县令、大理评事、集贤殿校理、监进奏院等职。他与梅尧臣齐名，人称"梅苏"。著有《苏学士文集》。

②率：标准，限度。

③觇：窥探。

【赏读】

此事最早见之宋人龚明之《中吴纪闻》，明人吴从先《小窗自纪》也提到这一故事，并且以其他史书和《汉书》比较："苏子美读《汉书》,以此下酒,百斗不足多。予读《南唐书》,一斗便醉。"这段佳话后来被多书记载,成为古人以书下酒者的标志。

还在魏晋,王孝伯就曾说:"痛饮酒,熟读《离骚》,便成名士。"清代文人屈大均《吊雪庵和尚》一诗中就有"一叶《离骚》酒一杯"之句。亦有用诗词下酒的,陈廷敬撰《于成龙传》则说到读唐诗下酒的情形:"夜酒一壶,直钱四文,无下酒物,亦不用箸筷,读唐诗写俚语,痛哭流涕,并不知杯中之为酒为泪也。"林清玄《温一壶月光下酒》曾说:"喝淡酒的时候,宜读李清照;喝甜酒时,宜读柳永;喝烈酒则大歌东坡词。其他如辛弃疾,应饮高粱小口;读放翁,应大口喝大曲;读李后主,要用马祖老酒煮姜汁到出怨苦味时最好;至于陶渊明、李太白则浓淡皆宜,狂饮细品皆可。"读到此段文字,也当浮一大白。

顾炎武一代大儒,他认为读史书乃一非常严肃的事情,须得净手洗面、除尘焚香、正襟危坐,方可展读佳作,断断是不得与饮酒扯在一起。想要饮酒怎么办?他在《与归庄手札》中写道过:"别兄归至西斋,饮酒一壶,读《离骚》一首、《九歌》六首、《九辩》四首、士衡《拟古》十二首、子美《同谷》七首、《洗马兵》一首。壶中竭,又饮一壶。夜已二更,一醉遂不能起,日高三四丈犹睡也。"可见他也是用诗词下酒的。

传说金圣叹雪夜批《水浒》,读至武二郎鸳鸯楼里报仇雪恨后,蘸血题词:"杀人者,打虎武松也!"金曰:"读此,当浮一大白。"说来说去还是清人张潮一番快谈最为绝妙。他认为,"善读书者,无之而非书,山水亦书也,棋酒亦书也,花月亦书也;善游山水者,无之而非山水,书史亦山水也,诗酒亦山水也,花月亦山水也"。

可见,善饮酒者也无不可以下酒,山水亦酒也,书史亦酒也,花月亦酒也。什么样的下酒物也可以看出什么样的人。有一老酒鬼只剩根老咸菜下酒,舍不得吃掉。嘬下咸菜,便喝口酒。喝得醉眼迷蒙时,咸菜掉在地上。酒鬼摸索了半天,咸菜没找到,倒是摸到了根铁钉。依旧嘬一下喝口酒,就这样,一根铁钉喝掉了一壶酒。

唐子畏[①] 褚人获

《桐下听然》[②]：华学士鸿山[③]舣舟吴门，见邻舟一人，独设酒一壶，斟以巨觥。科头[④]向之极骂，既而奋袂举觥，作欲吸之状，辄[⑤]攒眉置之，狂叫拍案，因中酒，欲饮不能故也。鸿山注目良久曰："此定名士。"询[⑥]之，乃唐解元[⑦]子畏，喜甚。肃衣冠过谒，子畏科头相对，谈谑方洽。学士浮白属之，不觉尽一觞，因大笑极欢，日暮复大醉矣。当谈笑之际，华家小姬，隔帘窥之而笑。子畏作《娇女篇》贻鸿山，鸿山作《中酒歌》答之。后人遂有佣书[⑧]获配秋香之诬，袁中郎为之记。小说传奇，遂成佳话。

又子畏同祝京兆[⑨]，醉坐生公石[⑩]，见可中亭[⑪]，有贵人分韵赋诗。乃衣蓝缕[⑫]如乞儿，倚柱而听。数刻未落一韵，格格苦思，句成，二人相视而哂[⑬]。贵人怒曰："乞何为者，岂能诗耶？"对曰："能。"解元口吟，京兆操觚[⑭]，须臾数百言，有"七里山塘迎晓骑，几番春雨湿征衫"之句，掷笔索酒，酣饮而去。贵人惊异，以为遇仙，对人艳称之。后知之，惭恚，卒有棘闱[⑮]之谮。

《坚瓠集》

【注释】

①唐子畏：即明画家唐寅，字伯虎。今江苏苏州人。他玩世不恭而又才气横溢。诗文擅名，与祝允明、文征明、徐祯卿并称"江南四

大才子"。画名更著,与沈周、文征明、仇英并称"吴门四家"。

②《桐下听然》:二十二卷,明夸峨斋主人撰。第一次述及唐伯虎和华鸿山及华家小姬的故事。其中隔帘窥笑,开启了后来"三笑"故事的源头。

③华学士鸿山:名华察,字子潜,号鸿山,江苏无锡人。他做过翰林院侍读学士的官,辅导过皇家孩子读书,所以尊称他为"华太师"。其生活年代比唐伯虎晚。

④科头:古代教坊歌乐分部分科,其头目称为"科头"。亦以称歌伎乐工。

⑤辄:就。

⑥诟(gòu):古同"诟"。询问。

⑦解元:科举制度中乡试第一名,唐制,举进士者均由地方解送入京,后世相沿,乃有此名。

⑧佣书:中国古代受人雇佣以抄书为业。魏晋南北朝时称经生,唐代称抄书人。

⑨祝京兆:明书法家祝允明,字希哲,自号枝山,今江苏苏州人。世亦称"祝京兆"。由于与唐寅遭际与共,情性相投,民间流传着两人的种种趣事。

⑩生公石:相传为晋竺道生讲经处。在今苏州虎丘山下。

⑪可中亭:在今苏州虎丘山下。"可中"也就是正好日中的意思,《广舆记》载:"生公于石上讲经,宋文帝大会僧众施食,人谓僧律曰:'过中即不食。'帝曰:'始可中耳。'……即举箸而食。"

⑫蓝缕:破烂的衣服。出自《左传·宣公十二年》:"筚路蓝缕,以启山林。"

⑬哂(shěn):讥笑。

⑭操觚(gū):原指执简写字,后即指写文章。觚,古代作书写用的木简。

⑮棘闱：指考试场所。省城贡院以荆棘编铺于围墙上，因此贡院有"棘闱"之称，乡试又叫"秋闱"。

【赏读】

此则写唐伯虎就如镜子一样，什么样的人也就照出什么样的奇形怪状来。前一段，从华学士眼中观之，后一段，却从唐伯虎自己眼中观之。两个角度，带出两种感觉。

鲁迅曾说："世上如果还有真要活下去的人们，就先该敢说，敢笑，敢哭，敢怒，敢骂，敢打。"只有这样的人，才不会被时代左右，那个时代因为有了这样的人，才真实存在。如果一个时代剩下的全都是充塞着帝王家谱，名人起居注，某某主义、某某思想之类的，那这个时代还有什么趣味呢？在华学士眼里，唐伯虎忽而大骂，忽而狂叫，忽而大笑，忽而大醉，无一不带一个真字。对于一个人来说，真也是最起码的一点要求。

古来写尽风流，或扪虱，或挥扇，总不及此处唐伯虎一襟白雪将蓝缕作舞的好风光。二人倚柱相视一哂，这一哂或有如阮籍登广武山的歌哭，真是时无英雄，只有贵人占得好景，分韵赋诗，且数刻间未落一韵。旁人哂笑之余，于是一个吟，一个写，须臾间数百言，然后掷笔索酒，酣饮而去。此一举真正称得上快意加豪气，不然此辈作诗定写到明年也！

罗孚《北京十年》也曾记一贵人，率团访问外国，在回程飞机上见一作家写诗，他老人家来劲了，也要一笔一纸，要书又书不下去，许久把纸递给另一作家说："不如你替我写了吧。"可见贵人作诗都是如此，有诗兴而无诗才。但是后来做得就有些不地道了，是你到处显摆说你遇到了神仙，被人揭穿后不在自身上找原因，反而恼羞成怒，真是"不悔自家无见识，却将丑语诋他人！"小人之嘴脸肚肠，由此可见一斑矣！

银 瓢 王晫①

宋俗上元夜张灯饮酒,睢阳②司氏巨族也,张银瓢容酒数斗,约能胜饮者持瓢去。群少皆醉卧窘甚,时漏下三鼓,会贾静子③服尨衣④驾鹿车,自百里外至,忽叱咤登阶,举满一饮,即掷瓢付奴持之,不通姓名。坐宾骇散。

《今世说》

【注释】

①王晫(1636~?):初名斐,字丹麓,号木庵,自号松溪子,今浙江杭州人。明末诸生,明亡后放弃学业,隐居读书,广交宾客。康熙十七年征博学鸿词科,不就。性喜刻书,刻有《檀几丛书》。擅诗文。仿照《世说新语》体例写《今世说》,计450条。另著有《遂生集》《霞举堂集》。《今词初集》有其诗选。

②睢阳:今河南商丘。

③贾静子:名开宗,明清之际诗文家。河南商丘人。明诸生。壮岁尝北历燕齐,南适吴越,广交名士奇人,与侯方域为同学至交。

④尨(lóng)衣:杂色的衣服。

【赏读】

"元夜张灯",豪景也;"司氏巨族",豪主人也;"张银瓢容酒数斗",豪事也。忽而一跌,显出"群少皆醉卧窘甚"之态;忽而再跌,点出"漏下三鼓",正是人散夜阑之时。忽一人驾车"自百里外至",真是让人觉得天地都响了。

此人穿杂色衣服,又一跌也;驾小车,复又一跌也;"忽叱咤登阶",又作一起也;"举满一饮",遂翻前文之起起跌跌,真让人有"山高我为峰"之概。继而"掷瓢付奴持之",可见其豪情泼溅处;"不通姓名",可见其睥睨不屑处;"坐宾骇散",自此整个天地一下子全都活了。

我倒是爱这不问根由的一种任情,忽而来,忽而去。记得贾静子小时候将所背诵的八股文全部焚烧,从此不再以儒生自命。继而又羡慕起司马相如的为人来,带着琴剑诗书,远走天涯。忽而又仿效魏晋阮籍,一边游玩,一边举杯痛饮,白天射箭,半夜擂鼓。其间,老师责之,绝了;妻子死了,埋了;学官荐之,拒了。后来贾静子愈加潦倒,穿着一身破衣服走过集市时,小孩子都跟在他的身后嘲笑,他放声歌唱,毫不理会。直到老了天下亡尽之时,他才把年轻时四处漫游的所见所闻,写下以《帝都》《君德》《山灵》《地势》等命名的大文章,这是仁人的悲恻,更是志士的孤绝。

看来我还得把人生总得有一桩快意之事再次提出来说说,但是对于贾静子孤峭奇拔的一生来说,那只是一段小插曲,一段小得不能再小的插曲。他的人生才是大文章。

王渐升席较酒量　徐　珂[1]

王渐,字符瀚,临江人。少落魄不羁,日与酒徒、剑客引满呼白,击剑拓戟以为乐。而家产益落,其父兄患之。渐于是聚书数千卷,闭户诵读,目数行下,一过辄终身不忘。比三年,作为文章歌诗,以示里中耆宿[2],始大惊,皆不信为其自作也。

既而游金陵[3],金陵富豪王氏闻渐善饮,白下[4]有道士亦能饮无算爵,为设席,要道士共酌,以观其量。即升席,命赞者实酒置瓮中,起揖道士,捧瓮,若鲸之吸川,一饮而尽,复命实酒酬道士。道士饮既,渐再实酒如前,命道士先饮。道士强饮至半,谢不胜。渐笑曰:"是何足与饮。"乃更酌大杯,尽一石,谈笑终席,不至醉,众乃叹服。渐每麻履布袍,简绝礼法,至贤士大夫家,辄登堂,中席坐,不让,或不交一谈而去。士大夫知其才,皆畏敬之。

《清稗类钞》

【注释】

①徐珂(1869~1928):原名昌,字仲可,今浙江杭州人。光绪年间举人。商务印书馆编辑,参加南社,与潘仕成、王晋卿、王辑塘、冒鹤亭等友好。编有《清稗类钞》《历代白话诗选》《古今词选集评》等。

②耆(qí)宿:有名望或有学问的老年人。

③金陵:南京最雅致而古老的别称,一直沿用至今。

④白下:南京市主要中心城区之一。南京北郊有白石山,盛产石灰石和白云石,山下坡地称为白下陂。

【赏读】

王渐可以说是一代奇人,少时学武,长大了学文,真是学什么会什么。但是如此人物,却只能在酒量上和人较之以短长,不由让人长太息矣。

篇末却点明了真正原因,其才让人敬畏,这可不是什么好话。古人于友道最喜欢的,要么是如沐春风,遍体生适;要么是如饮醇醪,不饮自醉。即使是淡若白开水,且不说什么余味绵长,至少还能两两相忘,各不妨碍。如果在交游中使人如坐针毡,或如履薄冰,这样的朋友即使有再高的才华,再丰厚的学识,但所交无益,谁还愿意去拿一张热脸处处冷贴呢?

记得以前曾作过一篇《惟布衣方可傲王侯论》,认为布衣一无所有,又不有求于人,也就有所不为或无所不可了。这里的王渐又不邀功名求仕进的,更不溜须拍马急急钻营,当然心里更没有个什么计较得失,在达官大佬面前,自然是"不让"或"不交一谈",来保持自己自由健全的思想人格了。其实,在这里说保持还是有些重了,他学武学文都是图个好玩,安知世间的人与事,在他眼里,不就是个小小玩闹吗?

周思南呼月而酬 徐 珂

周思南,名元懋,鄞县①人,性嗜酒。其庋轩②中者,皆酒器,大小叠迮,不可数也。轩外平畴所种者,皆秫③也。轩旁有厨有库,顾无长物,所列者,罂瓶④之属也。

平居不问室家事,宾客至,先通名,其所问者,客之能饮与否也。客云能,则又问之,谓其得久留此间饮与否也。数日之间,或不得伴,则遣人招之。或以事辞,则自往强之。或不遇,则穷之于其所往。不得,则四出,别求其人。终不得,则樵者、牧者、渔者,皆执而饮之。所执之人醉,犹以为未足,则呼云而酹之,其觞政然也。午夜思饮,猝无共者,则或童或婢,皆饮之。童婢或不能饮,则强以大斗浇之。犹以为未足,则呼月而酬之,其日之余也。有招之饮者,皆不赴。或载酒过其轩,则又必问其人为何人而后入之。自顺治丙戌以后五年,皆其醉乡之日月也。

一日,思南坐轩中,忽大呕血,笑云:"此吾从曲车酝酿而成之神膏⑤也,非病也。"呕不止,饮亦不止,随饮随呕,遂死。

《清稗类钞》

【注释】

①鄞县:今宁波市鄞州区。鄞县地处浙江东部沿海,位于宁绍

平原东端。

②庋（guǐ）轩：轩内置放器物的架子。
③秫（shú）：黏高粱，可以做烧酒。有的地区就指高粱。
④罍瓶（píng）：泛指盛酒器。
⑤神膏：一种疗效显著的膏药，此处指作者呕血以之自解。

【赏读】

看他醉乡历历，忽因酒而生，忽又因酒而死，正所谓酒之所钟，正在此辈，酒兴不知何起，竟一往而深。

嗜酒的人以酒为天下第一快活物，我之快活尚不足，却必以人人快活为快活；又谓天下之事，无事则已只有酒，有事则无一事可大过酒事，无一不可用酒浇沥之。周思南就是这样的酒人，不管是能喝不能喝的，也不管是童婢渔樵，他都能一一用酒齐之，甚至还有余沥，去招呼天上的明月。即使是喝到吐血，他也说那是用酒炼出来的神膏，不知是自欺欺人，还是故作放达聊以自解呢？

吴趼人①纵酒自放 徐　珂

南海吴趼人,年四十,浪迹燕、齐②。既郁郁不得志,乃纵酒自放。每独酌大醉,则引吭高诵《史记·游侠传》,邻舍妇孺恒窃窥而笑之。卒以沉湎致肺疾。返沪三年,日从事于学务,心力交瘁,病益剧,而纵饮如故也。

一日,遨游市上,途遇其友某,遽语之曰:"吾殆将死乎?吾向饮汾酒,醰醰③有味。今晨饮,顿觉棘喉刺舌,何也?吾禄其不永矣。"某慰藉之。掉臂不顾,径回舍。趺坐榻上,微吟陶靖节诗"浮沉大化中,不恋亦不惧"二句,声未终而目瞑矣。

《清稗类钞》

【注释】

①吴趼人:原名沃尧,字小允,又字茧人,广东佛山人。笔名有偈、佛、茧叟、茧翁、野史氏、岭南将叟、中国少年、我佛山人等。他创作的小说有30多种,人称"小说巨子",是清末谴责小说的杰出代表,与李伯元、刘鹗、曾朴合称晚清四大小说家。

②燕、齐:河北、山东。

③醰(tán)醰:醇浓;醇厚。

【赏读】

袁枚曾在《随园食单》中认为汾酒乃烧酒之至狠者。吴趼人尤爱喝汾酒，醉后高诵《史记·游侠列传》，就此一点，也可以看出其性格为人。

除了《二十年目睹之怪现状》和他的一些短篇小说，我曾经看过他编的一本叫作《俏皮话》的笑话，和他的其他文字一样，都是酒精作用下的产物。很像眼下微博上时不时流行的某些段子，俏皮诙谐下面，实则有着一种别样的愤懑。

人悲观得彻底了，沉郁到一定地步，自然就会达观，正如人生一世，又有多少大不了的事呢！观吴趼人临终微吟陶靖节诗"浮沉大化中，不恋亦不惧"二句，死亡在这里和酒一样，却又比酒更能让一颗孤独的、始终疼痛的灵魂永久地得到栖息。

卷四

酒事

一斗亦醉，一石亦醉 司马迁①

淳于髡者，长不满七尺，滑稽多辩，数使诸侯，未尝屈辱。齐威王之时喜隐，好为淫乐长夜之饮，沉湎不治。置酒后宫，召髡赐之酒。问曰："先生能饮几何而醉？"对曰："臣饮一斗亦醉，一石亦醉。"威王曰："先生饮一斗而醉，恶能饮一石哉！其说可得闻乎？"髡曰："赐酒大王之前，执法在傍，御史在后②，髡恐惧俯伏而饮，不过一斗径醉矣。若亲有严客，髡帣韝鞠䠆③，待酒于前，时赐余沥④，奉觞上寿，数起，饮不过二斗径醉矣。若朋友交游，久不相见，卒然相睹，欢然道故，私情相语，饮可五六斗径醉矣。若乃州闾⑤之会，男女杂坐，行酒稽留，六博投壶⑥，相引为曹，握手无罚，目眙不禁，前有堕珥，后有遗簪⑦，髡窃乐此，饮可八斗而醉二参。日暮酒阑，合尊促坐，男女同席，履舄交错，杯盘狼藉，堂上烛灭，主人留髡而送客，罗襦襟解，微闻芗泽⑧，当此之时，髡心最欢，能饮一石。故曰酒极则乱，乐极则悲；万事尽然，言不可极，极之而衰。"以讽谏焉。齐王曰："善。"乃罢长夜之饮，以髡为诸侯主客。宗室置酒，髡尝在侧。

《史记》

【注释】

①司马迁（前145或前135～前87?）：字子长，今陕西韩城人，一说山西河津人，中国古代伟大的史学家、文学家，被后人尊为"史圣"。他最大的贡献是创作了中国第一部纪传体通史《史记》（原名《太史公书》）。《史记》记载了从上古传说中的黄帝时期，到汉武帝元狩元年长达3000多年的历史。司马迁以其"究天人之际，通古今之变，成一家之言"的史识完成的史学巨著《史记》，是"二十五史"之首，被鲁迅誉为"史家之绝唱，无韵之离骚"。

②执法：执法的官吏。御史：先秦时期，天子、诸侯、大夫、邑宰皆置，是负责记录的史官、秘书官。

③卷韝鞠䠆（juǎn gōu jū jì）：卷韝，挽起衣袖，带上皮套袖；鞠䠆，躬身长跪给客人斟酒。

④余沥：指酒的余滴，剩酒。

⑤州间：泛指乡里。

⑥六博投壶：六博又作陆博，是中国古代一种掷采行棋的博戏类游戏，因使用六根博箸所以称为六博，以吃子为胜。投壶是古代士大夫宴饮时做的一种投掷游戏。

⑦前有堕珥，后有遗簪：形容欢饮而不拘形迹。

⑧罗襦襟解，微闻芗泽：解开女人的绸制短衣，闻到其中散发出的淡淡香气。芗，通"香"。

【赏读】

一斗亦醉，一石亦醉，可见喝多少酒，周围的环境很重要。齐威王权大于天，他说喝多少就是多少，这一通宵喝下来，那酒自然也就没个定数。

传说中夏桀、商纣的酒池肉山就是这么来的。虽说在他们的眼里,"溥天之下,莫非王土;率土之滨,莫非王臣",喝点酒那还真算不上什么大事。但是他们最后一个被流放幽居而死,另一个鹿台自焚脑袋被切下来还被射了三箭,或许他们至死都还在纳闷,喝点酒怎么就成这样子了呢!我在这里可以负责任地告诉他们:喝酒只是诸多问题的一个有力体现,喝酒都成这样了,还有时间去治国平天下吗?其实这和如今贪官们多被女色累到阴沟里翻船,都是同一个道理。

当然,淳于髡要教导他们国君断是不能作此语的。他只能牺牲自己的亲身经历,把什么场合喝多少酒委婉地移植到自己身上,尤其是最后说到"一边喝酒一边解开女人的绸制短衣,细细品味其中散发出的淡淡香气,唯有在这种状态下喝酒才能超常发挥",说这么多其实还是一个意思:酒喝到一定的地步会迷失本性,大王你千万要洁身自好啊。

还好齐威王比较笨,一不小心就给唬住了。或许淳于髡这哥们根本就不能喝酒,他只是真正懂得说话的艺术。

刘备禁酒 陈 寿

先主拜雍①为昭德将军。时天旱禁酒，酿者有刑。吏于人家索得酿具，论者欲令与作酒者同罚。雍与先主游观，见一男女行道，谓先主曰："彼人欲行淫，何以不缚？"先主曰："卿何以知之？"雍对曰："彼有其具，与欲酿者同。"先主大笑，而原欲酿者。

《三国志·蜀书》

【注释】

①雍：简雍，字宪和，今河北涿州人，三国时期蜀汉官吏，年少时与刘备相识。后担任类似说客的职务。简雍擅于辩论、议事。

【赏读】

"彼有其具，与欲酿者同。"简雍的这番回答，顺便也把千百年来后的问题也回答了，比如说"镇反""严打"，还有当前某个地方意欲实施的"菜刀实名制"。

简雍大概不知道，即使是男女行道，在礼教吃人的时代，怕是也要沉猪笼的。尽管孔丘祖师爷提倡"思无邪"，但是在当权者以及一些"先知先觉"的人眼里看来，百姓听他们的是顺民、是良民，不听他们的自然是"思无不邪"，于是也就成了统统打倒的

"刁民"。

正是因为"彼有其具",乃至于人人皆有其具。清朝及后来的皇帝才那么热衷于刮掉汉人的头皮,让士人矮化自己,或者让他们互相揭发,自己打自己嘴巴,要文斗更要武斗,总之,千万不要把自己当人,连"具"都铲掉了,也没有人把你当人。

鉴于历史上多次惨痛的教训,童安格特地写了一首歌——《把根留住》。这里的"根",也就是"具"的意思。

卓文君卖酒 葛 洪①

司马相如初与卓文君②还成都,居贫愁懑。以所着鹔鹴裘③就市人阳昌贳酒④,与文君为欢。既而文君抱颈而泣曰:"我平生富足,今乃以衣裘贳酒。"遂相与为谋,于成都卖酒。相如亲着犊鼻裈⑤涤器,以耻王孙⑥。王孙果以为病,乃厚给文君。文君遂为富人。

《西京杂记》

【注释】

①葛洪(284~363):字稚川,号抱朴子,人称葛仙翁,今江苏镇江句容人,是晋朝的医学家、博物学家和制药化学家,炼丹家,著名的道教人士。他在中国哲学史、医药学史以及科学史上都有很高的地位。

②司马相如:字长卿,今四川成都人。西汉大辞赋家。其代表作品为《子虚赋》。作品词藻富丽,结构宏大,使他成为汉赋的代表作家,后人称之为赋圣。卓文君:汉代才女,今四川邛崃人,与汉代文人司马相如的一段爱情佳话至今还被人津津乐道。也有不少佳作流传后世。

③鹔(sù)鹴(shuāng)裘:汉司马相如所穿的裘衣。用鹔鹴鸟的羽毛制成,一说用鹔鹴飞鼠之皮制成。鹔鹴,也作"鹔鹴"。

④贳（shì）酒：换取美酒。联系上文意思，形容司马相如性情豪放，不惜以珍宝换取豪饮。

⑤犊鼻裈（kūn）：亦作"犊鼻裩"。省作"犊鼻""犊裩"，意为短裤。

⑥王孙：卓王孙，卓文君之父。生卒年不详，西汉关东赵国人。世代专门冶铁，有长才，他招募贫民开采铁矿，冶铁生铁，发达致富，成为当时全国首富，仅家僮便有八百人。

【赏读】

司马相如为了爱情裘衣质酒，卓文君为了爱情当垆卖酒，这个故事的前半段后来成为千古佳话，卓文君的夜奔和红拂女的夜奔一样，也让后来很多困顿的才子，期盼一双识得英雄的慧眼等着他们呢！

但我因此为卓文君感到叹息，女人的眼里往往只有爱情，如果也和时下小儿辈把什么可嫁性给考虑进去，估计司马相如再弹十曲《凤求凰》也没用。但就是为着那瞬时的心动，琴拂在心上一记一记都是亲切，还有自己的跌宕喜乐。从此，这个男人就跟定了。

裘衣质酒固然可以称豪，却让卓文君彻底地感动到哭，这一切都在司马相如的算计之内。那芙蓉一样的女子怎么舍得让她当垆卖酒，不光如此，他还自己穿着一条犊鼻短裤，反正他已没脸，再丢的也不是他的脸，逼着那位爱脸面的岳父大人就范，最后计划成功了，他也过上了他想要的富贵生活。

但故事并不一定到了花好月圆就算完，读读卓文君的《白头吟》就知道了。

千日酒 干 宝[1]

狄希，中山人也，能造千日酒，饮之千日醉。时有州人，姓刘名玄石，好饮酒，往求之。希曰："我酒发来未定，不敢饮君。"石曰："纵未熟，且与一杯，得否？"希闻此语，知不免。饮之。复索，曰："美哉！可更与之。"希曰："且归。别日当来。只此一杯，可眠千日也。"石别，似有怍色。至家，醉死。家人不之疑，哭而葬之。

经三年，希曰："玄石必应酒醒，宜往问之。"既往石家，语曰："石在家否？"家人皆怪之曰："玄石亡来，服以阕[2]矣。"希惊曰："酒之美矣，而致醉眠千日，今合醒矣。"乃命其家人凿冢，破棺，看之。冢上汗气彻天。遂命发冢，方见开目，张口，引声而言曰："快者醉我也！"因问希曰："尔作何物也？令我一杯大醉，今日方醒，日高几许？"墓上人皆笑之。被石酒气冲入鼻中，亦各醉卧三月。

《搜神记》

【注释】

①干宝（？~336）：字令升，今河南新蔡人。东晋时期的史学家、文学家、志怪小说的创始人。他的《搜神记》志怪短篇小说集在中国小说史上有着极其深远的影响，被称作中国志怪小说的鼻祖。

干宝学识渊博,著述宏丰,横跨经、史、子、集四部,堪称魏晋间之通人。

②服以阕(què):停止,终了。此处指古代三年之丧满。

【赏读】

南宋诗人王中《干戈》写道:"安得中山千日酒,酣然直到太平时。"此则故事最早见于晋张华的《博物志》,后来被多种笔记转述,干宝所记载的无疑是最生动的。

越是战乱越是黑暗的时代,人们避世的心情则愈加强烈,其想象也比承平之日更为丰富、更为奇诡,陶渊明的《桃花源记》就是其中出彩的名篇。而这里的《千日酒》,更是隐曲地表现人们在黑暗现实中"但愿长醉不复醒"的精神苦闷,由于礼崩乐坏,社会混乱无序,天灾人祸交相肆虐,人们生在斯境,难以掌握自己的命运,希望通过"千日酒"来避开现实带给他们的苦难。后来的文人骚客,现实偶一蹉跌,于是也就把"千日酒"当作一醉可解千愁的忘忧酒。

后来刘基认为酒岂可解得千愁乎?即使是一醉千日,醒来后还得面对酒醒了无路可走的人世间。他在《郁离子》卷七中写到刘玄石戒酒,愈戒愈饮,忘了先前的教训,最后刘玄石也就真的醉死了。

酒穿肠流① 刘义庆

张华②既贵，有少时知识来候之。华与共饮九酝酒，为酣畅，其夜醉眠。华常饮此酒，醉眠后，辄敕③左右，转侧至觉。是夕，忘敕之。左右依常时为张公转侧，其友人无人为之。至明，友人犹不起。华咄云："此必死矣。"使视之，酒果穿肠流，床下滂沱④。

《世说新语》

【注释】

①酒穿肠流：题目乃编者所加。

②张华：字茂先，西晋文学家、诗人、政治家。后官至司空。晋惠帝执政时期，八王之乱暴发，张华被赵王司马伦杀害。

③敕：告诫、命令。

④滂沱：此处形容肠子流出来的样子。

【赏读】

"苟富贵，勿相忘"，说这话的陈胜，后来阔起来了，把前来投奔的穷哥们杀掉了。有这样一个残酷的先例在前，我在这里不得不暗自腹黑张华一下，也给那些善打秋风的旧日相识提个醒，这年月，同事、同学都有偷偷下毒的，此时性命尚不可保，安敢乞求他日共富贵乎？

  在这里，张华尽管有下毒的嫌疑，最主要的原因还在于这个友人自己，他是不知道这个酒的厉害，不能喝你就别喝呗！喝醉了你还想别人搭理你，那真是门都没有！想当初仰人鼻息，最后却落得一个酒穿肠流的结果，怪谁呢？

  短短的一则故事，抛开阴谋论且不谈，却又写出张华的迂阔粗疏、左右的势利或不变通，以及友人的无知可怜。真不知此事最后作何了局，张华大人一番诧异过后，死了也就是死了吧。

庾冰①避祸　刘义庆

苏峻②乱,诸庾逃散。庾冰时为吴郡③,单身奔亡。民吏皆去,唯郡卒独以小船载冰出钱塘口,篅篨④覆之。时峻赏募觅冰,属所在搜检甚急。卒舍船市渚⑤,因饮酒醉还,舞棹⑥向船曰:"何处觅庾吴郡?此中便是。"冰大惶怖,然不敢动。监司见船小装狭,谓卒狂醉,都不复疑。自送过浙江,寄山阴⑦魏家,得免。

后事平,冰欲报卒,适其所愿。卒曰:"出自厮下⑧,不愿名器⑨。少苦执鞭⑩,恒患不得快饮酒,使其酒足余年,毕矣。无所复须。"冰为起大舍,市奴婢,使门内有百斛酒,终其身。时谓此卒非唯有智,且亦达生。

《世说新语》

【注释】

①庾冰:字季坚,东晋官员,中书令庾亮之弟。王导死后以中书监身份在内朝掌权,亦促成晋成帝传位给弟弟晋康帝,以巩固庾氏势力。后出镇江州。

②苏峻:字子高。今山东莱州人。晋朝官员,活跃于东晋初年,曾参与讨平王敦之乱,数年后发动苏峻之乱。

③吴郡:郡名。东汉永建四年,分原会稽郡的钱塘江以西部分

设吴郡，治所在今苏州吴中区和相城区。

④籧篨（qú chú）：粗竹席。

⑤市渚：市镇岸边，埠头。

⑥棹（zhào）：划船的一种工具，形状和桨差不多，但比船桨长。

⑦山阴：今浙江绍兴。

⑧厮下：地位低贱。

⑨名器：名号与车服仪制。

⑩执鞭：持鞭驾车。多借以表示卑贱的差役。

【赏读】

单凭一句醉话，此小卒果真有智乎？遥想大江之上，竹席之下，看他险处故意作险，其实在这样的情况下，抓住了是本分是理所当然，没抓住是天意，后来就成了人情。对于小卒来说，这话两边都留有活扣，看来小卒是真智也。

他还有个好处，不妄，不贪，颇能自知，这是乱世中唯一能够保全自己的方法。贪容易生是非，一得意就忘形。贤人说：人莫鉴于流水，而鉴于止水，龙却鉴于波浪。无论是流水止水，凡事只要能记住自己本来面目就够了。不然一个大浪过来，龙也出不了浅滩，虎也脱不了平川，真正的龙虎又岂能被环境困住，困住的只是纸糊的影，被水打湿了，也就随波涛而去。

不管你是大智小智，还是急中生智，最好能做到的也就是不妄不贪而已。当然，如果这话再说给时人听了，怕是很少有人能够真正理会的吧！

王戎后至　刘义庆

嵇、阮、山、刘①在竹林酣饮，王戎后往。步兵曰："俗物②已复来败人意！"王笑曰："卿辈意，亦复可败邪？"

《世说新语》

【注释】

①嵇、阮、山、刘：嵇康、阮籍、山涛、刘伶。
②俗物：对世俗庸人的鄙称。

【赏读】

"竹林七贤"中，山涛年纪最大，被时人誉之为"清望"，其后阮籍酣适，嵇康不羁，刘伶放浪，向秀淡泊，阮咸旷达，其中就数王戎年纪最小，其为人也最为不堪。

王戎九岁认识嵇康，并且还交往甚密；十五岁认识阮籍，阮籍就直接地对他的父亲说："共卿言，不如共阿戎谈。"阮籍还常常带着他去邻家的美少妇家里喝酒。《世说新语》记载王戎为人贪吝小气，其"俭啬"一篇共有九条，即有四条记王戎事，此四条于今天看来亦是俗得不可理喻，"俗物"之称真是名不虚传。

以前就有人提出疑问，王戎为人如此庸俗，如何也能入竹林称贤？其实这也很正常，读《金瓶梅》西门庆义结十兄弟时，其中应伯爵、谢希大算是破落子弟，犹可入选，但一说到什么常峙节、白费光，就不置可否了，尤其是有个卜志道，刚一结拜没多久就死了。此处的竹林雅集其实是一个非常松散的文人聚会，一时兴起而生，或清谈，或饮酒，而被时人广传于世。

王戎这人尽管俗，但其长于清谈，以精辟的品评与识鉴而著称。如此则回阮籍之言，就深具机锋。若尔等之意被我王戎所败，那么想必和我一样是个俗物罢了；若尔等之意不曾被我败，那么也就不在乎多我一个了。

你看大家整天坐在竹林下面，其中嵇谈阮啸，山涛沉思，刘伶纵酒，向秀读书，阮咸抚琴，然后王戎时不时地插科打诨一下，倒也是一幅极其生动的画面。

阮籍胸中垒块 刘义庆

王孝伯①问王大②:"阮籍何如司马相如?"王大曰:"阮籍胸中垒块③,故需酒浇之。"

《世说新语》

【注释】

①王孝伯:王恭,字孝伯,太原晋阳人。东晋外戚,曾经担任过丹阳尹、中书令、太子詹事等职。

②王大:王忱,小名佛大,也称阿大,是王恭的同族叔父辈,官至荆州刺史。

③胸中垒块:泛指郁积之物,比喻胸中郁结的愁闷或气愤。

【赏读】

张潮在《幽梦影》一书中曾说:"胸中小不平,可以酒消之;世间大不平,非剑不能消也。"这里的"不平",也就是块垒的意思。也有人说,不管是大不平还是小不平,胆大的用剑消之,胆小的则只能用酒消之,嵇康则是用打铁消之,阮籍只能通过喝酒。

最关键的是,喝酒真正有效果吗?不想和司马氏联姻,喝酒;司马昭问政,喝酒;钟会前来探听消息,喝酒;被迫写劝进文,喝酒;母死,喝酒,吐血三升;邻家美少妇当垆,喝酒……喝酒成了阮籍用来逃避司马政权迫害的手段,也成了他排遣胸中愤懑的迷药。

喝酒，最怕的还是酒醒了无路可走。阮籍喜欢一个人驾车游荡，车上载着酒，没有方向地前进，直至走到尽头。"真的没有路了?"他自问，最后伤心大哭而返，可见胸中的块垒一直都在。

王孝伯谈名士　　刘义庆

王孝伯言:"名士不必须奇才,但使常得无事,痛饮酒,熟读《离骚》①,便可称名士。"

《世说新语》

【注释】

①《离骚》:战国时期诗人屈原的代表作,是中国古代诗歌史上最长的一首浪漫主义的政治抒情诗。

【赏读】

据汪曾祺回忆,闻一多在西南联大讲《楚辞》时,每次上课之前总会颇为动情地边敲桌子边和着"节拍"唱道"熟读《离骚》,痛饮酒,方为真名士"。

其实这样,是有些曲解王孝伯的意思,他说这话,一半讥讽,一半自嘲。余嘉锡曾在此处笺疏道:"《赏誉》篇云:'王恭有清辞简旨,而读书少。'此言不必须奇才,但读《离骚》,皆所以自饰其短也。"意思是名士有没有真才实学都不重要,只要有闲,能喝酒,读得《离骚》,是因为《离骚》古奥生僻字多。

然后这句话一直被后人误读着,通常都是逮住后半句满嘴就开起火车来。如《儒林外史》篇首那位真名士王冕,就是以这句话为蓝本的。传至今日,诗人只要有闲,能痛饮酒,即使不会好好说话,懂得分行即可；公知只要有闲，能痛饮酒，多发微博，转几句哈维尔或哈耶克的话即可。

最后想到俄罗斯的酒徒，也是常无事，痛饮酒，专打老婆。这就是野蛮人和名士的区别。再说，打老婆能打出风雅吗？

美人行酒[①] 刘义庆

石崇每要客燕集[②],常令美人行酒,客饮酒不尽者,使黄门交斩美人[③]。王丞相[④]与大将军[⑤]尝共诣崇,丞相素不能饮,辄自勉强,至于沈醉,每至大将军,固不饮,以观其变。已斩三人,颜色如故,尚不肯饮。丞相让之,大将军曰:"自杀伊家人,何预卿事。"

《世说新语》

【注释】

①美人行酒:题目乃编者所加。

②石崇:字季伦,小名齐奴,生于青州,今河北南皮人。西晋司徒石苞的第六子,西晋官吏。为人奢暴好杀,八王之乱时遭孙秀诬陷,被处死。要:邀约。燕:同"宴"。

③黄门:阉人,亦指在内廷侍候的奴仆。交:接连;交替。

④王丞相:王导,字茂弘,山东临沂人。中国东晋初年的权臣,历仕晋元帝、晋明帝和晋成帝三代,是东晋政权的奠基者。

⑤大将军:王敦。字处仲,为东晋丞相王导的堂兄。曾与王导一同协助司马睿建立东晋政权,但一直有夺权之心,最后亦因而发动政变,史称王敦之乱。

【赏读】

如今的美人劝酒或者仅仅止于三陪，早先的美人劝酒好似下酒物，最残忍的如高洋将美人肢解，却又惋惜地用其股骨做成琵琶弹唱，一时里止不住太息连连，那情景像是已下泪了的。读此一则后，虽然颇惊讶于大将军王敦的冷血，"何苦来着，干卿鸟事！"石崇即使豪奢到把全天下的美人都杀光了，在他的眼里看来，也只不过是一个暴发户。那种鄙夷的神情，不言而喻。

石崇斗富斗来斗去，不但与皇亲国戚斗，还与皇帝斗。据《耕桑偶记》载，外国进贡火浣布，晋武帝制成衣衫，穿着去了石崇那里。石崇故意穿着平常的衣服，却让从奴五十人都穿火浣衫迎接武帝，我不知道在这个时候皇帝是如何给自己一个台阶下的。其实石崇之泼天富贵，也和当下的房嫂房叔房祖宗一样，不是先天就有了的。记得他老爸临死前分家产的时候，就是不给他的这个小儿子留下半点，这让那些只顾拼爹的人情何以堪！史书中曾经记下了这样一笔："在荆州，劫远使商客，致富不赀。"短短一语，总算使后人明白石崇是怎么富起来的了，也就是打着地方官员的旗号公开掠夺，这一点倒是被后来大大小小的父母官活学活用之。

传说石崇曾将沉香屑细细撒满象牙罗床，让姬妾在上面轻轻走上一圈，没有留下脚印的则赐宝珠一百粒；若是留下了脚印，就先把她们的饭钱省了，使之体质轻弱。因此他的金谷园里流行过这样的一句话："你不是细骨轻躯，哪里能得到百粒珍珠呢？"他的小老婆上千人，有时会挑选数十人，妆饰打扮，就像现在韩风日系一样，让人目不暇接。同时又刻玉龙佩，又作金凤钗，昼夜声色相接，称为"恒舞"。每次有所召幸，不呼姓名，只听佩声看钗色。佩声轻的居前，钗色艳的在后，各含异香，次第而进。如此看来，因为客人不肯喝酒杀掉几个美女又算得了什么？这世上奸雄辈又有几个深沉惨刻似王敦者呢？如果王敦不喝酒难道就一直杀下去么？

先前曾经流行过一阵子人乳宴，也曾引进过扶桑的女体盛，后来又有什么远华红楼、海天聚会、富豪征婚之类的，算是石崇等人留下的一点后遗症，往往这种新闻却又是铺天盖地地来。吾辈既不能像王导那样勉强沉醉，倒不如像王敦那样冷眼观之，何如？

今日明日 段成式①

　　俗好剧语者云，昔有某氏，破产贳酒，少有醒时。其友题其门阖②云："今日饮酒醉，明日饮酒醉。"邻人读之不解，曰："今日饮酒醉，是何等语？"于今青衿③之子，无不记者，《谈薮》④云："北齐高祖⑤常宴群臣，酒酣，各令歌。武卫斛律丰乐⑥歌曰：'朝亦饮酒醉，暮亦饮酒醉。日日饮酒醉，国计无取次。'帝曰：'丰乐不谄，是好人也。'"

《酉阳杂俎》

【注释】

①段成式（803~863）：字柯古，今山东滨州人，后随父徙宜城。世家子弟，遍览群书，善于佛学。官至太常少卿。段成式善于诗歌骈文，与李商隐、温庭筠齐名，称为"三十六体"。其所著《酉阳杂俎》记有仙佛鬼怪、人事及动物、植物、酒食、寺庙等等，分类编录，一部分内容属志怪传奇类，另一些记载国内各地与异域珍异之物，与晋张华《博物志》相类。

②门阖（hé）：门扇。

③青衿：周代学子的服装，古指读书人。

④《谈薮》：隋人阳玠著。原本已佚，其佚文散见于各种古籍之中。唐代刘知几曾将其列为类似《世说新语》的"琐言"。

⑤北齐高祖：即高欢。北魏、东魏权臣，北齐的奠基者。

⑥武卫斛律丰乐：武卫将军斛律光。中国北齐名将。字明月，今山西朔县人，高车族。出身将门，斛律金之子。初任都督，善骑射，号称"落雕都督"。他治军严明，身先士卒，不营私利，为部下所敬重。

【赏读】

喝酒，喝得好不好，本是属于个人的事情。前段时间某地方官员大摆筵席，被一群小老百姓闹得个卷堂大散。过后还深感委屈，觉得自己好歹也是个官，怎么连喝点酒的权力都没有？

说这话，可见他的酒还没醒，但是像他这样感到委屈的官员又何其多也，比如说他们戴个表、戴个眼镜，都逃不脱群众雪亮的视线。更有甚者，上次表叔被曝光，其后台更是放下话来，大概意思是说长此以往因为这些小事被刁民绑架，我大国官员颜面何存之类的。看来，这一个酒依然没有醒，还是得回到这里先把酒醒了再说。

小老百姓喝酒，把家产喝没了，最多朋友们拿他开开玩笑。但是作为一国之君，如果纵酒放任的话，那么国事一片混乱，生灵一片涂炭，故古来亡国之君，很多都与纵酒有关。高欢虽然喝酒，知道斛律光歌里的批评，可见他心里是比后来许多人要明白得多。

麹①秀才 郑綮②

  道士叶法善③,精于符箓④之术。上累拜为鸿胪卿⑤,优礼待焉。法善居玄真观,尝有朝客数十人诣之,解带淹留,满座思酒。忽有人叩门,云麹秀才。法善令人谓曰:"方有朝僚,未暇瞻晤,幸吾子异日见临也。"语未毕,有一美楷⑥做睨而入,年二十余,肥白可观,笑揖诸公,居末席,抗声谈论,援引古人,一席不测,恐耸观之。良久,暂起旋转。法善谓诸公曰:"此子突入,语辩如此,岂非魑魅⑦为惑乎?试与诸公避之。"麹生复至,扼腕抵掌,论难锋起,势不可当。法善密以小剑击之,随手失坠于阶下,化为瓶榼⑧,一座惊愕。遽视其所,乃盈瓶酝酽⑨也。咸大笑,饮之,其味甚嘉。座客醉而揖其瓶曰:"麹生风味,不可忘也。"

《开天传信记》

【注释】

  ①麹(qū):此处作姓。
  ②郑綮(? ~899):字蕴武,河南荥阳人,曾任三个月宰相。善诗,多诙谐语,时号"郑五歇后体"。著有《开天传信记》一卷,民间盛传的"唐明皇游月宫"故事,即出此书。今尚存。
  ③叶法善:字道元,一字道素。今浙江丽水人。唐代道士、官

吏。有摄养、占卜之术，历高宗、则天、中宗朝五十年，时被召入官，尽礼问道。他和其叔祖叶静能都非常有名，唐代许多文学作品常以他们二人为题材。

④符箓（lù）：道教中的一种法术，亦称"符字""墨箓""丹书""云篆"。符箓是符和箓的合称。符指书写于黄色纸、帛上的笔画屈曲、似字非字、似图非图的符号、图形；箓指记录于诸符间的天神名讳秘文，一般也书写于黄色纸、帛上。

⑤鸿胪卿：鸿胪寺卿的简称。鸿胪寺，古代官署名，秦曰典客，汉改为大行令，武帝时又改名大鸿胪，主官为鸿胪寺卿。北齐置鸿胪寺，后代沿置。南宋、金、元不设，明清复置。

⑥美措：形貌俊美的贫士。

⑦魃（bá）魅：传说中的鬼怪。传说僵尸修成妖之后，变为魃。变魃之后的僵尸能飞，也称飞僵，据说可以杀龙吞云、行走如风。

⑧瓶榼（kē）：酒器。

⑨醲酝（nóng yùn）：厚酒，美酒。

【赏读】

以酒喻人，或以人拟酒。没想到这次，酒却真正修炼成人了。

这一切可以说是叶法善施出的小小幻术。你想想，满座思酒，酒也思人，正为无酒所苦时，麹秀才随后就到。看他忽而抗声谈论，忽而暂起旋转，正如酒倾在杯中碗里一样，引的是古人，却又醉的是今人。然后又人酒交战，正如人不胜酒力，或酒不够人醉。"麹生风味，不可忘也。"这个贼精贼精的叶道士，他就是要等你最后说出这句话来。

我忽然若有所失，为什么这里的美酒是麹秀才而不是麹美人呢？佛家是不太注重色相的，即使有了也难逃一个空字。这里的美少年，尽管肥白,怕是和唐僧哥哥一样,只要是个妖精都喜欢,看来还是酒客碌碌,亦多牛饮之辈,值不得道士若许点化,只好胡乱敷衍一下了。而我始终觉得上好的美酒,非倾城绝色不能形容了。

后来麹秀才的名字算是传下去了。清北轩主人还有诗云:"春林剩有山和尚,旅馆难忘麹秀才。"这诗村拙,看来麹秀才恐怕也不是什么美酒。

醒酒花 王仁裕[1]

明皇与贵妃幸华清宫[2],因宿酒初醒,凭妃子肩,同看木芍药。上亲折一枝与妃子,递嗅其艳。帝曰:"不惟萱草[3]忘忧,此花香艳,尤能醒酒。"

《开元天宝遗事》

【注释】

①王仁裕(880~956):字德辇,今甘肃天水人。早为秦州判官,曾入四川,历官中书舍人、翰林院学士。唐亡后,历仕后唐、后晋、后汉,后周时官至户部尚书、太子少保。著有《开元天宝遗事》《入洛记》《乘辂集》等。

②华清宫:中国古代离宫,以温泉汤池著称。在今陕西西安临潼区骊山北麓。据文献记载,秦始皇曾在此"砌石起宇",西汉、北魏、北周、隋代、唐代亦建汤池。

③萱草:属于百合科,别名众多,有"金针""黄花菜""忘忧草""宜男草""疗愁""鹿箭"等名。当食用时,多被称为"金针"。原产于中国、西伯利亚、日本和东南亚。

【赏读】

木芍药,还有个名字叫作牡丹,被人称之为花中之王。唐明皇宿醉初醒,身旁有美人可以倾国,又有名花可以倾城,用花醒酒,花亦醉人，这酒怎么能够醒得？正所谓如云良辰此刻即为千秋，要想醒酒，除非那"渔阳鼙鼓动地来"。

风流天子的一点花边新闻，可以抵得上小老百姓的百年尘梦，袁枚却不这样认为。他觉得"石壕吏中夫妻别"，比长生殿上的说盟说誓，更为铭心刻骨。不过唐明皇赐名牡丹花为"醒酒花"，民间至今都不曾买账，想必牡丹花花开富贵，以及皇上的一番雅趣味，都不是小老百姓就能够轻易领略的。

现在通常是把金盏菊称为醒酒花，这种花原产于欧洲南部，不知何时传入，抑或神农尝百草时就已有之也不一定。《宛陵集》诗注最早把这种花称为醒酒花，梅尧臣是宋初的人，离唐时不远。后《救荒本草》称为金盏儿花、《本草纲目》称为长春花，就不一一列举了。

旗亭①画壁 薛用弱②

开元中，诗人王昌龄、高适、王之涣齐名③。时风尘未偶，而游处略同。一日，天寒微雪。三诗人共诣旗亭，贳④酒小饮。忽有梨园伶官十数人，登楼会宴。三诗人因避席隈映⑤，拥炉火以观焉。

俄有妙妓四辈，寻续而至，奢华艳曳，都冶⑥颇极。旋则奏乐，皆当时之名部也。昌龄等私相约曰："我辈各擅诗名，每不自定其甲乙，今者可以密观诸伶所讴⑦，若诗入歌辞多者，可以为优矣！"俄而一伶，拊节⑧而唱曰："寒雨连江夜入吴，平明送客楚山孤。洛阳亲友如相问，一片冰心在玉壶。"昌龄则引手画壁曰："一绝句。"

寻又一妓讴曰："开箧泪沾臆⑨，见君前日书。夜台何寂寞，犹是子云居。"适则引手画壁曰："一绝句。"

寻又一伶讴曰："奉帚平明金殿开，强将团扇半徘徊。玉颜不及寒鸦色，犹带昭阳⑩日影来。"昌龄则又引手画壁曰："一乐府。"

之涣自以得名已久，因谓众人曰："此辈皆潦倒乐官，所唱皆'巴人下里'之词耳，岂'阳春白雪'之曲，俗物敢近哉？"因指诸妓中紫衣貌最佳者曰："待此子所唱，如非我诗，吾即终身不敢与诸子争衡矣。脱是吾诗，子等当须列拜床下，奉吾为师。"因欢笑俟之。

须臾次至，双鬟⑪发声，则曰："黄河远上白云间，一片孤城万仞山，羌笛何须怨杨柳，春风不度玉门关。"之涣即与二子曰："田舍奴，我岂妄哉！"因大谐笑。

诸伶不喻其故，皆起诣曰："不知诸君何此欢噱？"昌龄等因话其事，诸伶拜曰："俗眼不识神仙，乞降清重，俯就筵席。"三子从之，饮醉竟日。

《集异记》

【注释】

①旗亭：汉代市场内标志性建筑，市官的官舍。汉代称市亭，也称市楼，并以其上高悬旗帜为标志而被称为旗亭。

②薛用弱：字中胜，今山西永济人。生平不详，仅知长庆年间任光州刺史，一说大和初出为光州刺史；一说大和中自仪曹郎出守弋阳，为政严而不残。著有《集异记》三卷，载有王维演奏"郁轮袍"、蔡少霞书写山玄卿"苍龙溪新宫铭"等。

③王昌龄：字少伯，山西太原人，盛唐诗人。因其善写场面雄阔的边塞诗，而有"诗家天子""七绝圣手""开天圣手"的美誉。高适：字达夫，今河北景县人，唐朝边塞诗人。王之涣：字季凌，山西太原人，盛唐时期的诗人，他的诗今仅存六首，章太炎推《凉州词》为"绝句之最"。

④贳：赊欠。

⑤隈映：谓在角落处隐蔽。

⑥都冶：美艳，漂亮。

⑦讴：歌唱。

⑧拊(fǔ)节：击节。节，一种古乐器，用竹编成，击之成声。
⑨臆(yì)：胸部。
⑩昭阳：泛指后妃所住的宫殿。
⑪双鬟：古代年轻女子的两个环形发髻，借指少女。

【赏读】

　　曲水流觞处，旗亭画壁时。这两则中国文化史上最具盛名的佳话，一个发生在东晋的暮春，一个发生在盛唐的寒冬，二者遇之不遇，诗酒更是免不了的，正如张潮在《幽梦影》中所言："能诗者必好酒"，"有美酒便有佳诗，诗亦乞灵于酒"。

　　昔人又有词云："狂奴不爱杯中手，共爱擎杯手。"说来也奇怪，不管是杯中手，还是擎杯手，此处却单单写出那画壁的手，要写出这画壁的手，却又要先写出那唱出锦心的绣口。可不是吗？三人闷坐寒冬，穷极无聊，同感沦落；忽而眼前一亮，伶官大宴，都门名妓，奢华艳曳，次序而来。两两对映，一边是穷愁无极，一边是春意不尽，三人还没开始热身，唱歌的都把写诗的万千盖过去了。

　　但诗人的穷愁本身就是一种欢喜，那是一种付诸于文字有时就连文字也止不住的一种无尽啊！看她那里开口欲唱，这里却忍不住满心窃喜，更有一种"天下风云出我辈"的豪气，就连身上的青衿也有些暖和了。唱罢一曲，描上一横，细细看这粉壁上的一横一横，用时下流行的一句话说是，这一横不是象征生命的长度，而是象征着生命的宽度。

　　但王之涣却有些坐不住了，他一共只传下来六首诗，在那时想必也不会很多。他面对的，一个是被时人称为"诗家天子"的王昌龄，另一个好比是"关河穷塞主"的高适，他只能赌了，但他也有"更上一层楼"的自信，在天地之间，在天地之外，却又睥睨天地如无物。这可以说是豪杰心胸英雄本色，一念可以断尽天上的流影与地上的烟波，专赌那人间真国色……

　　这一曲唱罢，天上的雪会停了吗？还是会下得更大？说到雪，不由想起《水浒传》里的林冲，得上一把好刀，一夜看了睡，醒了又看，反复摩挲许多次，他爱那刀，更是英雄的一种自爱自惜。王之涣的这首《凉州词》就是他的刀啊，不曾写，写出来，想必都会在心中研磨很多次，今日这一番歌哭，绕梁不歇，我想座中三人大笑过后，也是会下泪的。

　　到此，在几个一开始惊为天人的名妓眼里，几个沦落不遇的穷诗人，好似神仙在尘世间的小小游戏，这就是余音，完全可以说是文字不朽的力量。

蜀使洪饮 孙光宪①

梁太祖②初兼四镇,先主③遣押衙④潘屼持聘。屼饮酒一石不乱,每攀燕饮,礼容益庄,梁祖爱之。饮酣,梁祖曰:"押衙能饮一盘器物乎?"屼曰:"不敢。"乃簇在席器皿,次第注酌。屼并饮之,屼愈温克。梁祖谓其归馆,多应倾泻,困卧,俾人侦之。屼簪笋箨冠子⑤,秤所得酒器,涤而藏之。

《北梦琐言》

【注释】

①孙光宪(901~968):字孟文,自号葆光子,今四川仁寿人。仕南平三世,累官荆南节度副使、朝议郎、检校秘书少监,试御史中丞。入宋,为黄州刺史。太祖乾德六年卒。史载他"性嗜经籍,聚书凡数千卷。或手自钞写,孜孜校雠,老而不废"。著有《北梦琐言》一书,记录了不少唐、五代时政坛、文坛和民间的掌故,具有很强的史料价值。

②梁太祖:原名朱温,归唐后赐名朱全忠,称帝后又改名朱晃。

③先主:指五代时南平王高季兴。

④押衙:唐宋官名。最先称"押牙",盖押牙旗者,管领仪仗侍卫。

⑤笋箨冠子:用笋皮做的帽子。宋杨万里《风雨》诗:"自拾

荷花揩面汗,新将笋箨制头巾。"

【赏读】

一部饮酒史上,奢饮洪饮豪饮者数不胜数,把潘押衙扔在里面冒个泡也许就没了。但是他却有一个最突出、最让人难以忘怀的特点,喝了那么多酒回到宾馆里不好好睡觉,还有那个闲时间细细去称所得的金银酒器,洗干净还一一藏好。这个结果估计不但让窗外偷窥的人感到震惊,报告上去梁太祖也会感到,天外有天,人外有人。

如果篇末不是带上这么一笔,我想这篇文字还活不了,此一举也算是给酒国增色,使酒人的特色极具多样性。不过还有一点是需要说明的,潘押衙作为一个外交使节,他的一举一动,一言一行,能喝不能喝,都有关国体。称金在吾辈眼里固然有些俗,但毕竟是大国天子赐物,何况他还洗干净,可见这是多么良好的一种习惯。

在今天,如此做派,自然说不上稀奇。追星、巴结名人、奉承上司、把黄内裤当成黄马褂供奉者,也大有人在。就连贪官酒醉后收礼,哪怕是收上一个活色生香的大姑娘,凌晨时也不会忘记给老婆大人打电话。这些都可以说成酒后习惯性的一种摇尾反应。如果真的缺少这个,偌大的一个摇尾系统是怎么建成的呢!

李公择^①遇仙人　王炜^②

先公尝言顷见李公择云，曾于高邮道上，时正午暑，见临清流有竹篱茅屋，望之极雅洁，前有修竹长松，二道士临流奕棋于松阴间。

其一疏髯秀目，其一美少年，肌体如玉。见公择来，皆欣然，然与之语，则凡俗鄙俚。入其茅屋下，往往堆积藁秸罂缶^③之类。观其寝处，秽污如仆厮。然忽问予能饮否，予曰："粗能之。"其少年道士徐起取酒，既而酒如米泔^④，且将臭败，于树间摘小毛桃子数枚，置案上。予疑其仙也，乃危坐敛衽^⑤，满引不敢辞。其盛酒物乃一大盆，饮于破陶器中，徐顾予仆曰："此人亦得。"乃与之酒一陶器。二道士先醉，长啸而入。予愈疑焉。

既别数里许，询道旁人家，曰："二人者，里胥^⑥之子也。在城中出家，今其父死，归谋还俗而分其家财耳。"

《道山清话》

【注释】

①李公择：字元中，今安徽桐城人。北宋元祐间与李公麟、李公寅同时举进士，时称"龙眠三李"。善书法绘画，与苏轼、黄山谷交游甚密，互有赠咏。

②王炜：宋人，生卒年不详。《说郛》曾摘《道山清话》数条刻之，题曰宋王炜。已佚，此书旧题王炜撰。《道山清话》所记亲历事，最早为元祐二年（1087）雪中过范尧夫，记事则终于崇宁五年（1106），《后跋语》又作于炜之晚年，故是书当成于哲宗、徽宗二朝时。

③藁秸（gǎo jiē）：稻、麦等的秆子。罂缶（yīng fǒu）：陶制容器，大腹小口。

④米泔（gān）：淘米水。

⑤敛衽：整理衣襟，表示恭敬。

⑥里胥：管理乡里事务的公差。

【赏读】

此一则尤妙，可与《儒林外史》马二先生西湖边上遇神仙同读。

鲁迅曾说："中国根柢全在道教。"又说："懂得道教，就已懂得中国大半。"他这些话是说道教的不好，但也难免被信道的人奉为圭臬。从秦皇汉武到前些年的缙云山，求道之人至今络绎不绝。三教里的神仙，也数道教里的神仙殊觉可亲，他们好女色，喜财帛，又能长生，还能飞来飞去，和人们自身的欲望以及生活都能紧密相关。虽然说真正的道教是在东汉才有了的，骨子里却还是延续了秦汉就有的方士。

李公择在这里倒是真实地展现了"神仙"的另一面。仙家的上好皮囊下面，却是一肚皮的凡俗鄙俚；望之极雅洁的竹篱茅舍，里面却是一片杂乱秽污；仙家美酒，饮之若馊米汤，当然于今天不少人的眼里看来，却又何异于甘露。或许还有人认为这是仙家给世人开的小小玩笑，是为了检验世人的求道之心。最后还是道旁人家说出了真相：原来是两出家的熊孩子，现在父亲死了，准备还俗分其家产，如此而已。

所以说在有限的信仰下面，求和尚，求道士，求耶稣，求来求去，也仅仅是求得一层皮而已。信仰不是存利息，不是开空头支票，更不是顶着个锅盖在山顶上接受无线电信号，它只是一种生活的态度，以及如何认识自己对待他人的一些方式。

诗文换酒 王 炜

李觏①，字泰伯，盱江②人。贤而有文章，苏子瞻诸公极推重之。素不喜佛，不喜孟子。好饮酒作文，古文弥佳。

一日，有达官送酒数斗，泰伯家酿亦熟，然性介僻，不与人往还。一士人知其富有酒，然无计得饮，乃作诗数首骂孟子，其一云："完廪捐阶③未可知，孟轲深信亦还痴。丈人尚自为天子，女婿如何弟杀之？"李见诗，大喜，留连数日，所与谈莫非骂孟子也。无何，酒尽，乃辞去。

既而又有寄酒者，士人闻之，再往，作《仁义正论》三篇，大率皆诋释氏。李览之，笑云："公文采甚奇，但前次被公吃了酒后，极索寞④，今次不敢相留，留此酒以自遣怀。"闻者莫不绝倒。

《道山清话》

【注释】

①李觏（gòu）：字泰伯，号盱江先生，北宋时一位重要的哲学家、思想家、教育家、改革家。他博学通识，尤长于礼，不拘泥于汉、唐诸儒的旧说，敢于抒发己见，推理经义，被时人誉为"一时儒宗"。

②盱（xū）江：也作"盱江"，在今江西广昌所在地。

③完廩捐阶：登上米仓除去阶梯。《孟子·万章上》："父母使舜完廩，捐阶，瞽瞍焚廩。"赵岐注："阶，梯也。使舜登廩屋而捐去其阶。"

④索寞：寂寞萧索。

【赏读】

  自从司马相如以鹔鹴裘换酒，骗取卓文君的芳心以来，后来逐渐形成了这样的一种价值观，大抵是"金貂不抵银瓶贵"了。没有貂皮大衣怎么办？后来又有贺知章以金龟换酒，李白以五花马换酒，白居易以镜换酒，清代敦诚也曾与曹雪芹质刀沽酒，这些都可以说是豪事。像唐伯虎"摘得桃花换酒钱"，也就只能说是一片痴心作怪了。

  这里的换酒，准确意义上应该是骗酒。不能说是雅，也不能说是豪，倒也说不上俗。因为他只是单纯地想找点酒喝，就是骂骂孟子骂骂释氏又有什么关系呢？就其所写诗文来看，也只能说是一种无伤大雅的文字游戏，和那些曲学阿世之辈、沽名钓誉之徒有本质上的差别。酒带给人的快乐就是这样，使人完全超越了一些纯功利、纯物质的需求。

  相较之下，李觏虽然被时人称为"一时儒宗"，却又何苦和孟子、释氏过不去？可见其学问纯熟，但也不够通达，活该被人骗了酒去。再一次虽能自省，别人既然能投其所好，何不就好人一路做到底！一夕快谈之下，或许还能在学问上有所裨益一二，几斗酒又算得了什么呢？

  先前曾听说海子用诗换酒，别人说他是神经病。后来常常听说有人用身体换学位，用美酒换职称之类，古时的那些豪事雅事，也就只有在书里面能追寻到几丝风流余绪了。

回道人　陆元光[①]

吴兴[②]之东林沈东老,能酿十八仙白酒。一日,有客自号回道人,长揖于门曰:"知公白酒新熟,远来相访,愿求一醉。"实熙宁[③]元年八月十九日也。

公见其气骨秀伟,跫然[④]起迎,徐观其碧眼有光,与之语,其声清圆,于古今治乱,老庄浮图氏之理[⑤],无所不通,知其非尘埃中人也,因出酒器十数于席间曰:"闻道人善饮,欲以鼎先为寿,如何?"回公曰:"饮器中,惟钟鼎为大,屈卮螺杯[⑥]次之,而梨花蕉叶最小。请戒侍人次第速斟,当为公自小至大以饮之。"笑曰:"有如顾恺之[⑦]食蔗,渐入佳境也。"又约周而复始,常易器满斟于前,笑曰:"所谓尊中酒不空也。"回公兴至,即举杯浮白。常命东老鼓琴,回乃浩歌以和之。又尝围棋以相娱,止奕数子,辄拂去,笑曰:"只恐棋终烂斧柯。"回公自日中至暮,已饮数斗,了无醉色。

是夕,月微明,秋暑未退,蚊蚋尚多,侍人秉扇殴拂,偶灭一烛,回公乃命取竹枝,以余酒噀[⑧]之,插于远壁,须臾蚊蚋尽栖壁间,而所饮之地洒然。东老欲有所叩,先托以求驱蚊之法。回公曰:"且饮,小术何足道哉!闻公自能黄白之术[⑨],未尝妄用,且笃于孝义,又多阴功,此予今日所以来寻访,而将以发之也。"东老因叩长生轻举之术，回公曰："以四大假合之身⑩，未可离形而顿去，惟死生去住为大事，死知所往，则神生于彼矣。"东老摄衣起谢，有以喻之。回公曰："此古今人所谓第一最上极则处也。此去五年，复遇今日，公当化去。然公之所钟爱者，子偕也，治命时，不得见之。当此之际，公亦先期而致谨，勿动怀，恐丧失公之真性。"东老颔而悟之。

饮将达旦，则瓮中所酿，止留糟粕而无余沥矣。回公曰："久不游浙中，今已为公而来，当留诗以赠；然吾不学世人用笔书。"乃就擘席上榴皮画字，题于庵壁，其色微黄，而渐加黑，故其言有回仙人《题赠东老诗》："西邻已富忧不足，东老虽贫乐有余，白酒酿来缘好客，黄金散尽为收书。"凡三十六字。已而告别，东老启关送之，天渐明矣，握手并行，笑约异时之集，至舍西石桥，回公先度，乘风而去，莫知所适。

后四年中秋之吉，东老微恙，乃属其族人而告之曰："回公熙宁元年八月十九日，尝谓予曰：此去五年复遇，今日当化去。予意明年，今乃熙宁之五年也，子偕又适在京师干荐，回公之言，其在今日乎！"及期捐馆⑪，凡回公所言，无有不验。

《回仙录》

【注释】

①陆元光：生卒年不详。今江苏常州人。苏轼晚年挚友，陆元光曾赠给苏东坡一副懒板，苏东坡就病逝在这个懒板上。著有《回仙录》。

②吴兴：古代吴地三吴之一，今浙江湖州辖区。

③熙宁：北宋时宋神宗赵顼的一个年号，1068～1077年，共计

10年。

④跫然：形容脚步声。

⑤老庄浮图氏之理：即道家和佛家学说。

⑥屈卮螺杯：酒器。一种小铜杯。

⑦顾恺之：字长康，是中国东晋时代的画家，今江苏无锡人。多才，工诗赋，善书法，被时人称为"才绝、画绝、痴绝"，他的画风格独特，被称为"顾家样"，著有《论画》《魏晋胜流画赞》和《画云台山记》三本绘画理论书籍，提出"以形写神""尽在阿堵中"的传神理论。其与曹不兴、陆探微、张僧繇合称"六朝四大家"。

⑧噀（xùn）：喷。

⑨黄白之术：指道家的炼丹术。黄白，黄金和白银。相传道家有烧炼丹药点化金银的法术。

⑩四大假合之身：佛教语。谓四大（地、水、火、风）假合，虚幻不实的肉体。

⑪捐馆：是死的比较委婉的说法，"捐"指放弃，"馆"指官邸，字面上来说，就是放弃了自己的官邸，一般是指官员的去世。后遂以"捐馆"为死亡的婉辞。亦省作"捐舍"。

【赏读】

酒香不怕巷子深，就连神仙也会闻名而来。不过此类事，姑妄言之，姑妄听之，莫须有之，且千万不可信。其实信之亦未尝不可，即使是求仙没仙，也未必生怨乎？

世间人没有不欢喜神仙的，神仙也少有不欢喜酒的。就像我们在现实中看到某人不食烟火，大有仙气，也会激赏有加，亦步而趋未必。这乱糟糟的一团软红尘就是天人隔绝的距离。仙人如花随流水，游荡人生处处是机，即便是做了错事世人也说他错了反而好。

正如此间回道人，传为唐末吕洞宾，融儒释道为一体，集酒色财气于一身，去了雁荡山，到了岳阳楼，甚至就连天下第一奇书《金瓶梅》也和他扯上一些不是关系的关系，最后弄得唐宋元明清里的笔记处处都是，当然，也有些成了现实中可以仰慕追溯的遗迹。

哈哈，就拿此则故事说吧，究竟是人做了神仙去骗酒喝呢，还是神仙化作了人形去骗酒喝呢？最后都只能说明这酒好。这也难怪有人常把美酒喻为可以在仙境世间用来返还的步云梯呢。

酒　隐　叶梦得①

晋人多言饮酒，有至沉醉者，此未必真在于酒，盖时方艰难，人各惧祸，惟托于醉，可以疏远世故。盖自陈平、曹参②以来，已用此策。

《汉书》③记陈平于刘、项未判之际，日饮醇酒、戏妇人，是岂真好饮者耶？曹参虽与此异，然方欲解秦之烦苛，付之清净，以酒杜人，是亦一术。不然，如蒯通④辈无事而献说者，且将日走其门矣。

流传至嵇、阮、刘伶之徒，遂全欲用此为保身之计。此意惟颜延年⑤知之，故《五君咏》云："刘伶善闭关，怀情灭闻见，韬精⑥日沉饮，谁知非荒宴。"如是，饮者未必剧饮，醉者未必真醉也。后世不知此，凡溺于酒者，往往以嵇、阮为例，濡首腐胁⑦，亦何恨于死邪。

《石林诗话》

【注释】

①叶梦得（1077～1148）：宋朝词人。字少蕴，今江苏苏州人。历任翰林学士、户部尚书、江东安抚大使等官职。晚年隐居湖州弁山玲珑山石林，故号石林居士，所著诗文多以石林为名，如《石林燕语》《石林词》《石林诗话》等。

②陈平、曹参：汉初名臣。

③《汉书》：又称《前汉书》，东汉时史学家班固编撰，是继《史记》之后我国古代又一部重要史书，与《史记》《后汉书》《三国志》并称为"前四史"。

④蒯通：即蒯彻。因与武帝同名"彻"，《史记》《汉书》避汉武帝名讳作"通"。辩才无双，善于陈说利害，曾为韩信谋士。

⑤颜延年：即颜延之，字延年，今山东临沂人。少孤贫，好读书，博览群籍，善为文章。

⑥韬精：掩藏才华。

⑦濡首腐胁：谓沉湎于酒不但有失本性常态，还会使胸部溃烂。

【赏读】

叶梦得在此处说晋人饮酒为保全身家计，大致是对的。但说晋人喝酒未必真醉，那么就有些武断了。他说这话的目的是为了劝诫世人，追星也要有着一定的限度，不然星光黯淡，反而自己堕入黑夜了。

其实借酒避祸，战国时就有先例，若信陵君以醇酒妇人消磨壮志为然。至于秦汉以下，若孔融辈之"座中客常满，樽中酒不空"，广延宾客，又岂能说是借酒避祸呢？时至今日，借酒增胆壮威，借酒颐养身心，借酒抒愤解愁，借酒庆功加冕，借酒邀名求爵，等等，五花八门，更是不胜枚举了。

正如时下哈韩哈日必先染黄了头发一样，前人喝酒，后人也难免拣其恬淡或者快意一面，对于其愤懑穷愁，要么不知道，要么知道了也未必真正去了解。记得先前有追星逼死老父者，与那些饮酒迷失本性者，又有什么区别呢？

酒　楼　孟元老[①]

凡京师酒店，门首皆缚彩楼欢门，唯任店入其门，一直主廊约百余步，南北天井两廊皆小阁子[②]，向晚灯烛荧煌，上下相照，浓妆妓女数百，聚于主廊樣面上，以待酒客呼唤，望之宛若神仙。北去杨楼，以北穿马行街，东西两巷，谓之大小货行，皆工作伎巧所居。

小货行通鸡儿巷妓馆，大货行通笺纸店白矾楼，后改为丰乐楼，宣和[③]间，更修三层相高。五楼相向，各有飞桥栏槛，明暗相通，珠帘绣额，灯烛晃耀。明开数日，每先到者赏金旗，过一两夜，则已元夜，则每一瓦陇中皆置莲灯一盏。内西楼后来禁人登眺，以第一层下视禁中。大抵诸酒肆瓦市，不以风雨寒暑，白昼通夜，骈阗[④]如此。

州东宋门外仁和店、姜店，州西宜城楼、药张四店、班楼，金梁桥下刘楼，曹门蛮王家、乳酪张家，州北八仙楼，戴楼门张八家园宅正店，郑门河王家，李七家正店，景灵宫东墙长庆楼。在京正店七十二户，此外不能遍数，其余皆谓之"脚店"。卖贵细下酒，迎接中贵饮食，则第一白厨，州西安州巷张秀，以次保康门李庆家，东鸡儿巷郭厨，郑皇后宅后宋厨，曹门砖筒李家，寺东骰子李家，黄胖家。九桥门街市酒店，彩楼相对，绣旆相招，掩翳天日。政和⑤后来，景灵宫东墙下长庆楼尤盛。

《东京梦华录》

【注释】

①孟元老：号幽兰居士，今河南开封人，生卒年待考，宋代文学家。据《宋会要辑稿》及苏辙等人著作，可知他是北宋保和殿大学士孟昌龄的族人孟钺，曾任开封府仪曹，北宋末叶在东京居住二十余年。金灭北宋，孟元老南渡，常忆东京之繁华，于南宋绍兴十七年撰成《东京梦华录》。

②小阁（gé）子：小阁子。

③宣和（1119～1125）：是宋徽宗的第六个年号，也是最后一个年号。

④骈阗：很多人聚集在一起。

⑤政和（1111～1118）：是宋徽宗赵佶的年号。北宋使用这个年号共8年。

【赏读】

一部《东京梦华录》，很难不让人想起《清明上河图》来，张岱曾经如此评价《清明上河图》："乃知繁华富贵，过去便堪入画，当年正不足观。"我们读《东京梦华录》，以及一个时代的城市记忆，都是如此。

《东京梦华录》从城市生活的各个侧面，记述那时东京汴梁的繁盛景象，甚至形象地告诉我们，汴梁"以其人烟浩穰，添十数万众不加多，减之不觉少"，从《清明上河图》中我们也可以看到汴梁城里城外，人群熙熙攘攘，车水马龙，尤其虹桥一带更是热闹非凡，可以看出当时汴梁城市人口稠密，物阜繁华。

《东京梦华录》一书共提到上百家店铺，酒楼和各种饮食店就占有半数以上，这可以说是汴梁作为一个繁华大都市的结果。从此则文字我们可以看出，城中有矾楼、潘楼、欣乐楼、遇仙正店、中山正店、高阳正店、清风楼、长庆楼、八仙楼、班楼、张八家园宅正店、王家正店、李七家正店、仁和正店、会仙楼正店等大型高级酒楼七十二户。其中矾楼后改为丰乐楼，文中更是着重描写了丰乐楼的形状，"宣和间，更修三层相高，五楼相向，各有飞桥栏槛，明暗相通，珠帘绣额，灯烛晃耀"。相传，风流皇帝宋徽宗与京都名妓李师师常在此相会。

　　有人说回忆家乡就是想起家乡的风物，一个时代的城市记忆更是如此，《杨思温燕山逢故人》就曾把白矾楼也就是丰乐楼作为东京汴梁的城市象征，成了亡国之痛的深刻写照。而在临安，南渡的东京人为满足怀旧的心理，在西湖边涌金门外又新造起了一家酒楼，继续沿用矾楼的旧名。

奚奴①温酒 <small>陶宗仪</small>

宋季，参政②相公铉翁③，于杭将求一容貌才艺兼全之妾。经旬余，未能惬意。

忽有以奚奴者至，姿色固美。问其艺，则曰能温酒。左右皆失笑。公漫尔留试之，及执事，初甚热，次略寒，三次微温。公方饮。既而每日并如初之第三次。公喜，遂纳焉。终公之身，未尝有过不及时，归附后，公携入京。公死，囊橐④皆为所有，因而巨富，人称曰奚娘子者是也。

吁！彼女流贱隶耳，一事精至，便能动人，亦其专心致志而然。士君子之学为穷理正心修己治人之道，而不能至于当然之极者，视彼有间矣。

《南村辍耕录》

【注释】

①奚奴：奴仆，又专指女奴。

②参政：官名。即参知政事，为宰相之副。是唐宋时期最高政务长官之一，与同平章事、枢密使、枢密副使合称"宰执"，地位高下不一。宋代范仲淹、欧阳修、王安石都曾任此职。

③铉翁：号则堂，今四川眉山人。宋理宗时以荫补官，官常州知县，政誉翕然，迁浙东提点刑狱，入京担任大理少卿。咸淳八年

(1272),权知绍兴府、浙东安抚提举司事。德祐二年(1276),赐进士出身。奉命使元,被强留馆中。闻知宋亡,日夕哭泣,不仕。卒于家。著有《则堂集》二十卷,今存《永乐大典》本六卷。

④囊橐(tuó):行李财物。

【赏读】

看他说的是温酒,却又不止于温酒;看他讲的是做学问,却又不止于做学问。看来天底下很多事情,都是这个道理。

其实奚奴的三次温酒,就像某个地方流行的敬三次酒喝三遍茶,这本不算是什么奇特。但经年累月的一下来,孔子把编连竹简的韦编都读断了三次,于是才变成千古的不寻常了。

她之所以被称为奚娘子,是因为每日的三次温酒,更像是对人生的三次致意,遗产巨富这些都是俗人肚皮里的见识。

这就像刘备三顾茅庐,三也只是个偶然的机,因为保不准还有第四次、第五次呢?甚至诸葛卧龙一直卧下去都有可能,有人会被三次打动,有人会被四次打动,有人一直都不会打动。只要内心的诚意还在,所以说他去一次和去三次也没有什么分别。

孔子读《周易》也是如此,我们今天有些人读《红楼梦》也是如此。似乎很多人艳羡那样的结果,觉得每天按时温三次酒就可以成为奚娘子了。我想奚娘子她自己却不会这么认为。

借花看、借客醉 田艺蘅

虞伯生①诗："雨浥轻尘道未干，朝回随处借花看。"借花看，三字情兴甚奇。

借客醉者，余性不多饮，乃苦好饮。日午时，非杯杓无以自适。每扫径以伫佳侣之来，盖借客以取醉也。因忆白乐天《送吕漳州诗》有云："独醉似无名，借君作题目"，可谓契合者。昔人有云："卖花担上看桃李，沽酒楼头听管弦。"此则贫穷丐儿之行径也。

小说一人好饮，其妻不容，约曰："有客至，则当出酒肴，君乃可饮。"其夫苦无客，出门久伫，偶遇一路人，遂揖之曰："久不会晤，少屈坐。"其人初不相识，请问何意。主曰："少刻。"当告其妻，为有客至，盛席款之欢。饮甚洽，客惶恐终不安席，必求其相延之故，则出拇指以示之，上书"陪我"二字，盖畏妻之约，欲借客以为媒蘖②也，并记之可发一笑。

《留青日札》

【注释】

①虞伯生：元代学者、诗人虞集。字伯生，号道园，人称邵庵先生，今四川仁寿人。领修《经世大典》，著有《道园学古录》《道园遗稿》。虞集素负文名，工书法，得晋朝人韵味。与揭傒斯、柳

贯、黄溍并称"元儒四家";诗与揭傒斯、范梈、杨载齐名,人称"元诗四家"。

②媒蘖(niè):媒人、酒曲。

【赏读】

闷坐小楼,想起四月若许还剩下的繁花,可谓十年尘梦。草草览此一则后,我竟有些迷惑了。常听坊间人语:"借花献佛之。"如此来看,花真的是可以借的,更何况昔人还有词云"借得春光住"呢,花难道不可以借吗?

相比之下,借客求醉就有些容易了,曹孟德横槊赋诗,雄极一时之概,借酒借梦杀人对他来说都不是什么难事,更何况还有借人头乎?此则文字里的主人因家有贤妻,想求一饮都不可能,无奈只好作此下策,把陌生人单单作为一个饮酒的借口,如果陌生人恰有心事,倒也可以借得他家酒浇得自家的块垒,如此倒可以两全了,我倒是深惧这样的贤妻。

不管是借花借客借酒,还是借来这偶尔驻足的尘世,可知道拇指上"陪我"二字是多么寂寞的呵!路人甲乙丙丁和我本不相识,而这今年花又绝不似去年花,多少人是因为寂寞而去看花或是喝酒呢?

夜 饮 张大复

夜与子颥、子器、子彦、孝若饮。子彦请与孝若对垒①，各往复数交，谈言清幻。子器把盏胡卢而已。某既易醉，子颥但饮少许药酒辄止。袖手以观之，默想当年识子颥，政在韶岁②，不啻③刘玄德见孙仲谋也。一经病患，居然老成。石火④几何隐，几三叹。

《梅花草堂笔谈》

【注释】

①对垒：泛指双方竞争；相匹敌。

②韶岁：美好的岁月。

③不啻（chì）：不异于，不亚于。此处指二人惺惺相惜。

④石火：以石敲击，迸发出的火花，其闪现极为短暂。后遂以为典。

【赏读】

五人饮酒，二人对垒，一人自赏，后剩二人，少饮则止。一夕酒里，休不得也歇不得，必搬出英雄前来顾惜，真是犹记当年唯剩酒了。

酒里装满了美好的年年岁岁，怎奈电闪火石，刹那间就老了英雄。但是世上英雄相见，有时是敌手，是生死冤家，是知我杀我惜我的人，是那照我鉴我的影，却又比自身更亲。刘玄德见孙仲谋怕不也是如此，曹孟德见刘玄德更是如此，谈尽天下英雄，却又要用酒浇之，用龙隐之，用隐隐风雷动之。

阮籍登广武山，叹"时无英雄，使竖子成名！"可见他那个时代连竖子都没有了，故那一叹可以成为百代遗响。而作者在这里"几三叹"，欲有所言，或尚未有言，心已荒老，酒不能浇之，只好用叹聊以结之。

此酒不堪相劝　冯梦龙①

宋明帝②赐王景文③死。景文在江州④，方与客棋，看敕⑤讫，置局下，神色怡然。争劫⑥竟，敛纳奁毕，徐言："奉敕赐死。"方以敕示客。因举鸩谓客曰："此酒不堪相劝。"遂一饮而绝。

《古今谭概》

【注释】

①冯梦龙（1574～1646）：明代文学家、戏曲家。字犹龙，又字子犹，号龙子犹、墨憨斋主人、顾曲散人、吴下词奴、姑苏词奴、前周柱史等。今江苏苏州人。他的作品比较强调感情和行为，最有名的作品为《全像古今小说》（《喻世明言》的初刻本），与《警世通言》《醒世恒言》合称"三言"，是中国白话短篇小说的经典代表。冯梦龙以其对小说、戏曲、民歌、笑话等通俗文学的创作、搜集、整理、编辑，为我国文学做出了独异的贡献。

②宋明帝：刘彧，字休炳，小字荣期，宋文帝刘义隆第十一子，南朝宋皇帝，465～472年在位。

③王景文：名彧，南朝刘宋名高一时的重臣。今山东临沂人。

④江州：今江西九江。

⑤敕：帝王的诏书、命令。

⑥争劫：即劫争，围棋术语。两块棋出现可以互相提取一子的

现象，称为"劫争"。碰到劫争时，当一方提掉另一方的子，被提一方要在其他地方走一步且对方必须跟着应的棋之后再提回来，直到有一方没有劫材了，劫争便结束了。又称"打劫"。

【赏读】

君要臣死，臣不得不死。在中国古代专制社会，三纲有时就像三把钢刀悬在头上，王彧虽然位极人臣，贵为外戚，皇上送来的毒酒却又不能不喝，死前却留下了如此从容的一句话："皇上赐我死，这壶酒没法请你喝啦。"

《南史》中所述这一段甚详，宋明帝的手诏上写道："与卿周旋，欲全卿门户，故有此处分。"同时还带来一句口诏："朕不谓卿有罪，然吾不能独死，请子先之。"王彧棋下完了，收拾好棋子，正准备喝的时候，其门客愤怒地把酒泼到地上说："大丈夫安能坐受死？州中文武可数百人，足以一奋。"王彧面对如此君主，考虑到全家老小百口的性命，说了上面的那句话，还是仰脖把毒酒喝了。

可见王彧死得从容，同样也死得窝囊。汉武帝也是出于同样的目的，把钩弋夫人赐死了，这样的例子在历史上还有很多。王彧喝毒酒死后，"追赠开府仪同三司，谥曰懿"，这也可以说是他用死换来的最后一点价值。

天子避醉人　高士奇[①]

　　熙宁[②]以前，凡郊祀[③]，大驾还内，至朱雀门外，忽有绿衣人出道中，蹒跚潦倒，如醉状。乘舆为之少泥，谓之："天子避酒客。"及门，两扉遽阖，门内抗声曰："从南来者是何人？"门外应曰："是赵家第几朝天子。"又曰："是也不是？"应曰："是。"开门，称舆乃进，谓之"勘箭"[④]。

《天禄识余》

【注释】

①高士奇（1645～1704）：字澹人，号江村，清代学者，今浙江杭州人。家贫，在朝廷以打杂为生，后迁内阁中书，每日为康熙帝讲书释疑，评析书画，极得信任。他学识渊博，能诗文，擅书法，精考证，善鉴赏，所藏书画甚富。著有史学著作《左传纪事本末》53 卷、《清吟堂集》等。《天禄识余》是他撰写的杂文书籍。

②熙宁：北宋时宋神宗赵顼的一个年号（1068～1077），共计 10 年。

③郊祀：古代于郊外祭祀天地，南郊祭天，北郊祭地。"五郊"祀五帝，另外还有日月、山川、风雨雷电诸祭仪。郊谓大祀，祀为群祀。

④勘箭：宋代皇帝郊祀礼毕，还阙门时，行勘箭之仪。规定用

竹签为箭，由金吾掌握；另以金涂铜为镞（zú），由驾前掌握。镞端用以合符，符合，即开门。

【赏读】

早些年坊间流传一首酒歌，其中有两句是："喝了咱的酒，见了皇帝不磕头。"这个和李白的"自称爷是酒中仙"相比，也只好赶紧歇菜了。民间倒是流传过这样一句话："天子尚且避醉人。"这则文字就是讲的这样的一个故事。

宋朝天子避酒客，于今天来说都是一个不能想象的事情。今天的百姓不是避酒人，而是避酒驾，并且还避之莫及，每年因此丧身的冤魂不知就有多少！通过宋朝皇帝这么细微的一个事情看来，虽然两宋积弱，但文化昌盛，享国亦久，恐怕与此也不无关系。

宋朝的皇帝还有一个最大的好处，在宋太祖的"戒碑"上，其中后一条是："不得杀士大夫及上书言事者，子孙有渝此誓者，天必殛之。"意思是不可杀天下的读书人以及对朝廷提意见的人，并且还为此立下毒誓。靖康之变后，宋徽宗北迁，还为此感到后悔，认为自己落到这个地步，是因为自己平日里诛罚大臣太过而遭到报应了呢！

有了一个开明的政治环境在那里，即使是喝醉了无意冒犯了圣驾，还真算不上什么大事。

酒　友　蒲松龄[①]

车生者，家不中资，而耽饮，夜非浮三白不能寝也，以故床头樽常不空。一夜睡醒，转侧间，似有人共卧者，意是覆裳堕耳。摸之，则茸茸有物，似猫而巨，烛之狐也，酣醉而大卧。视其瓶，则空矣。因笑曰："此我酒友也。"不忍惊，覆衣加臂，与之共寝，留烛以观其变。半夜，狐欠伸，生笑曰："美哉睡乎！"启覆视之，儒冠之俊人也。起拜榻前，谢不杀之恩。生曰："我癖于曲糵，而人以为痴；卿，我鲍叔[②]也。如不见疑，当为糟丘之良友。"曳登榻，复寝。且言："卿可常临，无相猜。"狐诺之。生既醒，则狐已去。乃治旨酒一盛，专伺狐。

抵夕，果至，促膝欢饮。狐量豪善谐，于是恨相得晚。狐曰："屡叨良酝，何以报德？"生曰："斗酒之欢，何置齿颊！"狐曰："虽然，君贫士，杖头钱[③]大不易，当为君少谋酒资。"明夕来，告曰："去此东南七里道侧有遗金，可早取之。"诘旦而往，果得二金，乃市佳肴，以佐夜饮。狐又告曰："院后有窖藏，宜发之。"如其言，果得钱百余千，喜曰："囊中已自有，莫漫愁沽矣。"狐曰："不然。辙中水胡可以久掬？合更谋之。"异日谓生曰："市上荞价廉，此奇货可居。"从之，收荞四十余石，人咸非笑之。未几大旱，禾豆尽枯，惟荞可种；售种息十倍，由此益富，治沃田二百亩。但问狐，多种麦则麦收，多种黍则黍收，一切种植之早晚皆取决于狐。日稔④密，呼生妻以嫂，视子犹子焉。后生卒，狐遂不复来。

《聊斋志异》

【注释】

①蒲松龄（1640～1715）：字留仙，一字剑臣，别号柳泉居士，世称聊斋先生，自称异史氏，今山东淄博淄川区洪山镇蒲家庄人。出身没落地主家庭，一生热衷科举，直到72岁赴青州考贡，为岁贡生。因此对科举制度的不合理深有感触。他毕生精力完成的巨著《聊斋志异》，多采自民间传说和野史逸闻，将花妖狐魅和幽冥世界的事物人格化、社会化，表达了作者的爱憎感情和美好理想。被誉为我国古代文言短篇小说中成就最高的作品集。

②鲍叔：鲍叔牙的别称，春秋时齐国大夫。以知人并笃于友谊称于世。后常以"鲍叔"代称知己好友。

③杖头钱：指买酒钱。出自《世说新语》，阮宣子常步行，以百钱挂杖头，至酒店，便独酣畅。

④稔：熟悉。

【赏读】

蒲松龄在一首名为《遣怀》诗中如此写道："雅士长贫诗作累，豪襟欲纵酒为徒。"诗虽写得不太好，倒是和本则内容比较相称。人要有多深的孤独，才能和一只狐狸因为酒交上朋友啊！

他的书中也多见可爱的花魅狐精，像是给黑夜的人以灯火，给穷途的人以休息。但是在此处，这狐狸犹如久疲的尘劳之身，同眠之下，或许仅仅只有车生待它是纯洁的，酒喝光了也不怪它，喝醉了也不忍心叫醒它,还给它盖好被子,顾盼之间,仿佛就有了一种别样的相惜之情。可这人世间少有的就是这种尊重和坦率啊,他纵容一只偷酒喝醉的狐狸,同时也纵容了那个经常喝酒的自己。

说来还是因为身为酒徒的寂寞啊!寂寞是对现有尘世的反省,却又对待世间万物,乃至一蔬一饭、一饮一啄都是特别的相亲。至于后来狐狸之如何全谊赚取酒资,车生家道之如何变好,都是人间烟火惯有的俗套。

最后读到车生一死,狐狸就不来了。仿佛感觉到有一种东西突然苍老,无语凝噎在黑暗中。

秦　生　蒲松龄

莱州①秦生，制药酒，误投毒味，未忍倾弃，封而置之。积年余，夜适思饮，而无所得酒。忽忆所藏，启封嗅之，芳烈喷溢，肠痒涎流，不可制止。

取盏将尝，妻苦劝谏。生笑曰："快饮而死，胜于馋渴而死多矣。"一盏既尽，倒瓶再斟。妻覆其瓶，满屋流溢，生伏地而牛饮②之。少时，腹痛口噤，中夜而卒。妻号，为备棺木，行入殓矣。次夜，忽有美人入，身不满三尺，径就灵寝，以瓯水灌之，豁然顿苏。叩而诘之，曰："我狐仙也。适丈夫入陈家，窃酒醉死，往救而归，偶过君家，彼怜君子与己同病，故使妾以余药活之也。"言讫，不见。

余友人邱行素③贡士，嗜饮。一夜思酒，而无可行沽，辗转不可复忍，因思代以醋。谋诸妇，妇嗤之。邱固强之，乃煨醯④以进。壶既尽，始解衣甘寝⑤。次日，夫人竭壶酒之资，遣仆代沽。道遇伯弟襄宸，诘知其故，因疑嫂不肯为兄谋酒。仆言："夫人云：'家中蓄醋无多，昨夜已尽其半；恐再一壶，则醋根断矣。'"闻者皆笑之。不知酒兴初浓，即毒药甘之，况醋乎？亦可以传矣。

《聊斋志异》

【注释】

①莱州:府名,治所在今山东掖县。

②牛饮:如牛俯身就水而饮。《韩诗外传》:"桀为酒池,可以运舟,糟丘足以望十里,而牛饮者三千人。"

③邱行素:邱希潜,字行素。淄川人,康熙己巳年贡生,授黄县训导。告归,构清梦楼于豹山之阳,读书其中。

④醯(xī):醋。

⑤甘寝:安睡。《庄子·徐无鬼》有"孙叔敖甘寝秉羽,而郢人投兵"。

【赏读】

忽读到此一则,不由想起"饮鸩止渴,甘之如饴"这句古语来,或许蒲松龄创作这个故事时想到这个词也不一定。冯镇峦点评《聊斋志异》时曾在"忽忆所藏"下批道:"较舍命食河豚者,稍觉韵致。"又在"中夜而卒"下批道:"拼将一死消馋渴,殁去犹堪作酒仙。"

这可以说是酒的好处,如李白的酒醉捞月、老杜的牛肉白酒,至今都思为韵事,别的食材似乎都担不上如此好的福分。这因为酒很多时候作为一种生命力的象征,就算是饮得毒酒、饮得醋又有什么关系呢?只要有酒意在,都可以说成是一种难得的豪气。

秦生所说:"快饮而死,胜于馋渴而死多矣。"酒根乃至于下文醋根之难断,未尝不是出于这种心理。话说人这一辈子,除了酒之外,还有什么东西可以给人瞬时的快意或安然的休息呢?

髑　髅　乐　钧[①]

　　余偕数君子看花丰台，饮于卖花翁，座中相与说鬼。罗两峰[②]述一髑髅事，亦可发一噱也。

　　扬州有狂夫，从数人行郭外。道有髑髅甚夥[③]，或侮之，辄被祟[④]，詈骂[⑤]有声。于是相戒无犯。

　　狂夫大言曰："咄，是何敢然！"就一髑髅之口溺[⑥]焉，已戏曰："吾酒汝！"溺毕，疾行数步。夸于众曰："田舍奴，我岂妄哉！"旋闻耳后低呼曰："拿酒来！"狂夫愕然，诘于众，众未之言也。行数武[⑦]，又呼如前，众亦未闻。少顷，又呼曰："顷云酒我，何诳也？"声渐厉。始信为髑髅之祟，漫应之曰："汝欲酒，第随以来。"髑髅曰："诺！"于是寂然。

　　既入城，共登酒家楼，列坐呼酒，虚其一位，设匕箸杯杓，以飨髑髅。众每饮一觞，则以一觞酹之。酒注楼下，泛滥如泉。叩其"醉乎"，则应曰："死且不朽，卮酒安足辞哉！"髑髅饮既无算，众皆厌之，次第散去，惟狂夫不能自脱，颇为所苦。久之，髑髅且醉，狂夫绐[⑧]以如厕，急下楼，取金质酒家，不暇论值，悄然而遁。

　　已闻楼上索酒甚急，酒家保往应，杳不见人，大骇，以为妖。空中喧呶[⑨]曰："我何妖？奴辈招我来饮，乃避客而去耶？须为我召来！"意甚怒，酒家谕之曰："招汝者谁？避汝者谁？酒徒千百，我乌知之？汝既相识，曷弗自寻？索之于我，汝殊愦愦⑩！"于是髑髅语塞，忿恨而去。

尝见杂剧中扮一嗜酒鬼，挂壶于襟，出杯于怀，且哭且饮，亦髑髅之流亚也。

《耳食录》

【注释】

①乐钧（1766~1814或1816）：原名宫谱，字效堂，一字元淑，号莲裳，别号梦花楼主。江西金溪人。清代文学家。乐钧与吴嵩梁同为翁方纲弟子，能继诗家蒋士铨之后，并负盛名。各体诗文均可谓清代大家，其笔记小说《耳食录》，可与蒲松龄的《聊斋志异》媲美，记录了众多人世间的奇闻趣事、神仙鬼怪的秘迹幽踪，并掺以街谈巷语，"胸情所寄，笔妙咸鞍，虽古作者无多让焉"。

②罗两峰：清代画家罗聘。字遁夫，号两峰，又号花之寺僧、衣云，别号花之寺、金牛山人、洲渔父、师莲老人。祖籍安徽歙县，后移居江苏江都，扬州八怪之一。幼年丧父，家道中落，后跟随金农学画，工于人物、佛像、山水画，专为富豪之家画像。其眼珠是蓝色，自称有阴阳眼，在北京的时候，以《鬼趣图》轰动当时文坛。

③夥（huǒ）：多。

④祟：指鬼怪害人。

⑤詈（lì）骂：骂。

⑥溺：小便。

⑦数武：不远处，没有多远。武，量词，古代六尺为步，半步为武，泛指脚步。

⑧绐（dài）：古同"诒"。欺骗；欺诈。
⑨喧呶（náo）：闹嚷；争吵。
⑩愦（kuì）愦：昏庸；糊涂。

【赏读】

  总以为作者在说鬼，实则是在嘲人，观之篇末，作者的目的终于暴露了出来。难道世上就没有这样的人吗？

  这只鬼其实是挺可怜的。看它起先被人用尿浇之，遂以为酒；然后一路追到酒楼上，众人以酒酹之，却又贪得无厌；然后大家扛不住了，悄悄溜了，进而去找酒家的麻烦；最后争辩不过酒家，然后才含恨走了。

  其中最好笑的是，它还振振有词地说道："喝酒喝死了骨骼都没朽坏，一杯酒又算得了什么呢？"可以说是此一类鬼物的座右铭。这话我也似乎在很多酒场合上听过，语言虽有些差别，意思却还是一样的。如果把这酒精的作用力放大了来看，一次集会，一次运动，一次革命，都少不了这样的人存在，比如说鲁迅笔下的阿Q先生，还有《芙蓉镇》里的"政治闯将"李国香和"运动根子"王秋赦。

  我外公从来是不怕鬼的，他说他早先的时候曾遇到过。他说凡遇鬼应与之性命相搏，输了大不了和它们一样，更何况它们本是人间淘汰下来的产物呢？现在想起这句话，觉得深有趣味。

陪人饮酒 袁枚

人问:"妓女始于何时?"余云:"三代以上,民衣食足而礼教明,焉得有妓女?惟春秋时,卫使妇人饮南宫万①以酒,醉而缚之。此妇人当是妓女之滥觞。不然,焉有良家女而肯陪人饮酒乎?若管仲②之女闾③三百,越王使罢女为士缝衽,固其后焉者矣。"

戴敬咸进士过邯郸,见店壁题云:"妖姬从古说丛台④,一曲琵琶酒一杯。若使桑麻真蔽野,肯行多露夜深来?"用意深厚,惜忘其姓名。

《随园诗话》

【注释】

①南宫万:南宫长万,又称南宫万、宋万,中国春秋时期宋国政治人物。曾被鲁国俘虏,后回国受到宋闵公捷的奚落,遂杀死宋闵公和华督,逃往陈国。不久被引渡回宋国,受醢(hǎi)刑。

②管仲:姬姓,管氏,名夷吾,字仲,谥敬,被称为管子、管夷吾、管敬仲。中国春秋时代齐国的政治家、哲学家,周穆王的后代。管仲虽然仅是齐国下卿,却被视为中国历史上宰相的典范,任内大兴改革,重视商业。

③女闾:春秋时齐桓公设于宫中的淫乐场所,后世以此指称

妓院。

④丛台：源于当时有许多亭台建筑连接垒列而成，古人曾用"天桥接汉若长虹，雪洞迷离如银海"的诗句，描绘丛台的壮观。相传它始建于赵武灵王时期，后成为古城邯郸的象征。

【赏读】

妓女被古龙称为天下两种最古老的职业之一，真正起源于何时，历代有多种不同的说法，其最早很有可能源于原始社会的巫娼。

至于文中所说"管仲之女闾三百，越王使罢女为士缝衽"，可以说是文字中最早关于官办妓院和营妓的记载，至于袁枚以为"卫使妇人饮南宫万以酒，醉而缚之"，就认定这是妓女的最早来源，这就有些不大对了，其实这里给人的更像是一出美女计，和卖淫扯不上什么关系。不过陪人饮酒的风气一开，从唐时北里到秦淮八艳，时至今日也收不住，却又往往醉翁之意不在酒，而在于声色之间。

《说文解字》解释"妓"为："妇人小物也，从女支声，读若跂行。"意思是妓女就是低头碎步行走的女子。这个解释反不若"娼"更能揭示其职业本质，"昌"义为"街市热闹"，"女"和"昌"联合起来就是"站街女"的意思。和有着专业知识和一定技能的"妓"相比，娼没有取悦男性的专门知识和技能，多为中年女子，俗称"娼妇"，在街市热闹处揽客，交易对象多为社会底层劳动者。妓者，顾名思义，受过专业训练，有专门的技能，比如会琴棋书画，会吟诵唱和，服务对象多为达官贵人、文人雅士。

此则篇末的那首诗一定程度上说出了妓女产生的社会根源。你想想，如果有足够的桑麻能使女人们安于工作，谁还愿意冒着晚上的露水去提供什么性服务呢？

五柳居 袁 枚

余幼时游西湖,见酒楼号五柳居者,壁上题诗甚多,不久即圬①去。惟西穆②先生一首,墨沈淋漓,字写《争坐位帖》,历七八年如新。酒楼主人及来游者皆护存之,敬其为名士故也。题是《冬日同樊榭③放舟湖上,念栾城、赤鼻④都已下世,弥觉清游之足重也,分韵同作》,云:"一角西山雪未消,镜光清照赤阑桥。小分寒影看梅色,半入春痕是柳条。闲里安排尘外迹,酒边珍重故人招。孤烟落日空台榭,岁晚重来话寂寥。"后四十年,余再至湖上,则壁诗无存。西穆、樊榭,久归道山,而酒楼主人,亦不知名士为何物矣!

惟陈庄壁上有蒋用庵侍御⑤《酬王梦楼招游》一首云:"六朝风物正妍和,珍重乌篷载酒过。一串歌珠人似玉,四围峦翠水微波。狂夫兴不随年减,旧雨情于失路多。争奈严城宵漏急,未知今夜月如何。"

《随园诗话》

【注释】

①圬(wū):原指泥瓦工人用的抹子。此处指用抹子抹去。

②西穆:周京,字西穆。一字少穆,号穆门,浙江杭州人。贡生,考授州同知,工书,著《无悔斋集》。

③樊榭：厉鹗，字太鸿，又字雄飞，号樊榭、南湖花隐等，清代文学家，浙西词派中坚人物。康熙五十九年举人，屡试进士不第。家贫，性孤峭，爱山水，尤工诗余，擅南宋诸家之胜。著有《宋诗纪事》《樊榭山房集》等。

④栾城、赤凫：栾城待考。赤凫指吴焯，字尺凫，号绣谷，早慧，九岁能诗，工诗文、书画，画以竹为多。富藏书，"瓶花斋藏书之名称于天下"。

⑤侍御：古官名，秦置，汉沿设，在御史大夫之下。宋、元及明初侍御史只设一二人，作为御史大夫、御史中丞的佐贰。此处指御史。

【赏读】

看罢此则，忽而心中冒出一句诗来，查了查，原来出自于白居易的《往年稠桑，曾丧白马，题诗厅壁，今来尚存》，起首两句这样写道："路傍埋骨蒿草合，壁上题诗尘藓生。"相比起来，比文中酒楼壁上的题诗，要幸运得多。

古来诗人酒喝足了，性情所致，提起笔就四处挥洒，有时连芭蕉叶都不放过，工巧的还会在红叶上题诗，而我知道得最多的，就是这壁上题诗，如宋江在浔阳楼上醉题反诗，吕洞宾和他的粉丝以回道人之名的集体创作，我想李白也没少这样干过。壁上题诗总少不了这两样，一个是笔墨，一个是酒，有时墨痕杂着酒痕，新墨又掩去了旧墨，都会给人徒增物是人非之感，空有时过境迁之慨。袁枚叹息的也是这个，先前的酒主人还为名士们留块地方，随着名士的凋零，后来酒主人复不知名士为何物，怎么不叫人伤心呢？

又有人说，壁上题诗破坏公物，污染环境，那也要看你题的什么啊！如果徒有诗兴而无诗才，全都是些什么"某某某到此一游"，不被待见也是很正常的。

酒活命 褚人获

《拙庵杂俎》[①]：史百户号松所，善画龙虎，醉则运思尤妙。人欲求者，必以醇醪醉之，乃肯下笔，以是日事酩酊。尝迎巡按[②]，以醉伏地，言百尹禀事，实无所言。指挥[③]何其禀云："百户有颠疾。"乃扶出。何呼其父，令戒其子饮，父怒责之，绝其酒一月，病甚不能起。延医王维纲治之云："脉绝不可治。"其夕果死。亲属哭毕，母哀之曰："在生嗜酒，今以戒酒死，死不瞑目。"命儿女启其口，以杯酒灌之。入喉有声，乃再进一杯，觉鼻息如相续者，又进一杯，唇动气通。母问："如何？"答曰："好吃。"乃更进一杯，遂省人事。明旦往告王医求药，王不信，具告以故，曰："然则非药之力，乃酒之功也。"宜更饮之，乃更进六七度，推枕而起。又十年乃卒。

《坚瓠集》

【注释】

①《拙庵杂俎》：古代笔记小说，现已不传。其篇目多散见于一些其他笔记小说中。

②巡按：古官名。唐746年，派官巡按天下风俗黜陟官吏，巡按之名始此。明1403年后，以一省为一道。派监察御史分赴各道巡视，考察吏治，每年以八月出巡，称巡按御史，又称按台。巡按御

史品级虽低，但号称代天子巡狩，各省及府、州、县行政长官皆其考察对象，大事奏请皇帝裁决，小事即时处理，事权颇重。

③指挥：即指挥使，明朝的军事指挥职务。为卫所一级最高军事长官，秩正三品。

【赏读】

这则文字可以说是一篇比较早也比较全面的关于酒精依赖症的记载，史父禁止让其喝酒，导致其身体不适，一病不起。幸好其母在他临死前，以杯酒灌之，才让他慢慢地活了过来。

现在看来，很多嗜好都与酒精依赖症如此相似，如官瘾、钱瘾、牌瘾、棋瘾，以及我辈所苦的淘书瘾，都是如此。以前曾见有棋友夜间为棋瘾所苦，苦无棋盘所下，于是一个"炮二平五"，一个"车三进九"，用口述之，一直下到天亮。更不用说还有人有棋盘苦无棋友，有牌而无牌友，于是一人下起两方，或一人打起三方四方来。只要有了那个瘾在，怎么玩都不是难事。

吾辈淘书更是这样，若是许久废书不淘了，人似乎没有什么精气神，但是一到了书店，也就神灵活现起来。故此则文字读来，如果把有酒处处换作书，那不正是说的我吗？

少陵诗意 褚人获

《鹤林玉露》[①]：杜少陵诗："莫笑田家老瓦盆，自从盛酒长儿孙。倾银注玉惊人眼，共醉终同卧竹根。"盖言瓦盆盛酒，与倾银壶而注玉杯者，同一醉也。由是推之，蹇驴布韉[②]，与骏马金鞍同一游；松床筦簟[③]，与绣帷玉枕同一寝；知此则贫贱富贵，可以一视矣。

昔有仆嫌其妻之陋者，主人闻之，召仆至，以银杯瓦盏各一。酌酒饮仆，问曰："酒佳乎？"对曰："佳。"曰："银杯者佳乎，瓦盏者佳乎？"对曰："皆佳。"主人曰："杯有精粗，酒无分别，汝既知此，则无嫌于汝妻之陋矣。"仆悟。遂安其室，少陵诗意正如此。

《坚瓠集》

【注释】

①《鹤林玉露》：笔记集。宋代罗大经撰。此书分甲、乙、丙三编。半数以上评述前代及宋代诗文，记述宋代文人逸事，有文学史料价值。

②蹇驴：跛蹇弩弱的驴子。布韉（jiān）：用布制作的衬托马鞍的垫子。

③筦簟（guǎn diàn）：竹枕竹席。

【赏读】

　　用什么酒器喝酒，用什么交通方式出游，在什么床上睡觉，快乐其实都是一样的。什么样的形式都可以不重要，什么样的外在都可以省略，只有那种快乐的感觉才是真正属于自己，让你因为自己的快乐觉得世间一切可亲了，原本就没有那么多贫贱富贵的差别，也没有那么多美丑妍媸的计较，是这样子吗？

　　看来还得用酒好好打个比喻。仆人嫌弃自己的老婆丑，主人把他叫去，让他在不同的酒器里喝酒，然后问他酒的味道是否一样。这种感觉很像是《活着》里福贵在外面花天酒地回来，他的妻子家珍每次都给他做很多菜，但是吃到最后都是一块猪肉，用猪肉来比喻这个是有些粗俗。这样的道理自然人人是知道的，但是说出来就有些不一样了。今日仆人在主人的压力下只好答道："皆佳。"但是主人自己呢，以及那些都收了三五斗酒图谋着娶小的田舍翁，又该作何解释呢？

　　就拿酒说吧，有人认为用碧筒喝酒为雅，有人认为用鞋杯喝酒为俗，同样是一个喝酒，却喝出不同的计较和雅俗来。酒的确是一个好东西，但正因为有了不同的酒器，各分所宜的环境，不同场合又该作何饮之……后来有人统统一语概之为"酒文化"。

翁逢春尽金邀醉 王晫

翁逢春游临安①,橐橐②中二千于寓庑③下。一日被酒,归蹴④金,伤其趾,遽怒呼曰:"吾明日用汝不尽,不复称侠。"遂遍召故人游士,及妖童艳娼之属,期诘旦⑤集湖上。是日舣舫⑥西泠桥⑦,令数十百人,置酒高会,所赠遗缠头⑧无算。抵暮,问守奴余金几何,则已告尽矣。

《今世说》

【注释】

①临安:今浙江杭州,曾作为南宋的都城。

②橐橐(tuó):车上的口袋。

③寓庑(wǔ):所住的房屋。

④蹴:踩,踢。

⑤诘旦:平明,清晨。

⑥舣(yǐ)舫:使船靠岸。

⑦西泠桥:杭州西湖上的一座古桥,因名妓苏小小得名。

⑧缠头:古代艺伎表演完毕,客以罗锦为赠,称"缠头"。后来作为赠送妓女财物的通称。

【赏读】

喝醉了酒拿钱撒气,反而伤了脚趾。这气竟一发不可收拾起来,非要把这钱用完才算消气。不过最后钱算是用完了,气也消了,不知回家路费怎么打算?脚趾受伤可否还有余钱买药,这我倒是关心得很。

钱这东西,固然重要,但不能和钱过不去,一计较处处都危险。没钱,一分钱可以逼死英雄汉;钱多了,满眼都是钞票不见人生目标。当然,就现在的社会,很多人的人生目标,就是有钱,更有钱。最喜欢做的事,就是花钱,花更多的钱。但是,并不一定有钱了就是好猫,能花钱的就是豪杰。怎么样有,都得有自己的原则和底线;怎么样花,同样也是一门艺术和学问。如此则这位憨包,在这里专和钱斗一口闲气,气粗,放了好大的一个炮仗,但不能称作豪矣。

在今天看来,这样的人还真是不少。一年一次的海天盛会,也势必会压过这里的西湖盛会,或杜慎卿的莫愁湖盛会。不知道还有多少这样那样的会,最后都统统化为笑谈。

弟劝兄节饮 徐 珂

南乐①西乡某村，距元村集至近。有嗜酒者，十日中常四至集，以集日一三六八为期也。每至必醉，醉仍携一瓶归，以为余日之需。其弟力农，日勤作苦，涓滴不入口。

一日，兄醉归，踉跄欲倾跌。弟曰："少饮数杯可也，何苦醉乃尔！"兄曰："嫌吾饮酒费钱耶？吾自有酒禄耳。吾非不令尔饮，奈尔不能何！"弟曰："兄自费钱可矣，吾不忍再费也，何不能饮之有！"

兄置瓶院中砖台上，曰："试看尔饮。尔果能饮，则不饮诚为家计，吾之饮乃荒唐矣，自此当戒酒。"弟曰："吾方将汲水②去，何暇坐饮。"乃取一大碗，倾酒斤许，冷饮之，一吸而尽，担桶去。汲回，则又倾一碗，饮如前，复出汲。再回，又倾一碗，饮如前而罄③矣，曰："此何难。"出汲如故。兄愕然曰："吾诬矣，吾诬矣。"由是亦涓滴不入口。弟曰："饮不至醉，何妨饮。强断之，亦何苦。"兄曰："吾见酒，便思尔。思及尔，则不能再饮矣。"

《清稗类钞》

【注释】

①南乐：今河南濮阳南乐县，旧址大约在南乐西北10千米处。

②汲水：从井里打水，取水。
③罄：本义为器中空，引申为尽，用尽。

【赏读】
　　以前流行过这样一句话：愣的怕横的，再胆大的也怕不要命的。但还有一种，无所谓胆小胆大，无所谓怕与不怕，他就是不经意流露了那么一下，有时是一句话，有时是一个动作，犹如长空射雁一般，蓦然一击，却还他一个云开见月明来。
　　喝酒自是如此，有人爱喝，有人天生能喝。看他兄弟之间，以酒相激，弟饮过后，兄不复再饮。田间垄头这种极其寻常之事，看他妙笔写出，弟打三次水，喝三大碗酒，真让人想不到村野间也有如此豪气，说来其兄也真是憨直得可爱，他把心中的那份骇服竟也爽直地说出来，一般人如此胡搅蛮缠过来，恐怕是连自己说什么也觉得口齿不清了。